小说眼·看中国 丛书

陆东平 编

风雪回家路

山西出版传媒集团

北岳文艺出版社

·太原

图书在版编目(CIP)数据

风雪回家路 / 陆东平编. —太原：北岳文艺出版社, 2018.8
　ISBN 978-7-5378-5372-9

　Ⅰ.①风… Ⅱ.①陆… Ⅲ.①中篇小说—小说集—中国—当代②短篇小说—小说集—中国—当代 Ⅳ.①I247.7

中国版本图书馆 CIP 数据核字(2017)第 241773 号

书　　名	风雪回家路
策　　划	续小强　左树涛
编　　者	陆东平
责任编辑	赵　婷
书籍设计	张永文
印装监制	巩　璠
出版发行	山西出版传媒集团·北岳文艺出版社
地　　址	山西省太原市并州南路 57 号
邮　　编	030012
电　　话	0351-5628696(发行部)
	0351-5628688(总编室)
传　　真	0351-5628680
网　　址	http://www.bywy.com
E－mail	bywycbs@163.com
经 销 商	新华书店
承 印 者	山西人民印刷有限责任公司
开　　本	890mm×1240mm　1/32
字　　数	186 千字
印　　张	7.75
版　　次	2018 年 8 月第 1 版
印　　次	2019 年 1 月山西第 2 次印刷
书　　号	ISBN 978-7-5378-5372-9
定　　价	32.00 元

目录

于晓威 _ 厚墙　001

谭　岩 _ 风雪回家路　015

胡　健 _ 保姆秋收记　030

李　铭 _ 北京的藕　085

秦　岭 _ 摸蛋的男孩　097

王新军 _ 秋天的村庄　110

范小青 _ 城乡简史　122

王安忆 _ 骄傲的皮匠　139

叶　炜 _ 鞋匠　186

庞余亮 _ 为马正确做圆场　195

魏　微 _ 乡村、穷亲戚和爱情　214

厚　墙

于晓威

没想到这条路会这么寂静,静得像不被风吹动的雾一样。路两边的缓坡上长着密实的野草,下面是明亮的沟渠,再远处是无尽的庄稼和几排稀疏的树林,空气新鲜得简直如头上传来的鸟叫一样清晰可辨,真是太好了。

他几次想停下来脚步,毕竟不是年轻人了,晨起跑步锻炼还应适可而止,但是那条洁白驯服的路面不断吸引他继续跑下去。是啊,城市里可供跑步的道路越来越少了,像他念中学时,每天上学路上,会看到许多老年长跑队穿梭在马路上,如今各种汽车越来越喧嚣拥挤,尾气的排放危害远大于锻炼得来的益处,况且交通意外指数也不断增加,那些一茬茬喜爱晨跑的老年人,只好挤在广场或公园里的固定处,由下身运动改为上身运动,打打拳或敲敲背了。

这是秋天。看着远处的房屋,他停下脚步。他再一次想起当年下乡插队的情形。无数的城里年轻人，怎么会突然潮水般涌向农村呢？与当地农民在一起，那完全是两种不同形态的人。他什么都不会做。他还记得第一次参加农活，也是秋天，与当地的农民一起割地收玉米。他们的目标是脚前宽阔无边的玉米地，一直延伸到远处的山坡下，每人割六垄。大队书记一声令下，当地农民争先恐后，等他脱去衣衫卷好裤腿提着镰刀下地时，人家已经放倒几十棵玉米了。他割呀割地，汗水很快出来了，乱七八糟和粗糙柔软的玉米叶子，很快将他的胳膊、肩膀、脖颈划出一条条印子，被汗水一浸，火辣辣地疼。他这才知道自己太嫩了。十八九岁的年纪，他会懂什么！难怪人家大热天也都长衣长裤的，开始他还笑话人家呢。他不记得其间休息了多少次，反正从早晨割到中午，从中午割到傍晚，人家都早已收工了，只有他和另一位个子矮小的大连知青还在割。大队书记说了，明天有暴雨，时间太紧了，一天的工夫必须割完。好，夜了，星星出来了，他太乏了，就躺在割倒的玉米秸堆子上，不知不觉睡着了。那位大连知青在行动上似乎比他还要笨拙，直到他醒来了，那位同伴才割到与他相同的进程。他们一直割到凌晨五点，天快像碗里的白水一样亮了。这才发现，这片广袤的玉米地因地势差别，南边地头距离山坡很近，而北边地头距离山坡奇远，自然，南边的田垄也短，劳动量也少，难怪当地农民都争先恐后奔向南边，谁有他们熟悉地形呢？

  远处有更多的炊烟升起。他看了一眼手表，差五分钟就六点了。今天是周一，回去后要早点上班。他慢慢转过身子，向来路跑去。就在这时，他看见了他，一个举止敏捷而胆怯的少年。

  其实最先闯入他眼帘的是路边一辆笨重而破旧的自行车。它停放在那里，身上负重的程度让人误以为它是一台三轮车。它的货架子上载着颜色昏暗的行李，虽说天热，可那竟是棉被，打着补丁。车的一侧横拴着比邮递员装邮件还要大的帆布口袋,东倒西歪,不知里面装着什么破烂物品。自行车的前把子上,一边吊着一只涂着红漆的旧茶缸,另一边绑着一条毛巾。毛巾洁净得刺眼,反倒昭示出它的主人何等凌乱而扭曲的生活。再一扭头,他看见了那个少年,正背对着他,蹲在路旁,用沟渠里的水一把把洗脸。

他已经过少年两步了,可是忍不住回头。少年应该是一个乞讨的人,落魄的样子让他感觉自己早晨的锻炼显得多么奢侈。他下意识掏了一下运动服的裤兜,还好,竟然有触碰纸币的手感,掏出来一看,是十元钱。他想起来了,自己跑步锻炼的运动服里是从来不揣钱的,是早起时妻子塞给他,让他顺路买豆浆和油条。他怕打扰了少年,悄悄回去,把捏着的钱放到自行车上,掖在捆行李的细绳下面。

那一刻,少年恰好回头看了他一眼。少年只恍惚看到他一张短暂照面的脸。他转身继续跑动的时候,只听到身后传来清亮亮的拂水声,一下一下地。

他和包工头站在自己新买的房子里,他们已经合计好久了。这个包工头,是他找的第四个包工头了。他也感觉自己必须得抓紧时间。北方的秋天正是装修忙季,装修工人奇缺,便是眼下联系的这个包工头,手上还有好几个业主的活要做。他们两人站在空荡荡的房子里,谋好了装修方案,算好了材料费,定好了工期,就在他送包工头下楼的时候,包工头又趔回身子,叮嘱了一句:"记住,这三堵墙一定在两天内全部砸掉,否则误了时间,我只能先去干别人家的活了,把你排在后边。"

"啊?"他问,"这墙不是你们砸?"

"当然不是,"包工头黑瘦的脸,只叼着的烟卷和牙齿是白的,

"连这规矩都不懂？我们只管装修，砸墙是另外的人的事。"

"我到哪里去找啊？"他问。

包工头从兜里掏出个小本本，低头翻了一翻："这样吧，我给你介绍一个，这是他的电话号码。"

包工头走后，不到十分钟，砸墙的人来了。按包工头的设计，他要砸掉客厅和主卧室的一面墙，使客厅变得阔大明亮；要砸掉客厅与厨房间隔的墙，把那里装成一个电视背景墙；要砸掉储物间与副卧室的墙，变成日本式拉门。砸墙的人弄清了他的意图，开价八百元。

他在心里叫了起来。这个价钱，是他每月工资收入的一半。他摇了摇头，问："便宜一些吧？"砸墙的人不屑地摇摇头说："一分钱不能少，你知道这要出多少力？要不你去找别人试试吧。"

他想把价钱讲到四百五十元，砸墙的人死活不同意。末了，他只好放他走，又给包工头打电话。包工头说："没关系。装修的工人不好找，砸墙的民工到处都是，你到街上去转转看。"

其实包工头也是个农民，但是他习惯了这么说。

他来到街上转了转。真是不转不知道，一转下一跳，他转了不过两条街，就看见许多下岗工人和农民们，蹲在路边，面前竖着小牌牌，上面写明各样技能和工种，待人雇佣：什么瓦工、电工、油漆工、保姆……当然也有砸墙工。以前他上下班，心思不往这边想，竟对这些人熟视无睹。现在看来，这些人不知存在多少年了。他上去搭讪一个砸墙工，立刻有五六个砸墙工围了上来，问他砸什么样的墙。

"你们去看一看吧，不过话说回来，价钱谈不好，我可不付腿脚费。"

大家簇拥着来到他的家，在七楼。进了门，简单听他一指点，一个五十多岁的砸墙工说："再怎么少也得五百元。"

他心里暗觉此行颇有收获，不过他还是想把价钱压到四百五十元，那是他给自己定下的一个可以承受的限度。争讲了七八分钟，谁也无法说服谁，有一个砸墙工最先低着头出去了，接着又出去一个，剩下的几个人互相瞅了瞅，干脆都出去了。他愣了一下，也只好跟着往下走，倒不是出于礼貌送客，而是他还得继续上街找砸墙工。

就在刚刚下到一楼门口的时候，他觉得身后衣摆被谁扯了一下，应该是那些砸墙工当中的某个。回头看，是一个少年，大约十七八岁，很瘦弱。他不认得这个少年，自然，也不知道他扯了他一下是什么意思。"我砸。"少年小声说。少年觉得这个房主似乎面熟，但是记不住在哪里见过他。"你？"他问，打量了少年一眼，似乎不相信少年的手艺与体能。"我砸。"少年又小声重复一遍，比第一次说出的这句话多出一点口吃，但是一下子说到他心里去了。"我只要四百五十元。"

在一个小他差不多三十岁的少年面前，他不好意思立刻表露他的暗喜。他看看已经走远了的那些砸墙工的背影，冲少年点了点头。

少年径直向大街上走去。

"喂！"他喊。

"我去拿工具。"少年说。

少年开始砸墙的时候，才知道这墙真的不好砸。他用自行车驮来的工具倒是不少，尖口镐、平口镐、錾子、铁锤，还有清运垃圾用的铁锹、笤帚、蛇皮袋。是的，他不光要把墙砸倒，还要把产生的庞杂垃圾运送下去。所谓运送下去，就是一趟趟用袋子背下去，因为这栋楼没有电梯。

少年从农村来到城里，已快半年了。这中间吃了多少苦，他记不清。反正，他知道，他家里有一位病爷爷，还有一年下来以种地为生却得不到几个钱的父母,再就是他和妹妹。最要命的数他妹妹了,在这座城里的高中读书,每学期要花的钱的数目简直比地里的虫子还多。他初二的时候就不念了,念不起,在家挖沙子。父亲说妹妹学习好,供妹妹。他听父亲的。其实父亲不说,他也不想上了,他那么喜欢自己的妹妹。

后来沙子不让挖了,乡里说怕水土流失,那么他就跟人家学习养林蛙,却总是丢。林蛙这东西,全在自然的山谷河涧里生长,谁也不能天天没黑没白地守着它们,结果每每让人半夜乘虚打劫。丢了几次之后,把希望也弄丢了,不干了,偷偷去煤矿里干。人家好歹照顾他小,不用下井,在地面勤杂,结果去年煤矿被上级清查,属非法煤矿,被封掉了,井口全埋了。自然,他又无事可干。

今年三月份他来到城里,从蔬菜市场倒菜零卖。两个月下来,倒赔三百元。他不懂得蔬菜这东西,一天卖不出去,隔夜就要掉秤的。所谓掉秤,一是指失去水分,重量减轻,二是指新鲜不再,顾客不买。再加上他又不会耍弄秤杆子,完全实斤实两,哪有不赔钱的道理?

他这才知道,原来卖菜也是很难的。

后来他听人说,砸墙是一门新生活计。城里人住房条件好,要求也高,无论多好的新房格局,只要不投他们脾气,一律砸掉重砌。其实那砖和水泥、白灰,是另一种粮食啊,却一堆堆地糟蹋掉。他真心疼!渐渐地,他见识到城里人奢侈浪费的东西太多了,这点砖头、水泥和白灰算什么,说到底,不就是泥土吗?凡是和泥土有关的东西,原来都不值钱。明白这个道理,他也就学会麻木了。是啊,你光心疼有什么用啊,难道能把它们全部搬移到自家的农村院子里去?

少年抡圆了铁锤,用力地砸墙。已经一口气砸到中午了,他把早晨买来的四个馒头全部吃光——都没来得及消化,接着又砸,却也只砸掉一堵墙的五分之一。这墙太难砸,难怪那些有经验的砸墙工价钱低了根本不干,他们知道这栋楼的质量好,水泥灰号高,非常坚固结实——当然也就非常难砸了。少年哪里知道?他干了才不过两个多月,对这座城市还不熟悉呀。

上午和其他砸墙工一起来到这里时,他就奢望能把活接下来。但是他年纪小,不敢和别人争,虽然他也聪明伶俐,也有体力。最后,大家都走了,他担心房东嫌他没经验,不雇佣他,就咬牙喊出了一个让他自己也感到吃惊的价钱,"四百五十元"。少年太需要这笔钱了。他的眼前又浮现出父亲近乎苍老的面庞,他知道,这是因为父亲的眼前一定浮现出妹妹的面庞。妹妹前天托人告诉父亲,她要交这个月的伙食费了,还有习题试卷费和体检费,总共刚好四百五十元。家里已经借不到任何钱了,无奈,父亲又到村里把电话打到学校,要妹妹找到哥哥,转达他的话,让当哥哥的一定想想办法。

少年感觉自己运气挺好。只是这墙真的太难砸。少年不知道(也许不愿承认),他其实还是欠缺一点经验的。比如砸墙,要先从墙角砸,自下而上,然后地球引力会帮上他一些忙。当然,这只是技巧之一。当然,最主要的还是靠力气。

晚上七点,少年收工来到街上,这才发现他的自行车没了。

他紧张地搜寻。他的自行车就放在街边人行道的一棵树下的。没想到人来人往之下还会被偷走。

他已经丢了一辆自行车了,一个月前。虽说那只不过是花五十块钱买到的二手车,他内心却无比心疼,乃至产生一个想法,知道这座城市最坏的坏蛋,莫过于偷车贼了。他新买的这辆自行车,仍旧是二手车,花了三十元。他靠它代步,每天往返郊外他暂住的简易工棚里,更靠它驮运那些砸墙工具,让它们尝试熟悉各种有待被摧毁的墙体。如今,他感觉心慌,并且伴着一种焦灼。

街边一片商店里的老板,注意少年好久了,见他找来找去,喊住他:"喂,你是找你的车子吧?"

"是啊。"少年冲口答道,其实含着急不可待的问意。

"被城管人员拉走了,说是乱放车辆,总共十几台呢,装了半卡车。"那个老板临关门又说了一句,"天晚了,你明天去城管大队取吧。"

"在哪里呢?"

"益民街拐角。益民街你知道吧?"

少年一宿没睡好,他第二天早早赶到城管大队。一个穿制服的人领他来到后院,那里堆放着乱七八糟的自行车,还有被没收的广告灯箱、钢筋,包括木头、圆桌、阳伞等。少年没心思留意这些了,他一眼看见了自己的自行车。凑近,扶好,才发现自行车的链盒被碰出好大一个瘪。他顾不得心疼,捅开车锁,刚要牵走,那个穿制服的人拦住他。

"交罚款,二十块!"

"什么?"

"罚款,二十块!交了再取车子。"

少年兜里二十块钱还是有的,但他犹豫交还是不交。再买一辆二手自行车,也才不过三十块钱么。少年最终还是交了,因为他觉得值。他眼下太需要它了,不能再耽误时间了,他要骑上它赶快去砸墙。

这个时候,他隐约觉得,这座城市让他失去某种东西的,不光是偷车贼。

中午刚过,少年的妹妹来了。少年不知道妹妹怎么会找到这里。妹妹善良,含蓄,目光专注而聪颖,让人一打眼就看出是个学习好的高中生。少年有一些惶恐,他的工钱还没有挣到手呢,妹妹却找来了。

　　那时候,他的墙已经砸倒了两堵,正在往楼下清运垃圾。屋里砖砾遍地,尘土飞扬,他置身其中,像是孤独地处在一片工地。他累极了,头发和脖颈上落满了厚厚的砖屑和灰尘。他想休息,然而双手只要不抢铁锤,往下背垃圾就是另一种休息了。他想拦住妹妹,害怕她进屋弄脏了衣服。

　　妹妹还是进来了。妹妹不知道他在这里干活,她是在街上那些工友那里打听到的。她跟少年说,这两天家里秋收,父亲瞒着他,正一个人在地里折腾呢。她怕父亲身体吃不消,想让哥哥回家帮一帮才好。

　　秋收是大事情。为什么秋收又叫抢收、又叫杀庄稼呢?就是很急迫的意思。秋收季节,庄稼晚收一天,粮食的最佳成熟度就有差别,影响质量,此外更担心天气有变。少年想,他当然要帮父亲的,不仅在体力上,也要在精神上帮助分享父亲一年当中收成的喜悦。以往,都是他和父亲一起劳作的。妹妹见他愣神的工夫,弯下腰去搬那些碎砖头,又直起身扯那条蛇皮袋子,把里面的垃圾蹾实,准备帮哥哥抬下楼。少年及时制止了她。妹妹不再坚持,她不知怎么突然眼圈有点红。少年说:"你走吧。"走到门口,少年又说:"你放心,明天我把钱送到学校。"妹妹的眼泪终于忍不住掉下来。她说:"哥,我不是为这来的。"

　　少年想了想,同样说:"你放心。"

　　妹妹走后,少年到电话亭给房东打了一个电话,跟他说明意外出现的情况,想请一天假回去,看看能否在工期上顺延一天。房东问少年墙砸得怎么样了?少年说砸掉两堵。房东又问剩下的一堵今天能否砸完？少年说我今天想回去帮家里秋收。房东说那不行，当初定好了两天内必须砸完，已经过去一天了，你今天砸不完的话，那就不是耽误我的工期，而是耽误装修队的工期，那是绝对不行的。

少年不再坚持。他从房东的口气里听出一种岩石的味道。他知道自己在这座城市里缺少发言权。他唯一的发言权就是说一声"好"或是"明白"。他撂下了电话。

少年开始砸第三堵墙，那其实是最长的一堵墙，客厅与厨房的那堵。少年发了疯地砸墙，他像是一个躲雨的人，不断地要向墙体扑进，然而后者不允许他靠前。少年能够想象出他父亲正躬身在地里挥舞镰刀的情形，他父亲面色黧黑，腿筋虬结，挥汗如雨。少年一锤锤地夯打在墙上，他想，这就是帮父亲割地了，都是一下一下地，都是要弄倒什么，都是来自泥土，也都是粮食。更重要的，都在流汗。

少年全身心地砸了半小时才突然弄明白，这堵墙为什么比前两堵还更难砸，它不仅更长，而且更厚。它是很厚的一堵墙。一般的墙，都是单砖砌就，十二公分，而这一堵是双砖，二十四公分。它需要耗费的体力可想而知。

少年突然感觉自己一点力气也没有了。他觉得自己必须说点什么。他很委屈，但是无话可说。少年走到楼下，再次给房东打了一个电话。少年说，能不能加一点钱吧，哪怕加五十元，这堵墙与其他墙不一样，太不一样了，它太厚了。

房东听了好半天才弄明白少年的意思。房东在电话里问："你是想要五百块钱吧？但问题是，当初如果同样五百块钱，我又何必雇你？"

少年这一回慢慢地把电话放下。他的举动其实分为两个部分，第一部分是他先把听筒降到半空，停了一停，然后把剩下的高度压掉。

少年继续砸墙。有一刻钟他甚至不知道自己在砸什么。他的腰是酸软酸软的,而腿是铁沉铁沉的,肩胛骨像是被井绳穿住,两只手掌早已磨出血泡。他想,自己为什么要到城里来呢?他又想,那么多的农民为什么要到城里来呢?这不是属于他们的地方啊。他记得小时候隐约听父亲说过,三十年前,有无数的城里青年,纷纷涌到农村去,占有了大片土地,连他们家里都接纳过。这些叫作知识青年的人,既愿意来,又不愿意来,他们是盲目和被迫的。多么奇怪啊,真是应了一句老话:"三十年河东,三十年河西",如今,无数的乡下青年,又纷纷挤向城市,城市的每一个角落都踯躅过他们的身影。这些叫作打工者的年轻人,也是既愿意来,又不愿意来,他们也是盲目和被迫的。这前后两种事物有什么相同的命运吗?

天不知不觉已经黑下来。没有灯,少年借着窗外街道上的灯光在砸墙。他必须在今晚砸完,明晨天一亮就交工了。楼下的街道上传来很强的音乐声音,不知是哪一家夜店里传出的,在招徕顾客。少年的铁锤附和着音乐的声音在砸,仿佛给它增加伴奏。他想,妹妹天一亮就可以见到钱了啊,他会见到妹妹惊喜而局促的笑容。她不再为学费、习题试卷费和体检费发愁了,她走进自己熟悉的教室,再也不会像走进陌生人的私宅一样感到不安了。她的学习成绩会越来越好……

已经夜里十一点半了,少年还在砸。他不知道街上的音乐早已停了,起码三个小时以前,他不觉得。他面前的那堵厚墙只剩下一半,他知道只要把它砸完,墙那边的曙光就会升起来。就在他专注和忘我地渴望曙光的时候,身后突然传来一道声音的闪电:

"你到底要砸到什么时候?"

少年回头,借着街上和走廊交混的灯光,他看见门口站着一位中年妇女,体态臃肿,烫着螺纹一样的卷发,正怒目而视。

"你看看这都几点了!? 这都几点了！唵？"中年妇女好像穿着两套睡衣，她一捋腕子，露出一只夜光手表晃给少年。

几点了？少年一时发懵。如果面前这位庞然大物不是主动亮开了手表，少年甚至好笑她问人时间怎么还用如此大的口气。但是马上，他明白了。

"这都快半夜了，你还让不让人家睡觉？唵？"

少年的脸红了一下。他自己感觉的。原来这楼里已经有人住进来了。他知道自己不能再干下去了，他要趁着夜色离开。他对他未完成的事业依依不舍。

"这农民到城里来就是不懂规矩，你知道深更半夜制造噪音影响人家睡觉是什么吗？是违法的！这叫侵犯别人的相邻权和休息权！你再不走，我马上打110！"

庞然大物扭屁股走了，少年默默收拾工具。他的自尊心受到了前所未有的伤害。他不知道城里人为什么都这么凶，是因为他们吃荤多而吃素少吗？就像狼和羊、豹和牛的区别？

不过也还是有好人。少年想。那真是太少了。他到城里这么久的时间只遇到一个，那天清晨他在渠边洗脸，有一个晨练的男人悄悄塞到他车上十元钱。

他来自家楼房验收的时候，夕阳的余晖正残照着屋的一角。

他非常不满意，乃至有一些愤怒。三堵墙已然砸完了，但工期正好拖迟了一天。他看到少年正在清运最后一袋垃圾，他的举动显得那么滞重和懒散。早晨他接到包工头的电话，得知他家的墙没有如期砸完，包工头果断地挂了电话。也就是说，包工头手里预约承揽的装修活太多，他只能排到后面去了。

也就是说，耽误了这一天，其实是耽误了几个月。

也就是说，耽误了几个月，其实是耽误了一年。几个月后轮到他，已经是冬天了。北方冬天不能装修，那他只能来年从头再干。

并且，因为这栋楼的供暖设施不能分阀控制，他即使不住进楼房，也要支付长达一个冬天的取暖费。

更丧气的，他不能如期搬进楼房，一家人还要拥挤在租住的潮湿房屋内——啊，先不说他还要为此多付房租！

都是他，眼前的这个少年，是多么狡猾而令人讨厌啊。他一眼就看透了这样的人。这个少年先是以降低工钱排挤别的同行，然后又要脚踩两只船，同时去应揽别的人家的活计，却巧言说什么想请假一天回去秋收，未获允许后又想胡搅蛮缠，半路提高工钱，仍未得逞后干脆消极怠工，使两天工期延迟成三天。啊，他简直太耍弄人了！

他觉得他已经在失去。但尚未付出。是的，失去并不意味着付出。他决定要压低工钱，以此惩罚少年。

"你耽误我许多事情，因为你没有按要求两天内完工。哪，我只能给你三百块钱。"

少年吃惊地睁大了眼睛，他不相信房东说的话。但是他看清了房东递来的钱。

"不，怎么能？"少年失口说道，"我都把墙砸完了啊，你看，我刚刚连垃圾也都清运好了。那么重的三堵墙，一共七层楼，我全给背到楼下了！"

"对，你说得对，你干得确实很好。不过你耽误了我的工期了。"

自行车。少年想说。他立刻觉得那不是一个合理的借口。其实，寻找和领取那辆自行车耽误他很多的时间。少年说："其中有一堵墙实在太厚了啊，就是你现在站的那个地方，我想那应该是一堵承重墙。

它让我多花了差不多一天的时间。可是我说了，叔，我不要加工钱了。"

　　真是笑话！他想。都什么时候了，少年还想着加工钱的事。他不容置疑地把三百元钱揉到少年面前："你要不要？"

　　少年很怕他把钱收回去，真的害怕。少年只好两手接过钱，那钱竟比砖头还要坚硬，硌痛他的手掌。他吸了一下鼻子。

　　少年再一次想起妹妹。不用说，父亲的秋收肯定已经结束了，正如他的砸墙也已结束。但是尚未结束的，是妹妹的等待。他眼前再一次浮现出妹妹欲泪而含笑的面庞。少年那一刻感觉世界缺少点什么，缺少什么呢？他说不好。一般来说，缺什么，就要努力充填什么的。

　　他想，也许，缺的是应该得到的一百五十元钱。

　　房东在查看厨房地下管线的时候，少年走了过去。夕阳最后一抹光线恰好收隐了，少年觉得所有的薄暮，都沉浸在他身后的锤子上。

　　就在少年向房东举起锤子的时候，房东把脸转了过来。那一刹那，少年终于记起一件事。

　　他记起这个陌生的面庞，他在哪里见过。

　　不过，这一切稍微有点来不及了。

选自《西部·华语文学》2007年第7期

风雪回家路

谭岩

龙凤山下有几块田,田旁有几户人家。多年来,人们的世界就是这片四合的山脉围着的一方小天地,小天地里轮换往返的日月四季,日月四季里那些风平浪静的平淡日子。

可是打工,这铺天盖地的浪潮,山洪一样涌进了平静的山弯,也涌进了一个新媳妇叫凤宁的家庭,打破了这个家庭的平静。

一天,关于打工的争论在这个家庭不可避免地爆发了。凤宁是个思想活跃,事事要强的女人,她觉得窝在家的生活跟那蜗牛一样,已慢得赶不上人家发展的趟儿了:人家的新房建起来了,看的也是大彩电了,有的还装了网线了,可自己住的还是旧土房,看的是一台巴掌大的旧电视。男人曾庆龙对打工却不屑一顾,说祖祖辈辈都没有出过山,不是照样生活得很好!不出门,只要肯下力吃苦,把现有的挣钱门道扩大一些,新房照样可以盖起来,安逸的日子照样可以过下去。

去不去打工，成了这个和谐的家庭不和谐的导火索。

过了年，那些打工的男人女人，又打起背包，提着大包小包出门了。那段时间，门口路过的打工的人是成群结队，在凤宁看来，他们不是去进城打工，是在生活的大道上赛跑。凤宁再也坐不住了。就算是只乌龟，也该挪挪窝，跟着爬一爬了。

你到底去不去打工？你要是不去，我就去。凤宁跟男人摊了牌。

男人吃惊地望着女人，捏在手里的烟锅差点儿烫破了指头。以为只是随便说说，没有想到她倒当了真。他觉得外面的世界完全不像这龙凤弯，可以一望到头的一片朗朗乾坤，那是一个无底的深渊，陌生又恐怖，想一想身上就有一种冷飕飕的感觉。还是种田好。种田让人踏实，实在，泥土踩在脚底有墒无墒，心中都有个数。

那好，我去！凤宁说着就开始收拾衣服行李，做着要出门的准备。曾庆龙想拦住她，可望着老婆一心要去闯荡的架势，最终是张了张嘴，把烟管喂进了嘴里。

他已习惯了一成不变，习惯了自给自足的生活，习惯了这个家，这打扫得干干净净的水泥院场，这虽然低矮，却冬暖夏凉的土坯房，这土房面对的一望清透的世界。他不能离开家里的一砖一瓦，离开那几亩春天绿油油，秋来黄澄澄的坡凹田；他已习惯了这块平静的盆地里清静的生活，习惯了日出而作，日落而息的散淡和安逸。总之，他离不开眼前的这个"家"。

可那些活儿，你从来没有干过，你能行？曾庆龙两眼露出疑惑，对女人说出了自己的担心。

这就是说，男人同意她出门了。在打工的争论中占了上风，本应高兴的凤宁，突然感到了失落。她多想这男人像个爷儿们样一拍胸脯挺身而出，一把抓过她手里的背包：你去还不如我去！可他，宁愿让女人出去闯荡，自己也要窝在家里待着。

本来，她已经为他打探好了，请娘家的一个亲戚带他出去，去当一个花工，他会侍弄庄稼，那些盆呀景的小花小草，肯定不在他的话下，依他的吃苦耐劳，他的细心谨慎，定不会比别人混得差。她是想逼一逼他，激将激将他，可他偏不钻这个套。谁又愿意出门啊，谁又愿意离开自己的家啊，可是往后要想和人家一样过上好日子，就不得不趁年轻，多做牺牲。只是这种牺牲要让一个女人来承担，凤宁感到多少有些别扭和不对劲儿。不过也好，男人生性不爱与人交道，平时也沉默寡言，如果他真的出了门，自己还不知要操多少心，真还不如自己出去闯闯。这样一想，心中的不快就渐渐散了。

别人行，我就不行？我就不信不是人干的！凤宁吱地拉上背包拉链，往肩上一挎，走进了出山打工的队伍。

这一去就是一年，到了年底，别人打工的，都大包小包地回来了，可是自己的女人没有回来。没有回来的女人，寄回了一封信，还有一张汇款单。汇款单对曾庆龙来说已经不陌生了，自从女人出去后的第三个月，就开始给他汇款了，头回是三百，第二次是四百，以后就一回比一回多。一张张蓝色格子的纸，是源源而来的钞票。这一回，是整整的一千！女人说，过年厂里付双份的工资，她就不回来了；她在信中嘱咐说，就当这一千块钱没有挣的，要他给他老娘买一套保暖内衣，叫什么什么绒的，说是又轻又暖和，给儿子和他，都去买一套新衣服，买帽子买皮鞋，一家人上上下下，过年都要穿得光光鲜鲜，不要在村里像个叫花子。女人还写道，他的腰扭伤过了，天阴下雨要少到田里去，不要只知道使武力，一回挑不完的，就做两回挑，不要让身子吃亏。信中全是安慰和体贴，全是女人的万般柔情，曾庆龙读着读着就忍不住抹起了眼泪。这封信化解了他对女人不回家的怨恨，也一下抚平了没有女人的日子所有的酸甜苦辣。他头一次发现，自己的女人竟还有这么高的文化，如果是他，不说有些事他想不到，就是想到了，也不一定写得出来。他拿着这封信读了一遍又一遍，读得把鼻涕往鞋帮上擦了一层又一层。他受到了感动，当然更让他感动的是那一张汇款单。他种田挣一年，还抵不上那一张纸。他把那一纸汇款单看了又看，最后小心地叠起来，放在紧贴胸口的内衣兜里。等过了年，他就存到山下的储蓄所。这一张汇款单就是多少块砖头，多少包水泥，他舍不得打水漂了。

怀着对新房的梦想，曾庆龙忍受着没有女人的孤独和欲望，望着门前的那畈田又从绿到黄地轮回了一圈儿。到了第二年的春节，凤宁回来了。

面对站在面前的老婆，曾庆龙简直不敢相认。女人烫了头发，打扮得洋气了；旅途的风尘和疲惫，也掩盖不住有了一种城里女人的从容和大方。原来自己的女人是如此的漂亮。曾庆龙感到了高兴，同时也觉出了自己的猥琐，有一种酸溜溜的感觉，他垂着两手，望着女人比哭还难看地傻笑着，女人嗔望他一眼，把手中的大包小包一起塞给他："看你这个憨憨相！不认得了?!"

女人给一家老少每人都带回了一套过年衣服，要这个穿上试试，那个伸长胳膊套上看看，这个灰暗的院落像一下落了几只色彩斑斓的锦鸡孔雀。已经生分的儿子不认识她了，喊都喊不拢，怎么哄也不喊她一声妈。看着那诱人的玩具，儿子试试探探地移过来，一把夺下她手中的玩具又跑开了，一家人发出了快活的笑声。曾庆龙埋怨女人，不该花这么多的钱，做新房的钱还差得远呢！女人正帮男人试穿着新衣服，弹去他肩头的一根线头儿，说去年寄回的钱，你一分都没有用吧？曾庆龙就嘿嘿一笑。凤宁又从那棕色的手提包里拿出一个手机。

曾庆龙像烫手似的忙摆手，不要不要，听说它月月要出钱！凤宁就说，现在哪个男人腰里不是别个这东西！这是本地通，话费便宜。接着凤宁又压低了声音说，人家想你，也好打打电话嘛。话没有说完，女人的脸已红了。这让曾庆龙幸福地想起刚结婚时的那段醉人生活。

有一个远房亲戚，就住在本村，遇到了农忙赶季节的时候，也相互帮帮忙。想到自己不在家，别人帮自己家的事儿要多一些，凤宁这次回来，特意备了一份礼物，算是对人家来帮忙做事的感谢。这一去就碰见了那个远房叔子的小姑娘，叫菊花的。菊花嫁了个乡干部，是个副乡长。本就眼高手低的丫头儿嫁了副乡长更是趾高气扬，见了谁都只哼一声，从不正眼瞧人。可是今天见了面，一改往日的不冷不热，一声宁姐，早已落下泪来。原来是那当副乡长的丈夫被抓了，不光是贪污，还乱搞女人；见了凤宁和曾庆龙这恩爱的一对儿，曾经高傲的女人看到了自己的不幸，她擦了一把鼻涕泪水，狠狠地对凤宁说，要是当初就知道是这个结果，还真不如找个踏踏实实种田的算了。说得凤宁偷偷地笑着望了曾庆龙一眼，曾庆龙有些难堪地别过脸去。凤宁知道，当年也有人跟菊花提起过曾庆龙，可那时小妮子眼光高着呢，哪看得上玩泥巴的。凤宁安慰这一把鼻涕一把泪的离婚的女人，感叹着这命运的无常。

回家过年的几天时间很快过去了，凤宁又要出门了。那天晚上，两口儿亲热了一番后，凤宁想起在外打工的孤苦生活，躺在曾庆龙怀里说，真想不出去了，就在家里算了。曾庆龙一听，立即来了精神，在床上撑直身子，睁大了眼望着凤宁，真的?！不出去打工了？凤宁收回悠悠的目光，闪了男人一眼，叹了一口气，把他拉下来，给他裸露的肩头重新盖上了被子，一边悠悠地说，唉，离盖房子的钱还差得远呢。

凤宁告诉曾庆龙，出门这几年，她也换了不少工种，最后总算在一家玩具厂立住了脚跟，先是当一般的工人，后来当副拉长、拉长，一直当到生产科长，现在她已是一个小分厂的副厂长了。曾庆龙想起她曾经一回就寄了两千块钱回来，就问凤宁，老板怎么一个月给了这么多钱？凤宁哼了一声，说我给他挣的钱，不知是多少个两千！见曾庆龙还在疑惑，凤宁就扑哧一笑，钻进了男人的怀里，一边将热气喷在了曾庆龙的胸口：我说过，什么活儿都是人干的。我要不是小时候家里穷，没读几年书，现在也是一个大学生、工程师、大老板！

可是又要打工去的女人终究是伤感的。想起又要离开家，离开亲人，在他乡别土，又要忍受思乡念家的漫长日子，就怎么也睡不着了。在丈夫的鼾梦中，她睁大了眼睛，听着鸡叫声在窗外一遍遍地传响整个村子。像刮树皮一样，鸡叫声一块块撕去了黑暗，又露出了一个清清醒醒的早晨来。窗子刚撕开一片白，凤宁就起床了，她要在离家之前，好好看看这个飘着晨雾的清醒的乡村，把一个主妇从事了无数遍的家务活儿重新做一遍。

她去开笼放鸡，挡板一抽，放出了一团欢呼雀跃，她端着一瓢高粱，站在鸡丛中，撒出了一片欢乐；她从院落的阶沿坎上，抱了一捆柴，烧起了柴火灶，呛得一阵咳嗽，可是望着那蓝色的柴烟感到的也是无比的温暖；她烧好了开水，给婆婆，给丈夫，各自冲了一碗放了糖的鸡蛋花儿，端到婆婆、丈夫的床头，尽一个孝敬的媳妇，一个贤惠的妻子长时间不能在家的职责；她来到儿子的床头，给喜欢蹬被子的小家伙捂紧被子。她拾起已生疏了多少日子的剁猪草的刀，屋里响起了有节奏的砧板声。剁好猪草，她舀了一大瓢糠，去喂猪。猪抛着尾巴吃着食，她抚摸着那头肥猪，猪栏牛栏散发的气味儿，也感到是那样的亲切。

她张大了鼻孔,微闭着眼睛,像嗅着醉人的花香一样,尽情吸着家园的气息。她要把这一切尽收心胸,在那又会分别多少日夜的日子里,在工作疲惫的间歇,在思乡不眠的夜晚,慢慢地,一滴一滴地释放思乡的情怀。家里那条通人性的狗,仿佛也体会到主人的心意,不停地呜呜着,擦着女主人的腿。

凤宁这一离别就是三年。三年已足以发生很多事情。

凤宁给曾庆龙买的一个本地通,曾庆龙总是舍不得打,他听说打长途,两句不打紧的话,就会说掉了多少钱;打电话多的,是凤宁,她总有说不完的话,问儿子,问老人,问完了人还不算,还要问猪,问鸡,问狗,问庄稼的长势,问左邻右舍,村里的一切她都是那样好奇。电话都打热了,都在烫耳朵了。浪费了多少钱!可以买一桶油漆、两根窗户的钢筋了!想到这里,曾庆龙就不耐烦了,三句两句连珠炮似的吐出口,啪,挂了电话。

电话是隔三岔五地打,可钱是准时地寄。而且寄回的钱一次比一次多。有一回,还寄回了让村里所有的人都大吃一惊的数目。寄来的信、汇款单,都是邮递员老王转,老王人老了,话也就多了,往往多出的一两句话,就是无聊的人们想探听的秘密,就足于让平静的山弯刮一阵风下一阵雨。这风风雨雨的一多,再正常的事情也会变得不正常了。

再漂亮,再能干,也是一个二十好几快三十岁了的人,凭什么一年赚个三万四万?太不公平了,太不正常了。

那她是在打什么工?

你说什么工?!嘿嘿嘿,笑得很有内容,很有深意,笑得什么也不明白的人像突然发现了什么蛛丝马迹,一下恍然大悟。于是一传十,十传百,猜忌和谣言,像田园里的虫蚜一样,长得再好的庄稼也会在它的啃噬下枯萎倒塌。

这首先倒塌的自然是当丈夫的曾庆龙。

见邮递员来过了，曾庆龙喜滋滋地跨上摩托车，要到山下的邮电所去取钱，就有人隔了一块田，大声跟他打招呼说，曾庆龙，老婆又寄钱回来了？你好啊，娶了一棵摇钱树啊。说得大伙儿都相视一笑，眼神里全是默契和讥讽。

全村的人仿佛都清楚曾庆龙家里有一棵摇钱树，在摇什么样的钱。人们脸上带着讥讽，胸中压抑着嫉妒，说出来的话解恨又刻薄。在人们的传言里，他的打工的老婆成了别人的二奶，成了最不要脸的女人；人们终于找到一条扬眉吐气，响亮地吐一口痰来蔑视他人的理由。穷又怎么样，干净！

很多不怎么熟络的人，也对曾庆龙亲热了。曾庆龙没有看到那些表面对他亲热的人，转身就满脸的讥诮，也没有听到他的突然到来，那像漫天的蛙声戛然而止的议论，对很多人突然主动跟他搭话，刨根问底的追究，满脸堆笑的恭维，虽然感到纳闷，但都还是往好处想，认为还是对他的勤劳节俭，对媳妇的聪明能干，对一个正在越过越好的家庭由衷的关怀和祝愿。

还是那一个远房亲戚，觉得于心不忍，不能让这个老实巴交的侄子再受那个妖精的蒙骗，受外人不明不白的欺凌，经过一个不眠之夜后，终于跨越了劝合不劝分的古训，在一个阴雨绵绵，不能下地干事的阴雨天，重重地叹了一口气，在迎接他的一阵狗叫声中，跨进那低矮的家门。

胡说！全是狗屁！是眼红！听了远房叔子传达的村人们的传言，曾庆龙一冲而起。这个修养一向很好的种田汉子，脖子上青筋直暴，脸像泼满了猪血。不，不可能，打死我也不相信——他喃喃自语，脸色苍白，颓然瘫倒在椅子上，像一只快死的蛤蟆；他脸色非常难看，可更难看的还有那个来传话的远方叔子，这跳起来的一声吼，好像是针对他说的。这叔子脸上红一阵白一阵，最后是哀其不幸的斟词酌句：其实，凤宁本意还是好的——

  曾庆龙的心全乱套了。他的耳边嗡嗡缠绕的全是那些可怕的流言。这时他才明白人们不怀好意的阴笑，那双关刻毒的言语。他痛苦地捶打着自己的头，可那些毒蜂一样缠绕着他的流言却驱之不散。他谨小慎微的本性，本就什么事都宁信其有，不信其无。他也曾怀疑，自己的女人为什么会挣这么多钱，她一没有背景，二没有文化，她是比人家聪明，可世界那么大，比她聪明的多多少！是的，她比别的女人漂亮。他想到漂亮，想到自己的女人，那光滑匀称的肢体呈现在别的男人身下，他就气得发疯。他发疯地拨着电话，颤动的手指狂乱地戳在手机按钮上，几次拨错了号码。他要打电话问凤宁，让凤宁亲口告诉他，她到底在打什么工！！可那一天，电话就偏偏拨不通。

  没人接的电话更让他加重了怀疑。他想起每次打电话凤宁都不接，都是凤宁自己拨过来。凤宁解释说，他节约，总是话没说清，他就关机了，不如自己拨过来。一个人一旦产生了疑心，什么事都会杯弓蛇影。他接着想起还有一次，儿子病了，要做阑尾炎手术，医生要他在手术风险单上签字，他觉得六神无主，想跟凤宁商量一下，自己的本地通忙得忘记了充电，就跟别人借了一个手机打过去。没有想到平时打不通的电话，那一回偏偏一打就通了，话通里传出的声音更让他心头一沉，一个温情得让人不安的腔调，问王总怎么还不到啊。他举着电话愣住了，这柔软的语调，却刀子一样戳痛了他的心。他从刹那间的间歇里，仍听出了话筒里传出的可疑的说笑声，让人产生一些不快联想的靡靡之音。虽然过后，凤宁一再解释，说是那是在请一个客户吃宵夜，可他不能想象，对自己温柔的女人也同样对别人那样柔顺。本就心胸狭窄的男人用了好多天，才强迫自己把那不快的阴影淡忘。可是淡忘并不意味一丢而尽，它就像种子，一个红薯，一枚洋芋，暂时被收藏起来，到了生长的季节，不用雨露它也要生长发芽；何况是这满村的风雨！

这远房叔子的话，这满村的风言风语，让那些阴影、疑虑，那被收藏着的红薯洋芋，破土而出，抽茎拔节，迅速蔓延缭绕的茎藤铺盖了他的思想，缠得他痛苦不堪。

直到晚上，曾庆龙被那恼人的藤蔓缠得像疯狗一样，拿着农具、家具出气，一旁做作业的儿子怯怯地从小方桌上望着他。这时凤宁的电话打来了。他一把抓过电话，劈头一句：你到底还想不想要这个家？！

当然要家，她太想那个家了。她出门打工的目的就不是为了那个"家"么。正像那些算命抽彩头的说的，她是人在外面心在家，只为银钱走天下，只是没有太多的精力时间来想。这个从山乡走出来的打工的女人，现在已经是一家玩具分厂的小老总了，她要统领那一两百职工，那些和她一样抛夫离子、背井离乡的姐妹，她要保证她们每一个人都有钱赚，都能实现建好各自的"家"的梦想；她严格检查每一道工序，严把每一道质量关，她也曾把那些在乡村随意惯了的姐妹训得痛哭流涕，可随后她又和她们一道返工，轰隆隆的缝纫机声响到天明，告诉她们真诚和质量就是打工赚钱的资本；除了车间的工作，她还有许多应酬，应酬那些送货和接货的客户，怀着诚意和不怀诚意的形形色色的商人，还有地方上的政府官员、工商税务，方方面面。

短短几年的磨炼，已改变了一个乡村女人的形象。她变得既风风火火，又温文尔雅；她察言观色，洞察秋毫，在谈判桌上游刃有余，总让自己处于不败之地又给对方留下广阔的余地；她成了一个严明的领导，谈判桌上的高手，又是一个最值得信赖的姐妹；她思路活跃，紧跟市场，为公司开发出了一个又一个新产品。在那一家玩具公司的合资企业，这个能干聪慧的女人成了从最基层走出来的出类拔萃的管理员，是颇有发展前途的新人才。

没有改变的是思乡的情感。多少回，她梦到自己的家园，那鸡，那猪，那狗，那一块块的农田在四季中不同的景色，那炊烟的味道，那乡音的亲切，丈夫的关爱，儿子的撒娇。回忆浸湿了她的心，泪水打湿了她的梦，她常从梦中醒来，瞪着不眠的眼望着窗外异乡的明月，不止一次暗下决心，只要赚够了做一幢新楼房的钱，儿子将来读书的学费，就回去做她龙凤村的媳妇，那一个温馨小家的女主人。

还是出来打工的第二年，匆匆忙忙回过一次家，三年来，她再没有回去，即使是春节过年。回一趟家太花费了，她是种田人，知道那来来往往洒在路上的费用，就是一担担的谷，一担担的米，一包包雪白的面粉，是做一幢房的一筐筐砖瓦。她背井离乡的目的，就是为了挣钱，攒钱，为盖一幢大楼房，为儿子将来的前途。

近来，丈夫的电话更少了。如果她不打回去，丈夫就根本不记得打过来。前不久，打通了电话，她喂了一句，话筒里就说，你一人出门在外，自己还是要照顾好自己——几年了，男人突然说起了客套话，这让她惊喜，又感到了些许不对劲儿。原来她早习惯了丈夫的大大咧咧和沉默寡言；她还想说几句什么，可那边的电话已挂断了。

此后丈夫再没有给她打过电话。她把电话打回去，不是打通了没有人接，就是电话关了机。再后来，她打通过一次电话，出人意料的是那个离了婚的亲戚，叫菊花的接的，菊花先是亲亲热热地喂了一声，听出是她的声音，就迟疑了。接着菊花告诉她，她家正在忙着请人割油菜，曾庆龙下田去了。

再后来，那电话就停了机。

凤宁不知道家里出了什么事，是不是丈夫见她几年不回去，这回真的生气了。她把电话打到村里的邻居家里，打到村口的小卖店，得到的回答都是一个结果：什么事儿也没有，一家人都好，小宝天天挎着书包从他们门口过——儿子小宝已在上一年级了；总之一切都不用担忧。她问曾庆龙的电话为什么停了机，是不是换了手机，换了号码，电话里的那个大婶就劝她说，凤宁啊，钱是什么人是什么呀，还是回家来吧。厂里有一个老乡，住的隔龙凤村不远，她让她回去后帮忙看一下家里怎么样了。那小妹老乡回去了一趟，回来告诉她的情况和自己已经知道的也差不多：村里都好，她儿子小宝动了一个小手术，早就好了；不过，听说有个叫凤菊的女人常到她家去——说到这里，那个小妹老乡意识到什么，突然停住了嘴。凤宁就一笑，说我知道，我们是亲戚，农忙要相互换工帮忙的。

话虽这么说，凤宁打不通家里的电话到底是不放心，不知是不是那个节俭的男人有了钱越来越小气了，还是对她几年没有回家，真动了气。想起那日思夜想的家，凤宁返乡的决心就下了。

怎么，不干了？分管她的总公司的副老总很吃惊。再回去种田吗？一个乡村走出来的妇女，走到这一步可不容易啊。可是听她说明了情况，听她说了一个远离家乡的妇人，长年在外，思乡念家的种种心酸，副老总受到了感动。他取下了眼镜，擦了一下因此勾起的思乡的迷蒙，对凤宁的要求表示理解。不过副老总还是请她帮忙把分厂带到年底。副老总的话很客气，说出的理由也不容推辞，总不能说撂挑子就撂挑子吧。这一辈子就打得这一回工了，还有半年时间，熬就熬到年底吧。

年底终于到了。回家之前，总公司专门找她谈了一次话。副老总代表总公司告诉她，如果她不走，过了年总公司就要把她调到总部，到一个风景秀丽的大城市。可城市再美也美不过自己的家乡，美不过那个叫龙凤村的小山弯。凤宁这回是说什么也要走了，她把财务，把几份和客户签了还没有到期的合同，把牵着她留下的一切，把所有与打工相连的根根草草，全割断了，全摊在了副老总的桌子上。

副老总见她去意已决，叹了一口气，十分惋惜，然后从抽屉里拿出一沓钱，说这是表彰你这几年来为公司做出的贡献。凤宁把钱推了回去。谢谢！我不能收，我该得的都得了。

该要的一分不少，不该要的一分不取，这正是她做人的标准。现在最重要的是回家，与自己的亲人团聚。

虽然年关前的车不好赶，但凤宁采取了曲线运动，南上北下，东进西突，火车客车出租车，抓到什么就坐什么，终于赶在过年前，在腊月三十，在瑞雪飘飘、万家团圆的日子，回到了辞别几年的家乡。

那忙着贴对联，糊门画，准备过年的，一抬头看见了雪地大路上走来一个洋气却眼熟的身影，看了几眼便隔了两块田高声打着招呼。这乡音，这笑容，和梦中的并没有什么两样，但细心的凤宁却感到那话语和微笑中分明有一种什么不同。但到底是什么不同，她一时还没弄清，也没有时间去想。她加快了步伐朝家走去，团年的时间临近了，她千里迢迢，千辛万苦地赶回来，就是要赶在团年的时刻和家人团聚。

过一个路弯，凤宁的心突然跳起来了，山弯的那边就自己的家。大步流星的双腿一下松了软了，浑身疲惫了，那是一种幸福的慵倦，是奔波了漫长的日子后突然见到目标，回到家的感觉，这感觉让她有些委屈，有些心酸，又幸福得两眼放光；一阵袭来的巨大喜悦，夹着风雪吹来，让她拖不动双腿了。

凤宁随着扑扑的心跳，怀着复杂的感情，走近自己的家。让她惊奇的是，昔日的老屋旁，建起了一幢两层楼的砖瓦房，一个孩子正站新房的大门口，用竹竿挑着一条鞭炮，点放鞭炮。她认出了这放鞭的孩子，就是自己的儿子小宝，他头上戴的那一个米黄色的老虎帽，就是年前，她亲手缝制寄回家的。

小宝！母亲亲切地喊。可抬起头来的小子却是满脸的疑惑。几年的离别，儿子已认不出自己的母亲，望着这个从天而降的陌生女人那热情得不正常的眼神，孩子感到了恐惧。他吓得丢掉了手里的鞭炮，转身朝新楼房里跑，一边对屋里喊了几声什么。随之出来的，也是凤宁熟悉的人影，自己的男人曾庆龙。

曾庆龙见了站在院场里的来客，先是惊愕，接着脸上出现的表情就让凤宁十分陌生，他像见到一个外人，一个打扰了他的人。那皱得越来越大、像个疙瘩的眉头透出比这冬天还冷还硬的淡漠。他是想说什么，突然他听到了身后一声显然是提醒的咳嗽。凤宁扭过脸去，望见了一个同样熟悉的人影，不过这个人的出现的情景却让她惊讶万分。这出现在眼前的远房亲戚菊花，这时的打扮却分明是这个家庭的女主人，她围着围裙，手里还拿着锅铲，一身家庭主妇的打扮，见了凤宁，开始还有些难堪，接着便抬起头，投来毫不示弱的目光，有意跨前一步挨紧曾庆龙的肩头站着，一脸的挑衅。

此时的曾庆龙似被壮了胆，像是突然醒来似的满面的怒容，伸手对凤宁一指，大声呵斥：你，还有脸回来！！

各种各样的表情还来不及在这个回家的女人脸上轮换，惊讶早已在那风尘和疲惫的脸上凝固了。她是想说点儿什么，可是头脑已是一片空白。

她曾设想过男人种种冷落她的理由，但就是没有想到他已经有了另外的女人。刹那间，她想起了那个打电话的大婶的话中有话，那小老乡的欲言又止，那次意外的电话，种种本要引起她的警觉的可疑事情。可是一切都已晚了，这个风尘仆仆、本应走进新楼房的主人，却眼睁睁地望着那个叫菊花的女人悻然地望了她一眼，俨然以一家之主的身份，把那一脸困惑的小宝肩一揽，把曾庆龙的背一推，进屋去吃团年饭。

那本不是一家人的一家人进门了，门砰地关上了；接着又拉开，点燃的鞭炮摔了出来，在凤宁的脚下炸响。那条不知什么时候跑来的瘸了一条腿的狗，认出了昔日的女主人，摇着尾巴，擦着老主人的裤腿，不停地安慰似的呜咽着。

团年已经进入高潮，山弯里爆满了噼里啪啦的鞭炮声。清脆、急促、喜庆，在清明的空气里激荡。千辛万苦赶回家来过年的女人，已是无家可归，她手中提着为一家人准备的过年新衣和物资的大包小包，像个局外人，呆呆地站在炸响着鞭炮的新楼房门前，站在新年的风雪中。

多年以后，一家公司的女副总，每到年关到来，常爱站在高耸云霄的写字楼的玻璃窗前，透过窗外飘飘的雪花，眺望远方；眺望的背影富态而又沧桑。下属们都知道，这个叫凤宁的副老总是在想念她的家乡，那个叫龙凤弯的地方。

选自《朔风》2017 年第 2 期

保姆秋收记

胡健

1

中秋节前的半个月,娄小丽和保姆小谭之间的大战就开始了。

按理说,保姆小谭年年都是在中秋节前后回家,那是收获的季节,地里的玉米熟了,收玉米的工作量又大,家里需要她回家掰玉米去。娄小丽早已认可。当初,也正是因为小谭不像其他保姆一样在春节期间回家,娄小丽才非常乐意地选择了她。四年来,年年的春节,别人家都手忙脚乱地对付着没有保姆的日子,只有娄小丽和母亲,能够惬意悠闲地迎接新春最漫长最拥挤的假期。

可是今年不同了。

娄小丽的女儿闪闪在美国结婚,怀孕,马上又要生孩子了,她需要妈妈去照顾月子和新生儿。中秋节前,娄小丽就要飞美国了,可是母亲怎么办呢?她首先想到的就是,推迟小谭的休假。一天晚饭的时候，她就提出来了，问小谭，你今年能不能中秋节不回家？

小谭说，不回家？不行啊，地里的玉米……

娄小丽说，我知道，我知道，如果我出钱给你家雇一个短工……

小谭立即打断她，说，那哪儿行啊，让人笑话！……几个玉米也没几个钱儿，还雇人？！

娄小丽说，可是奶奶怎么办？

小谭急了，生怕不让她走了，就说，你家也不是没别人了，叔叔还在嘛！

她说的叔叔，就是娄小丽的丈夫、闪闪的爸爸。戴志国是一家军企的总工，平时忙得手脚朝天，哪里有时间照顾丈母娘？

娄小丽一听就气了，对母亲说，妈妈，今年不行就另请一个短期保姆吧，反正这个时候好找，如果用得顺手就留下了……

妈妈说，找个新的？

娄小丽随即对小谭说，到时候你就在家等电话吧，如果打电话给你，你就别回来了！

小谭一听，气得不行，就问老太太，说，奶奶，你同意了吗？

娄小丽拦住母亲，说，老太太同意不同意都没用，一个老太太，没人管她了，让她怎么办？！

小谭不响了，她来娄家的时候，就已经三十三岁了，那时爷爷还在。四年里，她一人伺候两个老人，白天做饭，打扫卫生；夜里还要听着爷爷的动静，不能睡得太沉，随时准备扶爷爷起夜。尤其是爷爷住院以后，她又多了一份工作，每天三顿饭往医院送，还要等着爷爷一口不剩地吃完，把碗带回家洗净。在医院负责照顾爷爷的护工都"支招儿"给她，说，那么累的活儿，还不多要点儿？小谭只摇头，说不出什么来。最终，爷爷没能走出医院。是小谭的能干帮助娄家度过了爷爷病逝后的最困难的阶段。

娄小丽的父亲如果在世，也该九十五岁了。母亲小他十岁，今年八十五。母亲虽然身体尚好，平时生活能够自理，但谁敢说八十五岁的老人在半个月里就没个偶发之灾呢？

当晚，小谭辗转反侧，一夜无眠。等了一年的家庭团聚，怎么能轻易放弃？家里还有丈夫小万、上初中的儿子和婆婆。儿子住校，一周回家一次。自从小万做装修伤了腰，一直留在家里务农，不再外出，他就每个周末下午去乡里中学接儿子回家。前几天儿子还发短信来，说爸爸在家多好多好，就只差妈妈了。看得小谭眼泪汪汪的。没有妈妈一年到头在外打工，你爸再好不也是没饭吃吗？小万的腰伤一到用力气的时候就发作，像收玉米这样的重活，成百上千斤的秫秸秆，年年都是靠小谭从地里背到大车上去。儿子还小，身子骨弱，一点儿都靠不上。小谭想了哭，哭了想，直到天亮。

小谭每年回家，还要去看望自己的父母，他们和二哥、二嫂住在一起，每次去看他们的时候，小谭都难过地发现他们变得越来越衰老。父亲一贯沉默寡言，母亲却曾是非常能干的女人，她当过村里的妇女队长、团支部书记。可是分田到户以后，没有了妇女生产队，也没有了团支部的活动。母亲回到自家地里，只在秋收的时候领导一下自家的孩子们，像当年的生产队一样，给每个人派活、计工分。等到过年的时候，孩子们就都能得到一些分值不同的奖励。小谭记得，收成最好的一年，她得到过一条粉红色的毛围巾；大哥、二哥是一人一双解放鞋。

第二天吃早饭的时候，看着她一双肿得桃子似的眼睛，奶奶说，小谭，你就答应了你小丽姨呗，就说不回去了。

小谭说，我还没想好。

奶奶说，你不答应她，她不放心呀！她反正比你早走两天，等她走了，你再说呗。

小谭说，等她走了，再买票都来不及，没有坐票，就得站一宿；再说，我要是真走了，你怎么办？

奶奶说，我好办，你就别操心了。

小谭说，我哪能不操心？我要是答应了小丽姨，又偷偷走了，不是骗人了吗？

2

周五晚饭后，小谭收拾完厨房，留下奶奶自己在家看电视剧，就出门去了。

小区附近有个广场，每个周五晚上，都组织大型舞会，来自四面八方的男男女女，老老少少，都来跳交谊舞。这个时候，小谭和小区里的保姆姐妹们常常结伴去参加。她们穿着主人给的各式各样的裙子，悄悄抹上点粉底霜和口红，脑后别上假发头花，迈着学来的舞步，旋转在陌生的人们当中。先是姐妹们自己互相带着跳，然后就自然会有人来拆开她们，多是些老得不那么彻底的男人们。他们跳得动，转得也快，就是气息已不怎么好闻，有时候搭在她们腰上、背上、屁股上的手也不是太老实。姐妹们互相交流信息，很快就列出了几个不正经的老东西，是一见必躲的。当然还是好的人多，只管跳，不多问，不多说，一曲完毕就拜拜走人，并不黏糊你。

小谭有个半固定的舞伴，是个七十岁左右的帅老头，整齐的花白小背头，挺直的腰板。做什么的不知道，谁也不问谁。第一次跳的时候，小谭就直接叫他大爷，他就答应着。这位大爷姓索。索大爷体力不错,逢"华尔兹"必是一转到底,不到最后一个音,绝不言停;他说过,就是为了锻炼身体才来的,不能怕累。小谭个子不高,体力也好,一副真正吃苦耐劳的身子骨,被索大爷带着,怎么转都转不晕,跳多久都不喊累。这令索大爷非常满意。后来,索大爷一到广场就先找小谭,即使小谭偶尔没来,他也要找到她的姐妹们问个清楚。引得小姐妹们就开玩笑,问小谭,索大爷是不是看上你了,他可不像七十岁的!要不要回家离婚去?你家小万答应不答应?小谭就回道,说你们是农村娘儿们吧,逃不了的,就是农村的,脑子里除了钱,就是想男人!她们又去对索大爷说,小谭不错吧?要不要小谭给你当保姆去呀?索大爷就说,谁说我要保姆了?我就算是要也只要男的。

这天,小谭和姐妹们到达广场的时候,看到索大爷已经在场子里转上了。小姐妹们迫不及待地下了场,互相拉着跳起来,只剩小谭不声不响地在场地边上等,等着和索大爷跳下一支曲子。索大爷看见她,向小谭打了个响指后,继续跳,跳着跳着就跳没了影儿。

这时,小谭看到娄小丽的红色"嘎嘣豆"从广场旁边的路上驶过,"嘎嘣豆"是戴志国给那辆车起的外号,因为那车的样子太像一颗大蚕豆了。小谭心想,娄小丽和戴志国不是每个周六中午才回家吃饭吗,怎么现在来了?来不及细想,场上一曲已毕,她看到索大爷正快步向自己走来。

小谭笑着打招呼道,索大爷,你早来了?

索大爷说,哪里,也是刚来,先活动活动腿脚……

索大爷打量了一下小谭的裙子,说,今天的裙子穿得不好。

小谭今天穿的是一个姐妹拿来的带着亮片的貌似华丽的黑色裙子,因为太瘦,谁都穿不下,才给了小谭。出门之前,小谭在镜子面前反复看了,细腰刚好,突出了平坦的腹部和翘起的臀部,还有笔直的双腿。缺点只有一个，就是短了些。经索大爷一提，小谭不好意思地往下抻抻自己的裙摆，它们确实有点短，稍微一弯腰，就会露出裤衩来。但是，现在不是正流行超短裙嘛。她反问索大爷，说，怎么不好？

索大爷说，下次我送你一条裙子吧；跳交谊舞最讲究着装，着装不得体的话，就没什么意思了。

《玩具兵进行曲》响起，索大爷伸出手，说，来，今天就先带你跳一个吧。一字步，来……他大步将小谭带进了场。

这首曲子的节奏鲜明，有力。小谭在索大爷的臂膀里，迈着坚定的步伐，一步一个音符，果断地冲撞着不按节奏出腿或者慢条斯理当四步跳的舞伴们。小谭兴奋地笑起来，真是太过瘾了！索大爷把她带到最中心的地方，横冲直撞，快意无比！

突然间，索大爷放开了手！他大步走开，边对小谭说，不跳了，不舒服。

小谭立刻拉住他，关心地问道，是心脏吗？……带药了吗？

索大爷推开她，快步离开，边说，不是不是，你别管了！你今晚也别跳了，快回家去吧！

这时，小谭发现周围跳来跳去的人们都用异样的目光看着自己，她本能地捋了一下自己的裙子，才得知裙摆已经完全缩到了腰上，后面露出的是自己无遮无掩的花边内裤包裹着的臀部。望着索大爷的背影，小谭羞愧得无地自容。你给人家丢人了呦！你一个乡下来的女人，你以为人家老，你年轻，就人人平等了。其实，你再穿城里人的衣裳，也是个乡下女人；人家再老，穿得再普通，也是个有规矩有讲究的城里人。

小谭独自黯然离开广场。好在马上就该回家秋收了，你可以暂时消失一阵，索大爷一时见不到你，也许就原谅了你。想到此，她心里稍稍好受了一些。

3

回到家里，奶奶的老式客厅关着门。她推开客厅的门，探一下头说，奶奶，我回来了……

客厅里，除了娄小丽之外，还坐着一位年轻姑娘。一看就是刚刚从乡下出来进城打工、什么都不懂的新手，小谭心里咯噔一下。

奶奶说，小谭，这么早就回来了？

小谭心想，不早回来就被蒙在鼓里了。她答说，是啊，人太多。

娄小丽毫不避讳，说，我找了小李来替你，让奶奶先见见。

小谭内心不快，却灵机一动，说，姨，奶奶没告诉你吗？我不走了呀！

娄小丽一愣，问，妈妈，是吗？

奶奶也一愣，说，啊，啊，我忘了……是啊，早上……

小谭头一扬，傲然地转身离开。娄小丽叫住了她，说，小谭，给小李倒杯水去。

小谭和颜悦色地说，好。

娄小丽和小谭的较量到此告一段落。以一杯水宣告了娄小丽暂时胜出。

又是一夜的辗转。小谭望着天花板，久久难寐。你答应不走了，接下来怎么办？奶奶说过让她先答应下，可是她不能不走啊！也许可以和其他姐妹商量商量，让她们捎带手来给老太太做顿饭，烧个水……而且，而且，她又添了一个担忧的理由，就是广场的舞会。既然不走了，那姐妹们来约你，你还去不去？不去吧，你要有过得硬的理由；去吧，见了索大爷，你脸往哪儿搁？从此不和他跳吧，也要有过得硬的理由；继续和他跳吧，人家要是不理你了呢？

几天以后，娄小丽放心地踏上去往美国的飞机，到异国他乡去开始一段类似小谭在国内的工作经历：保姆生涯。戴志国开着车带小谭去机场送机。当小谭把手里的大包小包放到传送带上的时候，娄小丽说了一声谢谢。小谭眼泪差点儿掉出来。就为了这一声谢谢，她就要失去在中秋节与家人团聚的快乐，而且还要让家人因为她的缺席而付出更多的劳力；除此之外，她还要在城里经受羞耻心的折磨，失去让广场上见过她丑态的人忘记她的机会。

回来的路上，戴志国问她，给家里雇短工的钱够不够？

娄小丽付给短工的钱是四百元。小谭仔细想过，短工当然不能请，肥水不流外人田，就请大哥、二哥帮这个忙。一人二百，虽然不错，但是以后如果有什么事再请他们帮忙的话，是不是就都得要给钱了？

小谭说，几天就收完了，够了。

戴志国说，我小时候在家也下地，最怕收麦子，捡麦穗，每天都累得站不住，腰都像断成两截了一样。

小谭说，俺家那农村人说，男人没腰，干不得弯腰的活儿。

戴志国说，那时候，谁捡的麦穗就归谁，有腰没腰都得去捡……要不就不够吃。

小谭说，农村人要是帮人收几天庄稼也能得四百元，再苦再累也值了。

戴志国不吭声，只叹了一口气。一个保姆工资每个月一千三百元，十天四百元，娄小丽算得要多精确有多精确。

回到家，小谭就进了厨房，准备午饭。却听奶奶不停声地喊她，小谭，小谭，你来！

小谭先把锅接上水,坐上灶,才慢悠悠地到奶奶的书房里,只见奶奶举着什么晃给她。奶奶说,小谭你看,这是什么?

小谭当然认得,是在外漂泊的人最认识的火车票嘛!但是,奶奶手里的火车票居然是两张!她问,怎么是两张?

奶奶眼睛里闪着顽皮的光,说,我跟你一起走哇!……是我想出来的好办法,让你能回家秋收去!好不好?

小谭想,现在的老头老太太都成妖精了,一个比一个主意高。

4

小谭第一次坐软卧。奶奶睡下铺,她在上铺。戴志国把她们送进车厢,还去车厢的那头去打好热水。离开前,他对老太太说,妈,下车别坐公共汽车啊,就打"的",一定要找有正式出租汽车公司标志的车。

奶奶说,我懂。

戴志国又说,妈,下车早,别在车站吃早饭,不卫生。

奶奶说,好的。

戴志国又对小谭说,小谭你记住,下车一定给我发短信,别忘了!有急事就打电话……啊,短信和电话钱我付……说着就要掏钱。

奶奶说,我来付嘛,这次出门,所有的花销,都是我付嘛!

戴志国这才停了手,说,好。

第一次在黑了灯的车厢里听火车的声音,原来它是那么动听,疾徐有致,强弱互现,高低相谐。躺在上铺,小谭连列车起动的声音都没听见,车厢里安静得就像小船漂在水上。窗外的树移动了好一会儿了,小谭才隐约听见咯噔咯噔的声音。匀速的、滑行的感觉,使她感到无与伦比的幸福。她一会儿把毛毯拉到下巴上,一会儿又褪到胸前;一会儿把自己裹在毛毯里,一会儿又踢到脚下……以往在硬座车厢,头顶上晃眼的灯光、来自四面八方的大人孩子的喊叫、周围人们嘴里发出的难闻的胃气、时不时蹭在身上的脏东西……统统不在话下,有座位就是最高享受。有时候,她也会挤出一小块地方挪给站了好久的人歇歇脚。那时的她哪里想得到,就在同一辆列车上,还有她根本就想不到的一种幸福,不仅仅是躺着,而且是当场就能区别于所有受苦人的那种舒服,和别人不一样的优越的感受。

她想,这一切都是因为有钱啊。有了钱,就能享受别人想不到的幸福。她又想,奶奶今年八十五岁,如果她能像爷爷一样活到九十五岁,还有十年,我也能挣到二十万了,除了儿子上大学的钱,还能剩不少……那时候,索大爷大概也老了,她也许能去索大爷家当保姆了。想到了索大爷,今天正巧是周五,正巧是广场舞会的时间,索大爷见不到她,一定认为她是个有羞耻心的人,他一定会带话给小姐妹们,让她继续去跳舞,不要有顾虑。是啊,他还主动说过,要送给她一条裙子呢。

清晨四点,列车员就把包厢的灯打开了,喊着,起了啊,驻马店下车的,起了啊!

窗外仍是黑的。小谭又看看手机,还差一个小时呢,这么早就喊人起来,实在是太……太什么?太浪费了。白白浪费了一个小时的卧铺钱呀!她轻轻地下了床,只见奶奶已经端坐在窗前。

奶奶?

奶奶说,起了?睡好了吗?

小谭说,睡得可香!

自然流露的口音使得她明确地意识到,真的到家了。昨天夜里,她已经为奶奶想好了这半个月的日程。第一天，奶奶休息，认识全家的人，晚上睡在儿子的屋里，儿子去他大爷家住；第二天，让婆婆陪奶奶在村里转转，认识村长和书记……中秋那天，让儿子陪奶奶去邻村赶集，正是十五，还是个大集呐！然后，奶奶休息。

正说着，睡在上铺小谭对面的那个年轻人，一听到广播里提到"驻马店"三个字，一直沉沉而睡的他，突然就冒出了一句话，他用清清楚楚的河南话说，十亿人民九亿骗，新乡开封是前线，总部就在驻马店。

小谭生气了，站起来，盯着那年轻人，盯了半天，盯的都是人家的后脑勺。奶奶看着她，笑起来，说，看得出是到家了啊，气也粗了，胆儿也大了嘛！

小谭斜着眼睛吊着上铺，话里有话地说，奶奶，驻马店怎么也是好人多嘛。

小谭丈夫小万开着小四轮在车站外面等。这是他们事先商量好的，一切细节，都是奶奶自己策划的，包括小四轮。奶奶本来是想要大马车的，说是好久没坐马车了。这一句话，害得小万四处去借马，可惜没借到。站在小四轮旁边的小万一副憨厚相，不声不响地等着，眼睛只管盯着小谭扶着老太太走出站口，却并不上前来接。

小谭一眼看到他，高兴地喊他，小万！小万！

小万点了点头，示意他听到了，但是仍然不动。

老太太问，那就是小万……怎么不来接你一下？

只有小谭懂得他，因为小四轮是借他二哥的，小万肯定是生怕一离开，小四轮就会丢了。村里以往就有人到车站拉活而丢过小四轮的。他必须死死看着。

小谭扶着奶奶过来，把大包甩给小万，说，死心眼儿！

小万兴奋地冲着脚下笑,并不言声,就扶着奶奶从后面的车帮上了车。小四轮里边铺着厚厚的棉被,还有两个枕头。奶奶坐在棉被上,后面靠一个枕头,前面挡一个枕头。小谭坐到奶奶身边,用被子角围住奶奶的腿。小万的小四轮就开动了。

5

小谭把奶奶带走,这一手可是个大动作。

戴志国始终在考虑要不要告诉娄小丽。如果只忠于丈母娘,他当然不必说;可是娄小丽还会回来的,万一几个月以后谁说漏了嘴,况且小区每一个保姆都可能说漏嘴,到时候让娄小丽知道了,岂不是要有大麻烦?如果只忠于娄小丽,他就应该立刻、马上、迅速地阻止住。可惜没拦住,当然,也是没拦。谁敢跟奶奶对抗啊?奶奶把闪闪从小带大,戴志国感激还感激不过来呐,抵制的心根本就没生出来过。

这天夜里,娄小丽在美国那边睡醒了,电话打过来。她说了说闪闪待产的情况,骂几句闪闪不懂事的丈夫,夸几句周围的环境,然后就问了,妈妈怎么样?

戴志国说,挺好啊。

她问,小谭走了没?

戴志国说,没呢。

娄小丽说,唉,平时老嫌她又馋又懒的,现在想起来,其实人家也挺可怜的,年纪轻轻的出来打工,丈夫也不在身边。

戴志国说,我不是也不在你身边嘛。

娄小丽说,我说的就是你嘛,傻死你了!……你不在我身边,我才觉得自己可怜啊!

戴志国说,哦,是说我呀。不是说小谭呢吗?

娄小丽急了,说,我说小谭可怜,就是说我自己可怜嘛!说我可怜,意思就是说我想你了!唉,没办法呀!半辈子了!什么感情都不懂……傻呀傻呀!

戴志国笑了,说,哦,是这样啊,我刚听懂。

娄小丽说,好啊你,你根本不想我吧?特高兴吧?特自由吧?

戴志国说,不是啊,我还是和以前一样上班、下班,回来没饭吃,就吃方便面……当然还是老婆在好啊!

娄小丽听得快哭了,说,那你每天回妈妈家吃晚饭吧,吃完饭再走。

戴志国心想,就算累不死,还不麻烦死?就说,小丽,你别管我怎么吃饭了,你自己要注意身体。

娄小丽最后说,你也自己照顾自己吧,再坚持半年我就回去了。

戴志国也有自己的打算。他的家也在农村,出来工作这么长时间了,还很少有机会回一趟老家,踏踏实实地住上一段时间,好好陪陪爹妈,尽尽孝道。这次娄小丽一走,他就想过这事,再加上丈母娘也走了,在这城里什么牵挂都没了,还不是天赐良机吗?

两天以后,他到单位就提了申请。是呀,戴总二十多年都没请过一回探亲假,从来没享受过正常假期之外的任何一天假日,当然,搭进去的假日就别提多多了。出人意料地,百忙之中,戴总竟然顺利地请下十天的假来。第四天一早,戴志国背着一个手提包就上了火车。下车后,在省会济南的大商场里采购一番,叫了一辆蹦蹦车,拉了一应物件,就向村里驶去。

戴志国十几岁就出来上高中,考上大学以后也没回来过几次,对村里的情况,不比一个外人知道得更多。路上,他就和蹦蹦车的司机聊了起来。

戴志国问,哪村的呀?

司机说,李村的。

李村有个戴志国的中学同学李卫生,是个女生,就因为这个名字,她就当了班上的卫生委员。她经常揪着逃避扫厕所的男生的耳朵,直接推到厕所里,大声说,只管拉呀?!戴志国想起来,就笑了,说,李村有个李卫生,认识不?

司机平静地说,那是俺娘。

戴志国愣了愣,看这司机的年岁比自己小不了多少,竟然是李卫生的儿子。戴志国说,哟,原来咱俩还挺有缘分;回家见了你娘,告诉她,一个叫戴志国的问她好!

司机说,哎。

日子过得咋样?戴志国又问。

司机说,还行吧。比城里人没法比……叔,冉庄,你还认识谁?

冉庄?戴志国想了想,班上没姓冉的,但是肯定有冉庄的。他就问司机,说,我想不起来了,冉庄的是不是你爹呀?

司机点头说,是俺爹。

叫啥?

韩富居。

戴志国想起来了,韩富居是个小个儿,坐第一排,不吭不哈的一个人。他就说,噢,是他呀!小个儿,不高嘛……

司机说,嗯,可高嘞,差点儿赶上穆铁柱,年轻时人家部队来要他,被俺奶奶拦下了,不让去。

戴志国问,为啥呀?

司机说,还不是因为俺娘已经怀上了我。

戴志国心里暗叹，你奶奶不该啊！便说，那时候他要是进了部队……

司机说，那俺现在也是个官二代了！叔，你是个啥官？

戴志国说，我不是官，我是个工程师。

司机说，知识分子。叔，你当初有没看上过俺娘？

没有，你咋这么问？

俺娘说，班上好些男同学都看上她了，偏偏是俺爹让她怀上了。

这个李卫生，真敢胡说。戴志国心里笑了笑，没吭声。

6

小谭当天一到家，吃了婆婆做的麻酱面，就下地了，留下奶奶在家补觉。

一到地里，小万就把小谭压在身子底下了。四亩的玉米地比炕大，两个人滚来滚去，热乎得不行。

完了事，小谭就笑，问小万，咋就恁急？

小万说，你带个老太太来，叫俺回家咋干？

小谭说，奶奶听不见，不大声喊就什么也听不清。

小万说，咋，这事还用听？猜也猜出来了！

小谭穿好衣服，又笑，说，奶奶那么老了，还猜你什么呀？

小万说，她是猜你哪！

两人说说笑笑着，小万一直粘在小谭身上，手东脚西地，耳鬓厮磨地，迟迟不肯干活。这时，小万咬了咬小谭的耳垂，说了一句什么，小谭愣了一下。咦？结婚十几年，小万从来没有做过这个动作，这是怎么回事？小谭脸一绷，推了他一把，说，快干活吧你！

小万不解地看着她，问，咋？

小谭说，不咋，干活要紧！

小万一扭脸走到前面，挥起镰刀就砍倒了一棵玉米秆子，然后就闷着头一路砍去。小谭拽了马扎坐下，开始把秆子上的玉米棒子一个一个地掰下来，扔成堆儿。待晚上回家的时候，他们再一起把棒子扛回家。秋秸秆子要在地里晒一晒，等到最后，再借了车拉回家。人家富裕的农户就不要这秋秸了，索性让它们烂在地里当肥料。小谭这时又一次想起小万的新动作来。他是什么时候学的这套？用牙咬耳朵！去年回家的时候还没有哇。

看看远处的小万，他的腰弯下去的时候还是不很利索。难道他……和别的女人有什么了？村里没剩几个男人了，只剩老老小小，妇女孩子，小万这样的男人成为全村女人的念想并不意外。可是，跟他的是谁呢？春年媳妇儿？居明媳妇儿？还是刘老贵家新娶的四川妹子？猛地，小谭非常非常想看看小万的耳朵。她起身拿起镰刀追上了小万。

小万正埋头割玉米，只听得小谭的脚步声过来，就扶着腰站直了。

咋？小万笑眯眯地看着小谭。

小谭走近，上手就揪住了小万的耳朵。来来来，让我看看！

小万问，看什么？看什么？

小谭说，看看有没有人咬过你的耳朵！

小万不解，又问，谁？谁咬俺了？

小谭说，你说是谁？

小万的耳朵很硬，耳朵背面有些黑色的泥，泥的分布均匀，没有缺边缺角的地方。他的耳朵外轮也很完整，不像被咬过。再看耳垂儿，就是刚才他咬小谭耳朵的那个部位，边缘很柔软，也很整齐。

小谭没找到把柄，只好放开手，弯腰割起来，说，你的腰不好，歇歇吧。

小万不干了,说,咋样啊,检查完了,给个结论。是好人还是坏人啊?

小谭说,差不多吧。

小万笑,说,你也不想想,俺哪有资格跟别人好?俺把老婆轰出去挣钱,靠老婆吃饭,俺还有什么脸在村里?谁看得起咱!

小谭只弯腰干活,低着头笑。

小万在她身上摸了一把,说,想死俺了!心里哪儿还有别人的地儿?

小谭的眼泪突然就掉下来,一年到头夫妇俩见不到几个面,心里的孤寂相互都知道。她抹了一把眼泪,又抹了一把。

四年前,小谭刚到娄家,第一个月拿的是八百元工资。那时爷爷还在,闪闪也在,常年在家的是他们祖孙三人,娄小丽和戴志国一个星期回家一天。一晚,小谭想家了,躲在被窝里哭,被闪闪听到了。闪闪那时候正准备出国,半夜才睡。闪闪推门进来问,小谭,是不是想家了?小谭说,是想家了。闪闪又问,怎么想?小谭说,心里疼啊!见也见不着,够也够不着,想摸摸孩子的手和脸,也摸不着……闪闪拿出手机,说,给他们打电话。小谭说,家里要是装得起电话,我就不出来打工了。第二天,奶奶把小谭叫到跟前,递给她五十块钱,说,这是闪闪从零花钱里省下来给你的"想家费",让你攒着,给家里装个电话。

后来,她先给小万买了个功能简单的三百多元的手机,在农村办了号,长途漫游的话费也比北京的市内话费便宜。

闪闪虽然出国去了,但是每月的"想家费"奶奶一直给着。

7

村里上上下下都管奶奶叫娄奶奶。

先是那些不下地的女人们来看奶奶,她们有的怀里抱着吃奶的孩子,有的手里织着毛线活,生活虽然不富裕,但是显然过得比城里女人悠闲。她们一个接一个地来,成群结伙的,七个八个的,看得出,如果男人们也在,这个村子还是不小的,也会挺热闹。

热闹归热闹,可是在第一天的时候,还是出了点小状况。正说笑间,娄奶奶突然问,厕所在哪里?娄奶奶要上厕所,可是小谭的婆婆不在。小谭的婆婆本来说好是在家照顾娄奶奶的,但一见这么多人在,也乐得避一避,就赶着去地里给儿子、儿媳妇送饭去了。

这一下就有些乱。小万家的厕所在房后面,围子是秋秸搭的,蹲坑也是几根木棍子在土坑上支成的。近几年唯一改进的是蓄粪池,因为村里一度号召过利用沼气做饭和取暖。小万在自家墙外挖了一个三米见方的蓄粪池,上面封好了水泥盖子,从此院子里的臭味和苍蝇也少了许多。在得知娄奶奶要跟着来以后,小万自己动手做了一个中心带孔的木凳,类似城里人用的马桶,不过只是个没有底的马桶。木凳可以放在厕坑的上边,但是要想坐稳,还需要有人扶着。

万婆婆不在,谁来扶娄奶奶?摔了谁负责?正犯愁呐,一个叫居明媳妇的女人慢腾腾地凑近来,说,要不,娄奶奶,到俺家上去?

女人们哧哧地笑,七嘴八舌地告诉娄奶奶,居明媳妇儿家是大款,有抽水马桶,哗一下就什么都没了!噫,谁都不让用哩!娄奶奶是有福气的人哪!

娄奶奶一听,高兴了,说,真的呀?这也有抽水马桶了,那可太好了。过去我在乡下"四清"的时候还蹲得下去，现在可不行了，一把老骨头不听使唤了。

一女人躲在后面悄悄说，有个小谭听使唤就够了。

众女人又笑。娄奶奶听出来她们看不起小谭做保姆，但是又羡慕小谭能自己挣钱。刚才她们就不断地问她，给小谭每个月开多少薪水，她没说，这是人家小谭的隐私，要说也该小谭自己说。接着就有女人问她，要是我去做，能挣多少？娄奶奶也没正面回答，只大概说了个数，强调了个人素质，品德呀，做饭水平呀，操作使用各种电器的能力呀，等等。女人们听了又有人问，做奶妈是不是挣得多？电视里说是好几万呐，还有月嫂……娄奶奶就说，我家没小孩子，我不知道。女人们就嗤笑说这话的人，噫，能挣恁多钱？你带着奶去，指不定谁吃哩！

居明媳妇家离小谭家不远，众女人随着娄奶奶过了两条街就各自散去了。在北京的时候，娄奶奶也去过郊区的"农家乐"，吃了喝了，上个厕所，没觉得有什么不方便。这次出门前，她也担心过厕所的问题，才让小谭催着小万提前打了个带孔的木凳子。谁知道，木凳子是有了，可惜厕所的地不平啊。

居明媳妇家虽然还没脱了农家院的格局，但是里面窗明几净，看得出居明媳妇是个勤劳爱干净的人。她的丈夫居明在城里做装修，是个小工头，小谭的丈夫小万原来就是在他手底下打工的。后来小万伤了腰，干不动了，居明还发给了小万一笔赔偿费。都是一个村的，不能让人戳后脊梁骨，居明媳妇说。

上完厕所，准备出门的时候，娄奶奶看见了一件熟悉的东西。桌子的里角，放着一个日本的数码相机，那是十多年前闪闪的爸爸戴志国出国回来送给闪闪的礼物，在当时还算个时髦物件。在相机的挂带上，闪闪配了两个红色的小草莓，至今还在上面。两年前，闪闪嫌它过时了，转手就给了小谭。后来奶奶知道了，还有过意见，她对闪闪说，我还没个数码相机呢，你怎么给了别人？娄小丽代替闪闪说，给姥姥的当然要好的，像那么个没什么像素的玩意儿，给了就给了。

后来娄小丽特地给她买了个小巧的据说像素高的相机，其实她也没什么机会用，凡是要照相的时候，都是孩子们带他们的相机来。

娄奶奶盯着相机看的工夫，居明媳妇也注意到了，她告诉奶奶，这是她管小万借来使的，用完就会还的。奶奶说，你用，你用，我没意见。

8

中午过后，小谭的儿子回家来了。儿子叫万国兴。娄奶奶说，名字起得好！

万国兴是和居明的儿子居四海一起回家的。学校放了秋收的假。万国兴早先在妈妈和娄奶奶的合影上见过娄奶奶，奶奶在小谭的全家福上也见过万国兴，所以相见之下，两人都显得很亲切。娄奶奶说，小兴啊，娄奶奶是给你们添麻烦来了！

小兴说，没有添麻烦，我们请还请不到呐！

真会说话啊！以后可以去当电视台主持人了！娄奶奶笑了。

小兴说，那还得娄奶奶帮忙呐！

居四海回家放下东西也来看娄奶奶。

看我什么呀？娄奶奶问。

居四海说，看看北京城里的老太太什么样。

谁叫你来看的呀？

居四海说，我妈说的，看看人家城里的老太太，七老八十了，还恁白，恁嫩！

娄奶奶听了笑，问，那你看，我是那样吗？

居四海说，是。

娄奶奶本名为曹媛，是旧时燕京大学著名考古学家曹厚德的千金。新中国成立前夕，她与进步同学一起，奔赴张家口解放区，加入了华北联合大学，参加了解放北京的政治攻势。就是在那次政治攻势活动中，她结识了某部宣传部长娄清泉。进北京后，他们结婚生女，相伴五十年。娄清泉的官阶虽然不是很高，但是他给了曹媛一个衣食不愁的家。曹家最初并不十分看好一个没有稳定知识体系的共产党的宣传干部，但是，有一个稳定的工作生活环境，在刚刚剧烈动荡过后的社会里，也是可遇不可求的。曹媛的实际学历截止在她出走离家的那一天，但是在她的人事档案中，她是大学毕业，因此在人才奇缺的新中国成立初期，她顺利地进入了国家机关。

孩子们回来以后，小谭的婆婆又不知哪儿去了。娄奶奶就说，小兴，四海，你们能带我出去转转吗？到村里随便看看。

两个孩子互相看看，万国兴才问，娄奶奶想看什么？

娄奶奶说，就是看看村里的风景。

万国兴说，那我们一起照照相去，行不？

娄奶奶说，好啊，可是，我忘记带相机来了。

居四海说，我家有，我去拿。

居四海比万国兴小两岁，也活泼些。他取来相机，娄奶奶用心看了一眼，显然不是她刚才在居明媳妇家看到的那个。心想，他家有相机，干吗还借小万的？

老少三人手挽手走出家门，迎面就看见远处大树下有一群人围在那里。娄奶奶想去看看,被万国兴拉住了。

他说,那儿没什么意思。

居四海也说,就是嘛,无聊得很。

娄奶奶问,人都在那儿干什么呢?

万国兴说,打麻将……女人们……他语气里透着不屑。

居四海说,我妈也在里边。

万国兴说,娄奶奶,村子东边有一处风景,特别好看。

老少三人便欣然前往。村子东边有一座小山,山坡上郁郁葱葱的,都是不高的矮松低柏。上山没有台阶,只有一条蜿蜒的小路,老少三人缓步而去,轻松地上到山顶。娄奶奶四处望去,东面还有几个类似的小山包,把平原搞得像个丘陵地带。万国兴安排娄奶奶坐到一处土台子上,退后几步,举起相机就拍了一张。他回放看了看,说,娄奶奶,你看,真清楚!

娄奶奶说,清楚就好!来,咱们一起照!

居四海拿起自拍杆,熟练地卡在相机下边,和娄奶奶、万国兴并排合了影。

万国兴拿过来看回放,说,可惜拍不到后面的风景。

他拿过来给娄奶奶看,突然,他愣住了,脸涨得通红,他想立刻收回,却已经晚了。娄奶奶也看到了。那是万国兴的爸爸小万和居明媳妇抱在一起的亲密合影!娄奶奶一惊之下,立刻说,哎,小兴,你看见没看见,这山下边的风景,前有河流,后有小山,左青龙,右白虎。

眼见着万国兴将信将疑地把头转过去,娄奶奶顺势把他的身体扳过来,指给他看。万国兴惊魂未定,愣愣地望向远处那片从出生就熟悉得不能再熟悉的风景。

居四海也凑过来，顺着娄奶奶的手指向山下看过去，问道，娄奶奶，你想说什么？

娄奶奶说，自古中原多战事，这个地方物产富足，此乃兵家必争之地。所以说呢，这一片的几个小土丘，没准儿就是哪位帝王将相的坟墓呢。

居四海一皱眉头，搓起三道抬头纹，问，真的吗？

9

农村早就没有炕了，这令娄奶奶有几分失望。她本来以为跟着小谭一到家就有热炕头坐，能坐在热炕上喝一碗棒碴子粥，那才是享受呢。所以，夜里她躺在小谭儿子万国兴的床上，心里有几分不尽兴。刚到达小谭家的时候，小谭就说，奶奶，俺家穷，你别笑话。娄奶奶忙说，不说这个，不说这个，穷不是你的错。看起来，小谭这个村的确不富裕，村口的大路虽然是水泥的，但一进村就是土路了；各家各户墙根下边的排水沟也是在接口处用几块石头或砖，整条沟还是土沟。村里的房子也是新旧交杂的，有红砖红瓦的大新屋，也有泥墙灰瓦的旧村舍。小谭家的房子是旧的，但是家里的电器还够新，除了没有洗衣机，其他的如冰箱、电视、电磁炉、电热水器也都全了。报纸上说，农村的逐渐富裕是一种"溢出效应"，就是说，城市富裕了以后，就会有财富像水一样"溢出"到农村，比如保姆工资，从八百元慢慢涨到两千多一样，所谓大河满了，小河也有水了。可是，难道永远要等到城里人有了钱才轮到农村的人吗？

又想起小谭的丈夫小万和居明媳妇的合影，想到万国兴对他爸的冷淡。其实，人老到娄奶奶这个年纪，看世间万事，就通透得很了。

什么是一时的，什么是长久的，尤其是那男男女女的事情，年轻时蒙在鼓里的云里雾里的事情，老了才知道那是老天爷丢给你们的一个游戏。男人女人若干，各携不同的性激素"弹药"若干，来到世间，飞临某水肥草美之地，为之陶醉，歌舞狂欢，多数落地生根；其余弹药已挥霍过半，尚不得知，仍以为盆满钵满，继续飞行。又飞临高楼林立之地，为之眩晕，再次狂欢，这楼望着那楼高，以半数弹药搏击求得欢乐，登峰造极，于是大多数男人女人直到落下万丈深渊，方知弹尽粮绝之后，平淡才是真；只有个别的人能唱着"高处不胜寒"逗留其上。

小万和居明媳妇就是那以半数弹药搏击之人，不知将来是获得还是失去，究竟会逗留其上，还是掉下深渊。剩下的问题是，怎么才能排解开万国兴这孩子的烦恼呢？吃晚饭的时候，小万的娘炖了鸡汤，一只腿给了娄奶奶，一只腿给了小万。小谭和儿子一人一只翅膀。后来，娄奶奶把鸡腿转让给了小兴，这都没能让小兴高兴起来。

晚饭后，这孩子闷头就往外走，被小谭叫住，问他，小兴，走得恁急？

万国兴说，我还有事。

小谭问，啥事呀？

万国兴说，看俺二大爷去！说着就出了门，关门的声音老大。

小谭委屈地嘟囔说，他妈一年才见他一次，二大爷天天都能见。

娄奶奶说，唉，孩子有孩子的事，不一定是不想妈妈，可能还是不好意思呐！

小万也说，刚刚和小兴见面的时候，这孩子见了我也爱答不理的。这是咋了呢？

傍晚，小谭和小万从地里回来，疲惫不堪。一见儿子，小谭就哭了。农村人不兴搂搂抱抱的，孩子大了，就算亲生的也不会抱在怀里。万国兴也像小大人一样，拍拍哭泣着的妈妈的肩膀，哑声哑气地说，行了，妈，别哭了。

他爸说，放假了？

小兴没理他。

娄奶奶看在眼里，却不能为他们做什么。睡前，她想解个大手，就请小谭陪自己去居明媳妇家一趟。小谭听说了，就想笑。娄奶奶问她，笑什么笑？

小谭说，那厕所都喷着香水呢！

娄奶奶问，那怎么了？喷就喷呗。

小谭边换着衣服边说，那是正经人干的事吗？那还不是发廊里学来的？

娄奶奶一怔，说，哦？她是那儿来的吗？

小谭说，都说是哩！

娄奶奶用余光注意了一下小万，小万正看电视，就当没听见一样。其实娄奶奶觉得居明媳妇并不像，倒是村里那些大小媳妇们对她家的富裕显然有些眼红。一进居明媳妇家，她们就看见万国兴在，他和居四海一起玩电脑玩得正上瘾，不仅没理他妈妈小谭，连娄奶奶都来不及打声招呼。

小谭说，小兴，你在这儿呐？

万国兴说，嗯。

小谭又说，娄奶奶也来了。

万国兴说，娄奶奶。

娄奶奶说，你们玩你们的吧，我是来上厕所的……居明媳妇儿，不好意思啊！

居明媳妇说,哪里,我正要请您去哪!要不,娄奶奶,您就住我家来吧。

小谭就笑,说,你怎么不把我们全家都请来呀!干脆,小兴、娄奶奶、我们两口子我们都来!

娄奶奶心里一跳,这小谭,是知道什么了?

10

夜里,小谭和小万互相捶了半天的胳膊、腿和背。然后互相依偎着说起话来。

小谭说,好久不干活,真是腰酸腿疼啊!你说,这些活儿,值不值四百块?就割这四亩地的老玉米?

小万说,值呀。

小谭说,给你四百你就干?

小万说,干,不就是三五天的活儿吗?

小谭说,好啊,那以后我们就不干这个了。

不干了?

小谭说,是呀,你跟俺去城里,去做护工,男护工一个月两千多呐!还管吃管喝!

小万惊讶,问,真的吗?

这是住到人家家里的;要是在医院当护工,每月三千,不管饭;到秋收的时候,你只管把钱给了大哥、二哥……他们就帮咱收了。

小万说,有那好事?

小谭说,是呀,城里有的老头死了老伴,没人陪着……专要男的哩!

小万想了想,说,这样吧,秋收以后,俺和你去城里瞅瞅。可是,就算进了城里,咱俩还不是住不到一块儿?

小谭说,当然呀,可是现在不也住不到一块儿吗?再说,咱俩不是还都能挣到钱了?

小万说,也不好,如果留在家里,这边起码还有儿子在,一个礼拜还能见到一回,如果进了城,就两边都沾不着了。

小谭问,哪两边儿?

小万说,一边你,一边儿子呀!

小谭说,噢,我以为谁呢!

小万问,谁?

小谭说,我怎么知道?

小万不吭声,今天小谭和儿子的态度都有些怪,尤其是儿子小兴。以往他每个星期回家都高兴得很。小万开始揣摩起各种可能,唯一不敢猜的就是,他和居明媳妇的关系。难道被小兴发现了?

小万和居明媳妇原本并不熟悉,居明是在广东打工的时候,带回来这个东北媳妇儿的。他娶亲的时候,村里大部分男青年都不在家。娶完亲,把媳妇扔在家里,居明自己又走了。就这样,等春节前全村的男人们都回来以后,他们才发现,村里多了一个大着肚子的女人。后来就是几年后小万受伤,居明媳妇来送钱,两人第一次说了一回话。女人说,对不起了,他小万兄弟!小万说,也谢谢居明了,其实这也有俺个人的责任。女人说,小万兄弟忒厚道了,真是没见过,要是换了别人儿,还敢往自己身上揽责任?不推干净了才怪。小万问,咋?居明媳妇说,咋?小万问,咋?你没见过好人?居明媳妇不语,垂下眼皮转身就走,就算告辞了。

第二回说话,就是小谭带回了那个旧相机。万国兴和居四海摆弄够了，就丢在居明家里。居明媳妇看上了，拍完就能看，不用花钱洗，就有了图像，这么多好处，说什么也要去买一个新的。她说买就买了回来，她找来小万，两人学着用，你按一下，我按一下，学着学着就碰上了脑袋，接下来就是脸，就是脖子，就是一切。两把干柴，不用火点也着了。

　　问题是，怎么才是个头？那边居明媳妇对人恁好，温暖得很；这边小谭打工养家，辛苦得很；那边居明媳妇是人家的媳妇，这边小谭是自己儿子的妈。两个家怎么都不能散了，可是两个人也怎么都散不了。

11

　　居明媳妇送走了娄奶奶，把家里收拾了一遍，就准备睡了。她见居四海和万国兴在电脑前面玩兴正浓，也不去管了，反正放假了嘛。她顺手拿起相机，翻了翻儿子白天拍的照片，于是，赫然看到了她自己和小万的那张！一身冷汗顿时淹没了她。

　　那是买来相机不久，她和小万在试用自拍杆的时候，小万让她自己试试，她说不会，偏让小万来试，小万就举起自拍杆，搂住她的肩膀，两人挤在一起笑嘻嘻地合了影。这不是证据是什么?！她慌忙就删，按住相机上的小垃圾箱图案，再一按"OK"，只听唰的一声，震天一般的响，吓了她自己一跳。这时，她看见万国兴转头看了她一眼，马上又转回去了。图片虽然瞬间消失了，可她又是一身冷汗淌了下来。

　　孩子们是不是都看见了？仔细想一想，居四海照相回来以后，就把相机往桌上那么一甩，去锅里抓了一根玉米棒子，边啃边上了电脑前面。喊了一声"妈"吗？忘了，好像是喊了一声，和平常没什么不一样。可是那个万国兴就有些不同，晚饭后他进门的时候，就阴沉着脸，直接就坐到电脑前面去了。喊"姨"了吗？好像没喊，就那么闷闷地坐着，连头也没回过。往常，居明媳妇一直是爱屋及乌地善待万国兴，把他当没妈的孩子，洗一把衣服，剃一剃头，都和居四海一起伺候，居四海吃什么，都有万国兴一份。

这时，居四海说，妈，快把相机给我拿来！

居明媳妇问，要相机干吗？

居四海说，给我爸传相片！让他看看娄奶奶什么样儿！

她把相机递过去，心里庆幸着自己动作快，刚刚删掉了那张。可是心里的那个后怕呀，连手都止不住地哆嗦起来。但是她仍然注意到，万国兴连头都没回一下。孩子窝在那里，驼着背，一动不动的，谁都看得出他心里的沮丧和沉重。居明媳妇眼睛湿了，连忙擦一把，走进里屋。

居明媳妇原名况霞，她真的可以说是阅人无数了，这也是她无论如何都不愿回家乡的原因。在刚刚走进社会，走进繁华欢场的时候，她还只有十五岁，因为长得人高马大，谁也没有怀疑她的年龄。起初，身边姐妹们的穿戴令她不敢睁眼。她们总是把平常女人低调掩盖的部位统统强调出来，比如穿紧身裤把屁股紧紧地勒出两个圆包包来，比如把奶子高高地挤住堆在领口，比如把后腰亮出直到露出沟来……但是从事这个行业，女人速老，更新很快，都知道是个干不长的事。病的病，死的死，剩下的也不敢恋栈，遇到好些的男人要，立马就跟着走。况霞遇上居明的时候，她已经做了四年。那时她虽然只有十九岁，个子、长相却像二十五岁的。居明是个小包工头，工作忙，不常来，基本是一个星期来一次，很有规律，来了也只找况霞。后来他偶然听说了她才十九岁，就决定把她带走。到如今，他也只相信她才做了三个月,但这也是他们夫妇俩至死的秘密。

新婚后的闲懒日子为况霞疗养心身提供了一个绝好的机会,她第一次感到光光明明做人的愉快。尤其生了儿子以后,连居明和她自己都松了一口气,四年的卖身生活并没有伤害到她的未来。婆家和全村也都自然而然地接受了她。

只是寂寞非常难耐。儿子去县里上学,住校,一周回来一次;居明去城里搞装修,半年回家一次。她天天在家,无所事事,养鸡鸡死,养狗狗丢;想再生个孩子,居明不让,怕罚款;妇女干部盯女人们的肚子像盯贼一般,要求半年检查一次,并且上交化验单。就在这时,小万受伤回村了。况霞受居明委托去送钱,小万躺在床上起不来。他的母亲把他扶起来坐好,就出去了,留下况霞和他对面而坐。况霞慷慨掏钱,小万千恩万谢。况霞这才发现小万虽然相貌普通,但是眼睛非常非常纯洁,非常非常无邪,甚至可以说是漂亮,望进去深得像一潭湖水。男人怎么能够那么好看呢?见男人见得曾经没了感觉的况霞,第一次发现自己的心动了。晚上,她想小万,想得彻夜不眠。男人一旦是好人,就是稀世珍宝。虽然居明也算好人,但她坚信,居明现在仍然会去发廊,仍然是一个星期去一次,与以前不同的,只是不会再带女人回家了。

况霞内心承认是自己勾引了小万。她太想他了。一天,她去看他,找了一辆小面包车,带他去县里的医院看了病,拿了药。在车子颠动的时候,她及时地扶住了他。粗看起来,都是同村的人,一个是包工方,一个是工人,关系正常得很;细想之下,两人之间的熟悉程度就在其中渐渐加强了。后来,小万会去居明媳妇那儿帮着干些女人干不了的活,居明媳妇也做些好吃的东北菜招待他;再后来,两个孩子的友谊也添砖加瓦地巩固了两家的关系,直到双方在一起真的感到自由自在了为止。摆弄相机的那次是真正的突破,是居明媳妇况霞处心积虑设计好的。她懂得相机,在广州深圳混了四年,谁不会照相呀?但是她偏偏要做出不懂的样子,偏偏要小万教她照。然后她主动扑在了小万身上,还要让小万觉得是他冒犯了她而抱有歉意。歉意之后就是永远的歉意。他会永远觉得对不起她。况霞真是爱死这个小万了。可是她知道这个爱是活不下去的。现在事情败露在孩子眼前了,怎么办?

12

戴志国在家里炕上睡了半晌的"儿子觉",就是那种任凭娘在旁边蹑手蹑脚地忙碌而他可以不管不顾撒开了大睡的觉。自从上学离家以后,每次回家,他都可以如此放心地大睡一场,直到在地瓜的香气中醒转来。可是这天,他是在娄小丽的电话声里清醒过来的。

娄小丽带着哭腔问他,戴志国,你告诉我,我妈怎么了?

戴志国一怔,反问,妈怎么了?

娄小丽在电话那头说,我问你呐!我白天黑夜地往家里打电话,就是没人接!

戴志国噢的一声,这才清醒了,说,你别担心,妈没事,她跟着小谭去乡下了。

啊?你同意的?

是,我同意了。是老太太自己的主意。

这时,闪闪的声音冒出来,说,爸,姥姥太棒了!

娄小丽问,老太太在那边怎么样?

戴志国说,你可以直接问小谭,打她手机。

啊?她有手机吗?

当然有！看看看，平时你多粗心！我给你念……你记一下。

记完号码，娄小丽又紧逼而来，问他，那你在哪儿？

戴志国说，啊，我？我也回家了，老家，山东省，济南市，留将军乡，戴家村。

娄小丽问，回老家了？

戴志国说，是呀，好久没回来看看了。俺爹娘也老了呀！

他们不是才七十多吗？

七十多也是老了啊！

闪闪又冒出来，大声笑，说，爸！你也溜号了？真爽啊！问爷爷奶奶好！

娄小丽说，嚄，我一走，你们都解放了，啊？各奔前程了，啊？倒都挺有主意的！

戴志国说，这不是两不耽误嘛。

娄小丽严肃地说，戴志国，反正我把我妈交给你了，你得负责到底！

戴志国说，是！也请首长在美国那边要注意身体，不要太劳累。

娄小丽说，唉，闪闪的肚子到现在也没动静呐，比预产期晚了三天了！我真有点着急了，这得拖到什么时候去呀。

闪闪说，爸，别担心，唐太宗李世民在他妈妈的肚子里多待了一百天呐！我没准儿也生个李世民出来哦！

谁告诉她人家李世民在肚子里多待了一百天？戴志国哑然失笑。放下电话，他就给小谭拨过电话去，一直占线，想必是娄小丽的电话先过去了。

戴志国和娄小丽的婚姻还算简单明了，介绍人就是这家军工企业原来的老厂长，也是老革命，打过仗，负过伤，和娄小丽的爸爸在一个部队里待过。他就是看好这个大学毕业生戴志国，立刻抢过来，塞给了娄小丽。娄小丽也不是个轰轰烈烈的人，有着和她爸爸一样的中庸气质，年纪到了，就想结婚生孩子过日子，没有对爱情的过高要求，或许以为爱情本来就是这个平常样子。她遇见戴志国，觉得很合意，山东大汉，长得精神，又是农村的贫下中农，出身好，朴实，听话，相处起来，比和那些"这官看着那官高"的干部子弟在一起舒服得多。认识不到三个月，两人就干柴烈火了，想在一起想得不行，又不敢越雷池一步，只好等着新婚之夜的到来。娄爸爸本来是对未来的女婿非要考验个一年半载的，被老伴劝解了，说是既然女儿提出结婚了，就是看好了那个男人，当然应该见好就收下，免得烤煳了女儿，烤跑了女婿。然后戴志国和娄小丽就顺利结婚，生女，二十年如一日。家里的事情，永远是戴志国让一步，娄小丽就止步，从不得寸进尺。戴志国和娄小丽的看法高度一致，他们认为，日子过得这么顺风顺水，这不是爱情是什么？就是爱情嘛。

13

地里的玉米收完的第二天，正是中秋节。小万开着二哥的小四轮去地里拉秋秸。快到地头的时候，迎面遇上了居明媳妇。居明媳妇今天穿了件橙黄色的T恤，很是扎眼，她挥了挥手，小万停下来。居明媳妇走近了，低声说，小万，知不知道今天是中秋节？

小万说，知道。

居明媳妇说，可是，居明没回来。

小万明白她的意思，可小谭和儿子还在地里等着，不想多耽搁，挂上挡就走，边说，地里还忙着呐！

居明媳妇追了两步，大声说，小万，你儿子已经知道了！

小万一脚刹住车，愣了，问，知道什么了？

居明媳妇告诉他说，就是咱俩的事儿。

小万的脸"腾"地就红了。居明媳妇把来龙去脉这么一说，小万就慌了神。他问，你咋了嘛？咋没删掉？

居明媳妇说，我删了，就是没删干净。

那咋办？小万把小四轮熄了火，呆呆地愣在车上。

居明媳妇说，你是个男人，你得想主意，千千万万不能承认。

小万点头，说，是，是呀。

居明媳妇说，咱俩的事，我想了，我靠着居明，你靠着小谭，要是拆开，谁也活不了。所以……所以绝对不能承认！

小万说，俺知道，以后也不了。

居明媳妇一听就急了，说，谁说以后也不了？

小万说，俺说的，俺是男人，错了就改。说完，轰地打着了火，小四轮就动起来。

居明媳妇一把就抓住了车帮子，她喊着，小万！小万！

小四轮并未停下，就由着她跟着跑。居明媳妇的声音就越发尖锐起来。小万——小万你等等！

这时，在地里抱秫秸的小谭听到了喊声，朝这边望过来，儿子万国兴也站住了。小万不管不顾地把小四轮停在地头，跳下车，大步跨到地里。居明媳妇追过来，她气喘吁吁地望着小万，说，小万！怎么就叫不停你呢？

小万不吭声，三步两步去了地里边。儿子万国兴也黑着脸转头往地里边走去。

小谭迎面问小万，咋？

小万不吭声。

居明媳妇提高声音说，小谭，你看……我，我，我说……

小谭又问，咋嘛？

居明媳妇说，我本来要把我家那几亩地的秫秸给了你们，小万偏不要！你说说，你家要不？

小谭当然想要，村里有钱的人家都改烧煤了，秫秸就烂在地里。小谭可是一向舍不得花那个冤枉钱的，有秫秸烧，比什么不强？然而，眼前这一出，让她感到蹊跷，两个人怎么像斗气一样呢？

小谭说，居明媳妇儿，谢谢你啊，等俺问清楚了，就给你回话。小万是个倔驴子，俺还不知道他咋想的哩。

小谭边说着，边从地头的秫秸垛上抱起一捆秫秸，几下就装上了小四轮，然后又回来抱起一捆，再回来抱一捆。

居明媳妇就愣在地头看着小谭干活。地里的活，她从来没干过，在家里的时候她还小，嫁过来以后没的干。居明早早就把他的地包给了姐夫，除了姐夫送粮食来家的时候她搭把手之外，她还真的没沾过农活。但是想不到个头不大的小谭干起活来这么熟练、自信，她的腰摆动起来那么有劲，又长又弯，一个圆圆的屁股随意地撅起来，塌下去……居明媳妇突然醋意大发，想到小万夜里和小谭这么有力气的女人在床上是什么样子，想得心疼，猛地就蹲在地上大哭起来。

小谭吓了一跳，忙扭头去看居明媳妇，心里已经明白了大半。但是，在小万和自己说清楚之前，她不能理这个娘们儿。她连忙转身就走，也去了地里边。一步一趔趄，一步一叹息。小万你不老实！小万你偷女人！你还咬人家的耳朵垂儿！小万你对不起俺！俺一年到头在外面受气挨说被人指使，是为了谁？俺给家里挣钱，是让你给人家的女人使劲去的吗？想着想着就掉下眼泪来。

地里边，小万正和儿子谈话。儿子一声不吭，埋头捆秫秸。小万边说边哭起来。小万说，小兴，爸第一疼的是你，第二疼你妈……爸是为了感谢人家，谢得过分了，就出了格……你不能跟你妈说，千万不能说！你要是说了，就拆了咱这个家！听见了吗？啊？听见了吗？

万国兴粗声粗气地应了一声说，听见了！

小万又说，你妈多好！爸哪能舍得你妈呢？是不是？

万国兴粗声粗气地说，早知今日，何必当初？

小万说，爸懂了，什么都懂了！爸一定改！

当小谭走过来的时候，父子俩已经平静了。见小谭来，儿子就问，妈，都装满了？

小谭说，没满，那娘们儿哭得人心烦！

小万埋头干活，不吭声。儿子往地头那边看了看，小大人似的，说，我去。

留下小谭和小万，两人谁都不说话，只是合力捆着秫秸，偶尔头碰头了，两人都往旁边躲闪，像不熟的人，生分了许多。小谭暗想，晚上咋办？还让不让他上身？

14

万国兴走向居明媳妇。姨，他叫了她一声。

居明媳妇抬起头，懒洋洋地看了他一眼，问，什么事，小兴？

万国兴说，姨，我什么都没看见，真的，你别担心了。

万国兴今年才十四岁，比居四海大两岁。但是说起话来，就好像是和大人们平起平坐似的。居明媳妇喜欢他的沉稳和少年老成，多半是因为她在他身上看到了小万的影子。

她问，小兴，是谁让你这么说的？是你爸不是？

万国兴说，我爸问我了，我不知道他问的是什么事情。

他告诉你是什么事情了吗？

没。万国兴小声说。

曾经在万国兴眼里，居四海的妈妈过于年轻了，又好看，又活泼，又是个东北人，好像在这村里是待不长的，总像要飞走似的。只是没想到，她不但没走，还居然把他爸带坏了！那张照片上，他爸显出了万国兴从来没见过的那种笑容，有几分邪性又特别好看的那种笑容；他俩特别亲密地笑着，搂在一起，好像他俩之间有多少秘密藏在一块儿似的！这是在他家墙上所有的照片上都看不到的一种笑容。这把万国兴吓坏了，爸要是跟着居四海的妈妈跑了，那怎么办？

居明媳妇又问，小兴，你说实话，你爸和你怎么说的？

万国兴说，他就问了我在相机里看到什么了，我说没看到什么。

居明媳妇说，嘿，你咋就不问问他，相机里有什么呀？

万国兴说，我没问。

居明媳妇说，那你现在问我！

万国兴一猛劲，踢了旁边的秫秸垛一脚，狠狠地瞪着她说，我就不问！

本来，万国兴不知道应该怎么去想这件事，是先为妈想，还是先为自己想。如果先为妈想，正如爸刚才说的，如果妈知道了，她肯定会跑回城里或者娘家，再也不回来了，这个家就拆了；可是，如果先为他们唯一的儿子想的话，万一居四海的妈妈当上了他万国兴的后妈，那么不知哪一天，他就会被这个坏女人吃掉了。据说有一种夜里能变成狐狸的鬼，青面獠牙，两眼喷火，专门到有小孩子的家里勾引男人，目的就是为了吃小孩子的心！爸！你上当了！等万国兴再回过头来看居四海的妈时,她已然像个鬼一样了,她披头散发,两眼红肿,脖子汗津津,双肩耷拉着,腰也垮了,像极了一只丧家犬。

万国兴再一次冲着秫秸垛大喊道,我就不问!

这时,他看见居四海从村里远远地跑过来。居四海边跑边叫着,妈!妈!妈,你怎么在这儿?

他妈问,在这儿怎么了,妈和小兴说话呐。

居四海问,说什么呢?

他妈说,就说你的学习成绩怎么提高提高。

居四海拉住万国兴的胳膊,看看他的脸色,小声问他,真的?你怎么了,不高兴?

万国兴说,没,没怎么。

居明媳妇打断他们的对话,问居四海,小海,你找我干什么来了?又把正事忘了吧?

居四海一笑,说,对了,没忘,俺爸回来了,找你呐!

居明媳妇脸色一僵,反问,你爸回来了?他回来干什么?

居四海回答道,没说。

等居四海和他妈走远了以后,万国兴才走回地里边。他闷声闷气地对父母说,她走了。

小谭劈头就问,你跟她说什么了,她就能走?你们父子俩有什么事儿瞒着俺?

万国兴说,我没说什么,妈,是居四海他爸回来了。

此话一出,三个人全都松了口气。小万抱起一大捆秫秸,大叫一声,嚯——拖着就往地头走,小谭和万国兴娘俩也跟在后面抱起秫秸捆。小谭和小万认识,是因为小万的二姐嫁到了小谭她们村。他二姐见小谭身体壮,肯吃苦,不多话,就让小万来家一趟和小谭见面。小谭那天专门穿了一件红色的运动衫，把脸蛋衬得红扑扑的；再加上圆滚滚的肩膀头子，和肩膀头子下面也是圆滚滚的胸脯子，小万一见之下也动了心，当面就对二姐点了头。小谭和小万有个共同点，都是话不多，因此结婚以前，他俩总共也没说过几句话。本来嘛，农村的生活也没啥稀罕，还不就是播种、收获、大爷、大妈那么点子事，有什么可聊的？婚后不久，小两口就遇上了打工潮，村里最先走出去的人都挣到了钱。小万也跟着走了。小谭在家种地，带儿子。日子穷，但是平静。后来，女人们也开始走出去了。先是小万的二姐去了城里，给人家当保姆，每天做饭，打扫卫生，跟自己过日子一样，不累，还挣钱；春节时候回来，就说给小谭听城里的新鲜人新鲜事。开始小谭并不羡慕，一是孩子小，怎么离得开？二是城里那么复杂，谁也不认识，怎么活？直到小万受伤，家里断了活钱儿，小谭才不得不跟着二姐踏上打工挣钱当保姆之路。出了门，处处遭白眼，才知道最苦不是干活，而是想家。想家当然是最想儿子，其次才是想小万，但是想小万想得最疼，全身疼，火烧火燎的疼，才知道年轻夫妻是最不该分开的。手拉手都解不了的饥渴，怎奈迢迢千里的想念？电话电话打不了，写信写信写不多，永远是"我挺好，家里挺好，请放心"。

15

居明媳妇况霞赶到家的时候，只见居明正在摆弄桌上的照相机，是小万那个，旧的，明显比自己家的那个过时。

况霞进门，问居明，怎么突然就回来了？也不打个招呼？

居明说，家是俺的，媳妇是俺的，俺回家还要给谁打招呼？给小万吗？

况霞后脊梁一阵冰凉。什么意思?！难道他也听说什么了？她转过身，拧了一把凉毛巾，伸到T恤下面擦汗。居明盯着她看，说，听见俺说什么了吗？

说啥？况霞不屑地背过身去。

居明说，俺说的是小万！

况霞说，自己家的事，你扯人家小万干什么？

居明逼到她身后，咬着牙，低声问，那小万家的照相机，怎么在咱家？

况霞一听，松了口气，坦然地说，去问小海！是小兴拿来的吧？我没注意。你问小海。

居四海站在一边，顺着妈的提示，犹犹豫豫地，边想边说，是……是吧，是小兴拿来的。

居明不等听完，就对媳妇说，一会儿你陪俺去一趟小万家。

况霞惊着了，忙问，你去人家家干什么？

居明说，让你去，你就去，废什么话！

其实，居明此次急匆匆地回家，都是因为那位新近跟着小谭回家的娄奶奶。那天，他收到居四海的邮件，说是娄奶奶认为村东头的几个小土坡很像是古墓群，他又仔细看了居四海给他发的他们在土坡上拍的照片，想了又想，发现这是个非常好的发财的机会。他从二十几年前就干装修，从混饭吃的小工到包工头，对装修这行当早已经产生了职业疲劳，除了挣钱，再也提不起什么兴趣。兜里攒了些钱，说多不多，说少不少。怎么花，就是个大问题了。那天，看了儿子的邮件，他就和一起喝酒的几个老乡说了。老乡中有一个是做小买卖的，脑子活，人脉广，就说起他认识一个玩文物的，要不要和他联系一下？居明答应了，约好两天后见个面。

两天后,那人来了,是个不起眼的小个子湖北人。那人一听,先就放下话来说,不能说有土包就是坟头,但是也不能说一堆土包就肯定不是坟头。他得去当地考察考察,并且让居明负责村里的"舆论"。舆论?居明不懂。他就告诉居明,舆论是维稳的保障,上上下下不能有不同意见;如果有不同意见,就什么也干不成了。然后又说,考察的时候,挖了谁家地了,就给谁家补助,别人没有。居明越听越专业,知道是见着内行了。于是他跟施工队交代好近几天的活计,趁着中秋,就赶回家来。

没想到,当居明带着媳妇,带着大蛋糕去见娄奶奶的时候,这个方案却遭到了娄奶奶极大的反对。

娄奶奶说,居明啊,居明媳妇儿,你们听我说啊,这土地是国家的,知道不知道?

居明说,知道。

娄奶奶说,这地底下埋的东西,也属于国家,知道不知道?

居明说,哦?我没听说。上面长的是自己的,地底下的就不是自己的了?

娄奶奶说,对呀,除了土豆、红薯,地底下的,有一种是矿产,属于国家;另一种就是出土文物,也属于国家。

居明媳妇抢着说,哦,知道知道,出土文物!

居明斜了她一眼,对娄奶奶说,可是,有没有出土文物,咱们还不知道,咱能不能先挖开瞅瞅?

娄奶奶说,那你也得有开采证啊!你想想,这证儿人家能给你吗?

要是没有开采证,咱先挖了呢?居明问。

娄奶奶说,哟,那就要坐牢去喽!

居明媳妇吓一跳,一把抓住了居明的手!她说,咱别!

这时，小万顶着一头秫秸皮子进了门。一抬头，见居明媳妇正紧紧抓着居明的手，先是一愣，转身就出去了。娄奶奶在他身后招呼道，小万，都拉回来了？

小万在院子里回答说，拉回来了。

娄奶奶问，小谭和小兴呢？

小万说，这就来了。

居明感到奇怪，喊他，小万，忙得连俺都不理了？

小万说，脏哩！俺洗洗去！你坐着！

居明笑着说，脏怕啥呢？你多脏，俺还不知道？

最后，娄奶奶给居明出了个主意。她让居明先催村里给乡上打个报告，说是这里可能有出土文物，然后在等待的时候，就把村里的"农家乐"准备起来。再催村里去登个报，说是考古游，欢迎大家都来破解这几个土包包的谜。

居明问，真的有吗？

娄奶奶说，真的可能有。你看，我这几天净往东头跑了；我还画了个图，这里非常像后汉时期的墓葬群呢。

居明如获至宝，夺过图就看，看了半天也看不懂，又还给了娄奶奶。他问，您看这像多大的官……的墓？

娄奶奶说，对外就说是将军坟吧，起码是将军啊！

说着，小谭、小万和万国兴一起进了门。看得出来，三人都是洗过脸的，尽管衣服上还沾着土渣和秫秸皮，但是脸上都是亮光光、紧绷绷的。居明媳妇斜了他们一眼，就只瞅着地上。居明兴致勃勃地盯住了小谭。

居明说，嫂子，俊了啊！像个城里人了！

小谭说，净跟嫂子没大没小，城里人啥样，你没见过？

居明说，就是嫂子这个样子！难怪小万不肯撒手呐！

小万说，俺撒了手，再找谁去？谁肯跟俺？

小谭一听，就推了他一把，嘟囔说，胡说八道！

众人的余光里，都见到居明媳妇冷着脸，盯着地下，无动于衷。

娄奶奶先笑了，说，真是胡说！你这样的好小伙，有的是人要！

这几天，娄奶奶对村东头的山包包的确是上了心。她每天去一趟，尽管独自上不了山，也能在周围转一转。那几个小山坡，越看越不像自然景观，就是像人为的凸起。她决心，这趟来，一定要为小谭的家乡做点事。到乡下以后，小谭家生活的清苦也深深地触动了她。为了让她吃好，小谭的婆婆天天给她炖鸡吃，像养产妇一样养她，生怕怠慢了她。可是，她终于感到腻了。一边是倒了的胃口，一边是竭尽所能的付出；一边是客气的敷衍，一边是烹饪的技穷。正是因为这半个月的伙食费是由娄奶奶自己出，所以她反倒不敢提任何建议，不能使得他们有愧疚之心，生怕钱没使够而由误会产生隔阂。穷苦人的尊严最伤不得，现在，将军墓也许能够给他们一条思路，模仿其他城市的郊区，办起农家乐，争取挣点儿城里人的钱。

中秋夜里，月亮又大又圆，高高地吊在窗前。居明媳妇况霞早早躺到了床上，看着月亮，等着居明。

居明洗了澡上床，舒展开胳膊腿，摆开一个大字，叹一声，啊，真累了！

况霞一听这话，气得翻了个身，背冲居明，顶他一句，说，一回家你就喊累！随便你，累了就别上！

居明一个鲤鱼打挺凑过来，说，谁说不上了？

是不是又看上小谭了？况霞说。

居明就笑，说，小谭是谁？俺媳妇的功夫谁也比不了！

况霞恨恨地问他，你又和谁比去了，这些日子！

居明软声说，和俺自己比，不行吗？

两人都笑了，滚成一团。

16

这个中秋的晚上，小万跟着儿子去了二哥家住。

他本来都躺下了，小谭进来，对他说，你要是睡这儿，那俺就和娄奶奶挤着去。

小万问，咋了嘛，不嫌丢人？

小谭说，你都不觉得丢人，俺怕什么？

小万问，俺丢啥人了？

小谭说，让人家女的追得满地里跑，还不丢人？

小万问，俺……俺就是不想理她……咋，你还没消气？

小谭说，我有什么气，就是有人肚子里有事憋着不说，才真正有气。

小万说，俺肚子里本来没啥事，让你一说，倒像真有了似的。

小谭说，谁没看见呀！你一进门，那居明媳妇就盯着地上看，故意装得不认识你。

小万说，那是当着她老公的面嘛，咋能想跟谁说话，就跟谁说？

小谭说，看看看！你自己承认了吧？是你说的，她想跟你说话！

小万被逼得词穷，只好跳下床，追儿子去了。住二哥家，怎么和二哥解释呢？想了又想，干脆就说该给玉米脱粒了，明天要和儿子一早去借脱粒机。对。

他下定决心咬紧牙，再怎么样，也不能承认和居明媳妇的事。就算儿子忍不住说出来,他也不能认!她不是说照片已经删了吗?不是已经没有证据了吗?那就挺住,天塌下来也得铁嘴钢牙,保住这个家。而这天下午居明媳妇的那个表现,确实把他吓着了。况霞平时的柔情似水都哪儿去了?她把腿搭在你肩上,手指就一直摸着你的脸颊,心肝肝心肝肝地叫着你……如今想起来真是羞死人!女人竟然说翻脸就翻脸,翻了脸就不要命!本来,地里的活收尾了,最重的活做完了,两口子应该好好亲热亲热了,况且又是中秋。可惜被居明媳妇这个女人毁了。真不敢想象,今天要是居明没回来,那女人还会做出什么事来!小谭的假期只剩下五天,这五天该怎么处?你总不能五天都睡在二哥家的炕上吧?

儿子小兴闷头走在前面,他对赶上来的父亲没有任何表示,似乎早就预料到了这一出。这次妈回来,带了一万多块钱,除了把他的学费、伙食费单放好,其余的钱都给了爸。可是爸还做出了那种对不起妈的事。天天下地回来,看着妈妈还对娄奶奶左照顾右照顾的殷勤劲儿,万国兴早就心疼,一想到妈妈不久又将回到娄奶奶家去了,心里就悄悄地流泪。

这时,他爸在后面拍了他一把,说,小兴,这事就算过去了,别再想了。

万国兴粗声粗气地说,过去了吗?过去了,妈还把你赶出来!

小万说,是爸自己愿意走的,今天出的事多,让你妈单独想想事。反正呢,爸这次是错了。你也别老别扭着,等到了二大爷家,就别这样绷着了。听见了?

万国兴说,听见了。

小万上来搂了搂儿子汗津津的胳膊,说,这辈子这男的最容易犯的错,就是这个。等你长大了,就知道了。别的女的对你一好,你就没准儿……

万国兴斩钉截铁地说，我不会。

晚饭后，娄奶奶曾拉着万国兴去看他家刚堆好的秫秸垛。她对他说，小兴啊，你看这秫秸垛，现在堆得好好的，没问题，是吧？可是如果你把下边的一根抽出来，虽然只是局部的一根，但是整个秫秸垛就可能歪了，倒了……这就是全局和局部的关系。

万国兴一时不知娄奶奶要说什么，没吭声。

娄奶奶又说，这个秫秸垛，就像你的家。是不是？

万国兴一下就明白了。

娄奶奶说，唉，一个人，一辈子，尽量不去做明明知道是犯错的错事，比如随便就从下边抽一根秫秸……也许一件事情就毁了自己。是不是？

万国兴中学的同学里，已经有谈恋爱的了。那俩同学的家都是镇里的，天天上学、下学都在一起。后来寒假前的一天，那个女同学上课时突然肚子疼，送到医院，就生出一个足月的小孩子来！刚刚初中二年级，谁也没看出她的肚子大了，就像天上掉下来一个小孩一样。记得第二天班主任老师上课前说了一句话，她说，男生没事，女生毁了！

万国兴牢牢地记住了这句话。如今，在这个家，爸爸没事，妈妈毁了。

17

小万刚离开，小谭的手机就响了。她知道是戴志国打来的，每天晚上他都要问问奶奶的情况。小谭就把今天的事情说了说，除了自己和小万的事。戴志国一听到将军坟的计划，就非常感兴趣，他兴致勃勃地说，你们最好听奶奶的，奶奶的父亲是大考古学家呐！过两天我也去看看，顺便接奶奶回家！

听到"回家"二字，小谭心里就咯噔一下。这个家，是你的家；那个家，是奶奶的家。你在自己家的日子也不长了，接下来怎么办呢？该不该把小万带走呢？……要是仍然把他留在家里，不是等于又把他留给居明媳妇了吗？白天，他俩在地里，演得像夫妻赌气一样，那居明媳妇完全不把她小谭放在眼里了。在小谭面前，她"小万""小万"地叫，带着多少见不得人的感情啊！幸亏小万一直没理她，否则，让小谭的脸往哪儿搁呀！刚才她把小万赶走，也有一半赌气的意思，就是要看看，作为你堂堂正正的媳妇，能不能给你气受，也看看你受不受！最严重的是，他们俩的表现，都是在孩子的面前上演的。小兴这孩子，少年老成，嘴也严得出奇，什么都不说，连眼色都不给妈妈递一个。他究竟是明白呢，还是根本不懂？问题是，小万和居明媳妇到底到了什么地步？

小谭坐起来，下了床，她来到娄奶奶的门前。娄奶奶还开着灯，正在看书。

娄奶奶问，小谭，没睡呢？我这儿没事了。

小谭说，奶奶，我有点儿事，跟你说。

娄奶奶说，哟，来，说吧，说吧。边说，她边坐了起来。

小谭坐到桌前的椅子上，眼泪先就下来了。她磕磕巴巴地说了下午在地里发生的事情，说了居明媳妇的语气，说了小万的死不开口，还说了儿子对他爸的冷淡态度。小谭说，奶奶，他俩肯定是有事了！

娄奶奶听出来，小谭并不知道照片的事，心就放下一半。她说，要我看呀，凭小万的态度，他肯定是不喜欢居明媳妇的！

小谭将信将疑，说，是吗？

娄奶奶说，当然了。他要是喜欢她，能不怕得罪她吗？

小谭问，他要是喜欢她，会是什么样？

娄奶奶说，小万要是喜欢她，他会非常客气地在村里就处理完了矛盾，既不让你知道，也不得罪她……他根本就不会让她追到地里去！

小谭似乎明白了，说，噢。

娄奶奶说，小谭呀，长期分居的夫妻，最容易产生信任危机，也最容易被别人钻了空子。这个时候，夫妻间的互相支持就最重要。小万和你是夫妻，有感情，有孩子，有家庭，这是最重要的事情，是不是？

小谭眼泪又涌上来，说，是。

娄奶奶说，咱不能让别人破坏了，是不是？

小谭说，可是，他俩如果背着我……

娄奶奶说，咱们不说没有的事情；退一万步说，就算是有，小万现在的态度是不是已经很明确了？他就是不喜欢她嘛！……你还想逼着让他说，他喜欢她？你真想听这句话吗？

小谭说，不想听。

娄奶奶说，对了嘛！如果你不想听的时候，他偏偏对你说这句话，那才叫彻底完蛋了呐！

小谭想了想，点点头，说，奶奶，你睡吧，我走了。

娄奶奶说，自己再好好想想，想大局，想这个家！

小谭离开以前，把奶奶的尿盆放到小凳上，然后轻轻关上了门。

现在这种社会中，一个家庭，夫妻俩在一起五六十年，双方都坚守着不做出格的事情，非常非常难。而一旦出了问题，双方又能够互相谅解，互相宽容，也是非常非常难。娄奶奶和娄清泉婚后，部队四处驻防，他们有很长一段时间两地生活。随着娄清泉的级别越来越高，风传回来的有关某文工团员的口信也越来越多。当时刚三十岁的曹媛就给娄清泉写了一封信，把所听到的一切都告诉给他。最后，她写道："请注意你身边的风，它们是我最可靠的朋友；一个人的清白，是自己发给自己的荣誉奖章。"娄清泉回了信，长达二十页之多，他仔细回答了曹媛信里的每一条传言的来龙去脉，哪次是偶遇，哪次是借书、还书等等；同时也检讨了自己平时不够检点的言行，并且感谢了妻子的信任和嘱咐。他写道："边关的月亮是我的镜子，也是我的奖章；什么时候，你想我了，它就是我的写照。"从此她再也没有听到过有关他的风言风语。

18

戴志国回家乡的这几天，走走看看，就明白了，农民不是没本事，而是没路子。他们的手脚被束缚着，被户口绑在土地上，要想在这一亩三分地上折腾出点有效益的事情来，是多么不容易。似乎用了一辈子才明白，现阶段，农村必须依托城市才能逐渐发展富裕。比如小谭在城里做保姆，小谭的丈夫在城里打工，都是靠着城市财富的溢出，才流到农民手里一点点。

到家第二天，老同学韩富居和李卫生就来看他了。最初夫妇俩走进门，他以为是村里的哪个大爷大妈，正仔细辨认，遂见他们开"蹦蹦车"的儿子跟进来，才知是他们。老同学见面不是见见而已，总是要比来比去，比个头，比处境，比比现在和从前。

李卫生说，戴志国现在精神多了，过去在班上总是拖着一条大鼻涕。

戴志国吃惊地说，我吗？没有啊！……你记错了吧。我记得是刘栓儿。

李卫生带着当年的傲慢说，当然是你……要不，我早跟了你了。说完，她斜刺里狠狠地挖了韩富居一眼。

戴志国就笑，说，这哪有韩富居入赘你家好啊，要是跟了我，还不是两地分居。

韩富居反击道，你不是也入赘给一个大官家了吗？

戴志国说，我那不叫入赘，我就在城里上班，也不在她家住。

韩富居点头说，啊，是形式不太一样吧。卫生她家条件好，就一个她，俺家儿子多，吃都吃不饱。

戴志国问，现在是不是好多了，你爹娘享福了吧？

韩富居说，哪里，哥儿几个还是各顾各！

李卫生仍然陷在想象中。她说，那时候，你，还有周扒皮、大马趴、扇风耳、魏小六、八戒，还有，还有……

她儿子在一边补充道，还有刘栓儿。

李卫生说，对，对，还有刘栓儿，都想和俺好。

戴志国刚想反驳，但是一转念，就没吭声，由着她去说吧，一个农村妇女，就凭着这些想象过她的精神生活呐。

果然，韩富居抱歉地对戴志国说，你看，她唠了大半辈子了，越说越像真的了。

戴志国说，总是年轻时候的回忆最美好嘛。

中学时候，戴志国喜欢的是另一个女生，于小翠。她是学校语文老师的女儿。于先生好像是因为犯了什么错从城里下放来的，于小翠就和众人有些不同。戴志国经常傻傻地长时间地盯着她看，但是他始终没对她说过喜欢她。后来上了大学，他给她写过信，也没提感情什么的，只写了写大学生活。小翠从来没回过信，后来戴志国也因为没钱老买那八分钱的邮票，就此断了联系。穷困会阻止很多的因缘，只有最坚硬的缘分才能够实现。大学毕业，分配工作以后，他被介绍给厂长老战友的女儿娄小丽。一见之下，恍惚是于小翠站在眼前。他看一眼，躲一眼，始终是恍惚的。难道真是天赐良缘？恰巧娄小丽也看中了他，两人就顺风顺水地走到了一起。

于是，戴志国就问，于小翠，还有联系吗？

韩富居看了看李卫生，怯怯地说，没……没联系。

李卫生接过来说，有，有联系！于小翠嫁了个大款，整天领着个狗遛大街。那天就遇见她了，还请他吃饭，吃完还带回一摞饭盒，那叫打包！……什么打包，不就是剩饭嘛！叫我一猛子都给扔了！

她儿子听了就笑，说，俺妈扔完就后悔了！一见满地都是这么大块儿的红烧肉、鸡呀、鱼呀的！

李卫生说，我哪才知道他们吃得这好！

韩富居也笑，说，她以为就是些腌黄瓜、花生米呐。

那天一直聊到晚上，戴志国请他们在村里小馆吃了两顿，中午是鸡和鱼，还有大块儿的红烧肉；晚上是饺子，凉菜就是腌黄瓜、花生米。晚饭后，天还没黑透，他们一家三口开着"蹦蹦车"离开。双方都有些依依不舍，不知道此生还有没有再见面的缘分了。

19

居明请小万去家里喝酒，小万不敢不答应，就心肝颤颤地去了。

这天，居明媳妇做了东北锅子，乱炖，五花肉、猪蹄子、鸡腿、鸭脖子、粉条子、萝卜、土豆、大白菜……只有小万看得出她是有用心的，居明当然不明白。一次，居明媳妇给小万做东北锅子，只有五花肉和那些菜，小万就说，这咋叫乱炖哪？要说乱，就得真乱，像猪蹄子、鸡腿、鸭脖子什么的，都得有。

居明举杯，说，小万，来，哥敬你一杯。

小万忙端起杯子，说，哥，咋，哪能你……俺来敬哥！

话没说完，两人都已经把第一杯酒酎进了嘴里。居明媳妇在一旁看着，不吭声。

居明说，咋，小霞，你咋没喝呢？

居明媳妇说，看你们酎得恁猛，我等着给你们收尸呐！

居明扬手就要打她，被小万扛住了胳膊。

小万说，哥，要喝就咱俩喝，没嫂子什么事！

昨天，给老玉米脱粒的时候，小万瞅机会旁边没人，就给小谭跪下了。小谭吓坏了，连忙拽起他来。小万就哭了，说，俺什么都没做，你别再怀疑俺了！小万告诉小谭，是居明媳妇想和他如何，他怕得罪居明，就没敢坚决拒绝她。小谭也哭了，说，俺没怀疑你，就怕你不爱俺了，跟人家跑了……哪年再回家，你要是不见了，俺可怎么办？然后，两个人你哭完，我哭；我哭完，你哭；把感情上的事说了个痛快，小万把结婚以前看过配猪的事都抖搂出来了，小谭连索大爷那有影没影的事也说了，互相发誓，谁也不干那背着感情包袱东躲西藏的事了。

居明又递上一杯酒，说，小万，俺不在的时候，感谢你帮俺家装那太阳能热水器啥的。

小万说，还得谢大哥和嫂子，俺家没钱儿的时候……给俺送钱儿去……帮了俺。

居明使劲摇摇头，说，不是我，我不知道，是你嫂子。

小万说，那就感谢嫂子！

居明媳妇理都不理，转身去了厨房。

小万又酙了一口酒，对居明说，哥，过几天，我就跟小谭进城去了，找个轻省的活干，不能总靠着媳妇儿养活。

话音没落，厨房里就传出了掉锅盖子的声音。

居明是个世事洞明的人，晚上，他对媳妇说，你别去招惹人家小万啊，人家日子穷，把人家拆了，不是造孽吗？俺这边呢，也常回来看看你，恁好的一块地，俺也不会给荒了……要不，就再给俺怀个孩子，住到城里，等生了以后再回来，罚点儿就罚点儿呗！

居明媳妇窝着一眼泡子泪水，一把就抱住了居明！眼泪哗地全倒在了居明身上。她说，心肝肝！我打认识你，就知道你是个大好人！

20

假期结束前一天，戴志国到达小谭家。当他出现在娄奶奶面前的时候，正是下午，小谭、小万和儿子万国兴，还有小谭的婆婆和娄奶奶，一家五口正在包饺子。晚上吃完饺子，他们就要上路了。饺子馅是猪肉韭菜的，里边还加了海米、木耳和炒熟的鸡蛋，这是小谭从城里学来的。婆婆觉得浪费，明明是两种饺子馅嘛，非要包在一起，咋学得这大手大脚的。

万国兴一直没话，除了对戴志国叫过一声"大爷"外，再也没吭声。戴志国很同情这个孩子。爹妈将要一起离开，对一个半大的孩子来说，那感觉，说撕心裂肺都不为过。

这两天，万国兴亲眼看到父母重新和好，又是如胶似漆了。他对大人之间如此迅速地解决问题有几分不解，同时仍然不肯原谅父亲，担心他是在敷衍妈妈，骗妈妈，等妈妈离开以后，他就会故态复萌。可是，当他猛然听到父亲准备跟着妈妈去北京找工作的时候，他的心还是颤抖了。想起父亲受伤后的几年来，每个星期五的下午，他都会在学校门外见到父亲的身影，无论刮风下雨，父亲都站在那里，然后接过他的背包，默默无语地走进暮色里。跟着父亲的背影，他慢慢长大，从边走边玩，到边走边背英语，到能够和父亲并肩谈一些学校和家里的事情……可是如今父亲也要走了，今后很长一段日子里，他将既见不到妈，又见不到爹了！爹！爹！他心里叫着，不知该如何表达对父亲的眷恋。

小万的二哥开着小四轮来送站，到门口的时候，戴志国看出了万国兴的恐慌，他紧紧地拉住妈妈的手，眼睛却在找父亲的目光。小万看了他一眼，低下了头。

万国兴的眼泪噗地涌出来。

戴志国走过去抚着万国兴的肩膀，拍了拍，万国兴扭头看看他，又转回去，盯着他的爹。这时，戴志国突然产生了想讨好这个男孩的冲动，就像闪闪小时候，见到她乖乖的表情以后所产生的那种心理，他希望她更加快乐。戴志国心里琢磨起来，为什么不能给这个孩子一个美好前景呢？对，就告诉他，这个姓戴的大爷决定支持他上大学，包下他的所有费用！

戴志国说，小兴，别哭，咬紧牙，好好学习，当个男子汉！将来上大学，我负责你所有的学费和生活费！前提是，你一定要考上大学。

小万和小谭一齐看过来，为他们刚刚听到的话而吃惊。

小谭说，大哥？……大哥！谢谢你！

小万说，小兴，快谢谢大爷！

万国兴说，谢谢戴大爷！

送别时悲悲戚戚的气氛，终于因戴志国的美好诺言而阴转晴了。要离开的几个人热热闹闹地上了小四轮，万国兴也露出了笑容。

　　上了火车，娄奶奶和戴志国进了软卧车厢，小万和小谭去了硬卧车厢。

　　夜里，娄奶奶把这几天发生的事情说给了戴志国听。

　　娄奶奶最后说，都是有血有肉的人呐！

　　戴志国应和着岳母，说，是呀，没有谁的人生是简单的。

21

　　一夜火车，到北京是上午九点多。

　　小万跟着戴志国走在前面，他深情地望了小谭一眼。小谭过来给他理了理领子，说，有事发短信吧。

　　娄奶奶说，这下好了，都在北京了，你们可以经常见面了。

　　回到家，小谭和娄奶奶都痛痛快快地洗了个澡，然后好好睡了一觉。

　　第二天就是星期六。入夜，广场上的舞会照常进行。小谭和小区里的保姆们结伴来到这里，站在广场边上，看灯火流转，裙摆飞旋，红男绿女，笑语欢言。真的是恍如昨日。

　　这时，小万来了一条短信。上面写的是：

　　　　我今天上班了，看护一个刚刚手术完的大爷。姓索。

选自《岁月》2011年第11期

北京的藕

李铭

在北方,三九天的空气里像是藏着一只厉害的猫。稍不注意,露出的脸就会被这只猫"挠"一下。方圆几十里,都是一望无际的藕塘。除了亮闪闪的冰,就是冰上那些残荷。

这个季节,很多城市的人家都要吃"炸藕合"。挖藕要选好时机,能够卖上一个好价钱。为了挖藕方便些,老板在藕塘边上建了两间简易的小房子。老何和媳妇就住在这。媳妇叫翠喜,长得一般,老何却把她当成了宝。老何醉酒,跟挖藕工们吹嘘,说翠喜就像藕塘里的藕,外面看着疙疙瘩瘩,里面实惠着呢。

挖藕工们哄笑,老何也不难为情。

老何在北京郊区挖藕已经十个年头了,积攒了一点钱。去年回老家相亲。老何说在北京上班,一年钱不少挣。翠喜看他人老实,就信以为真。匆忙跟老何办了结婚证,老何说不用在老家收拾房子,干脆去北京旅游结婚。然后去工作的地方安家过日子，过些年就在北京买大房子住。

翠喜憧憬着这样幸福的生活，从遥远的山村到首都北京，像是做梦一样。到北京，翠喜要老何带着她出去玩。去天安门，去故宫，去长城，去很多很多的地方。谁想到老何不着急，一直拖着不带她去。说以后住在北京，这些地方想看就能够看。为了不叫翠喜怀疑，老何咬牙在宾馆开了房。虽然心疼，但老何也有重大收获。翠喜脸蛋是长得不够遵守纪律，但是剥去衣服，皮白肉嫩，错落有致，这叫老何很是惊喜。

翠喜在老家结婚半个月，丈夫车祸去世。从此村里就有闲话，说翠喜"妨"男人。没有男人敢再娶她，这就叫老何捡了漏。老何虽然外表丑陋，但是心地善良，看在北京天安门的面子上，翠喜就彻底放下羞涩，他们的新婚生活过得大呼小叫酣畅淋漓。

生米做成熟饭，老何就恢复了原形。他把宾馆里发的免费牙刷和香皂以及脱鞋、茶叶全部带走，说是五年之内不用再买牙刷了。老板的司机开车来接老何，老何特别叫绕道长安街。翠喜第一次在车里看到了天安门，她激动万分，觉得老何真是一个有本事的男人。老何说，翠喜，跟我好好过，以后就在天安门附近买房子。咱们生一大堆孩子，往天安门那一放，多宽敞！翠喜感觉无限幸福，她善解人意地对老何说，我也闲不住啊，能不能做点小买卖？老何满不在乎地说，没有问题，你不是会摊煎饼吗，愿意干就在天安门那支盘鏊子摊煎饼，一天听说能卖二百多块钱呢。

天黑的时候，老板的车把老何一家送到了藕塘边上的小屋里。沉浸在幸福之中的翠喜没有缓过神来，老板的车就开走了。老何说，先在这凑合一冬，明年再去天安门那养孩子摊煎饼。

翠喜不是傻子。翠喜之所以被老何骗了，是因为翠喜住的地方太偏僻，她不知道外面的世界。那个村子里没有说假话的人，翠喜就以为老何也不能说假话骗自己。在藕塘边上的小屋里翠喜只有做饭和陪老何睡觉两件事。时间长了，就从别的挖藕工嘴巴里知道了老何的底。再时间长点，老何狐狸的尾巴就彻底露了出来。在天安门前哄孩子和摊煎饼的事情变成了挖藕工们嘴巴里的笑料。

　　入冬，藕塘边上的屋子里冷了起来。老板迟迟不给拉煤过来，墙上都已经结了冰霜。晚上一开灯，满屋子都是亮晶晶的。藕塘中间那有个浅坑，老何去附近的市场买肉回来就放在那保存。老何从藕塘里抠出条新鲜的藕来，叫翠喜晚上炖肉吃。老何拿进屋子里的肉冻成了一个坨，翠喜切了几次都只能削下薄薄的一层肉片下来。老何发了脾气，说都喊了附近的挖藕工一起喝酒，叫翠喜动作麻利些。翠喜这些天心情烦躁，过够了这样的枯燥日子。老何除了干活就是喝酒，喝完酒跟翠喜干那事。自从知道天安门前不能摊煎饼以后，翠喜有点厌倦被窝里的事了。

　　翠喜扔了菜刀罢工，说总吃这见鬼的藕，打饱嗝都一股藕味了。老何面子上挂不住，骂了翠喜。怪翠喜不知足，这藕怎么了，这藕可是北京的藕。翠喜哪受得了这个，回骂，去你妈的北京的藕吧，北京的屁在你嘴里都是香的。老娘信了你的鬼话，被你骗到这里挖藕。不伺候你了，我要离婚，我要回家。

　　翠喜背上自己的包沿着藕塘边上出走，边走边骂，引来一群挖藕工的注意。都打招呼，问翠喜干吗去。翠喜就边骂边讲述老何这个骗子，反响很一般，只有两个挖藕工说，要不，你跟我过吧。生完孩子就在这藕塘冰上放养。翠喜啐一口吐沫给他们，大步流星地往前走。

　　到天黑的时候，老何才真正地着急。他开始动员所有的挖藕工们四处寻找翠喜。腿快的挖藕工追到了北京火车站,打电话回来说寻找无果。老何彻底绝望,在藕塘边上要跳塘自杀。一群挖藕工们拉扯着,老何说花了好几万块钱呢,眼看着打水漂没听到响啊。

没有想到第三天中午,翠喜沿着藕塘冻得哆哆嗦嗦回来了。瞅一眼老何就哭了,说,你个死老何,我肚子里怀了你的娃了。

翠喜赌气想回老家,结果出了藕塘的地界找不着北了。打听北京在哪,被问的人都说这就是北京。翠喜急眼了,说这哪里有北京的影子,北京应该有天安门。这都是灰秃秃的土,白花花的冰。听的人就笑了,说北京可老大了。你说的是北京市里,我们这是北京郊区,都叫北京。

翠喜这才想起来老何的话,在这挖的藕还真是北京的藕。可是翠喜还是搞不懂北京到底有多大,反正是铁了心不想继续跟老何过了。翠喜就沿着马路往她心里认可的北京走,饿了就去路边的商店买个面包吃,渴了舍不得买矿泉水喝,就去路过的人家讨水喝。好在好心的人很多,又第一次见到还有讨水喝的人,对翠喜都很热情。翠喜一路走,后来不知道怎么就感觉头晕眼花,栽倒在路边不省人事了。

翠喜醒来以后,发现在一家医院里面躺着。护士告诉她,孩子没有问题。翠喜就傻呵呵地问什么孩子?护士说你晕倒了,好心人把你送到医院的,你怀孕了,有点低血糖,不过没有关系的,不会影响到孩子的健康。对了,你赶紧给家里人打电话,叫家属过来把医疗费交上。翠喜晚上睡不着觉,心想自己这样回到老家有点莽撞,回去怎么说呢。说老何撒谎,可是老何明明在北京工作啊。最关键的是自己肚子里可是有了老何的孩子。越想翠喜心里越着急,半夜从病房溜出来了,她决心回到藕塘找老何去。

老何和翠喜这次风波以后变得和谐了,翠喜一年来的情绪得到了释放。闹也闹了，走也走了，对于老何不算诚实的行为应该一笔勾销了。老何本来是要教训翠喜一顿的，可是翠喜的肚子里有了老何的骨肉，将功补过，二人既往不咎，重打旗鼓另开张。这三九天一到，老何挖藕的好时候又到了。老何叫翠喜安心保胎，翠喜却坚持着去藕塘搭把手。老何人也实在，称量藕重量的时候马马虎虎，不像翠喜心细。虽然认识字不多，但是每笔账都拿半截铅笔记在一个小本子上。

挖藕工们得知翠喜回来了，都替老何高兴。开玩笑的都亲切地管老何和翠喜没有出世的孩子叫天安门。

天没有一丝风，干巴冷。老何感觉嘴巴都冻得有点发瓢，使劲嘎巴嘴，以免两片嘴唇被冻上。翠喜给烫了酒，老何一口喝了二两。下藕塘前的烧酒不能像平时那样慢饮，不用品味，全灌下去，后返劲，暖胃，暖身子。

翠喜说，老何，天安门在肚子里踢了我一下。老何咧嘴说，今年的藕卖个好价，咱就到好医院生孩子。我们老板那小媳妇，生孩子的地方老好了。她生的时候，不少人站边上帮着使劲。翠喜扑哧一声笑了，说，老何你就能扯。生孩子是女人自己的事，别人还能够使上劲。老何就叹息一声，说翠喜啊翠喜，你要是不嫁给我，你都不知道北京的事。咱老家那地，就是井底那样大，北京这是首都，大着去了。老板的小媳妇，生孩子花了十几万。翠喜听了张大了嘴巴，说，我的天啊，啥老娘们啊，那么金贵？老何说，老娘们是一样的老娘们，但是有钱和没钱，就是不一样了。你都不知道，老板家里有媳妇，前窝的生俩丫头，这个小媳妇是个大学生，跟老板差了二十岁呢。

翠喜啧啧惊叹着，图惜个啥呢？

翠喜这话没头没脑的，不知道是说大学生还是老板。

老何把电线铺开，检查很仔细。电线连着切冰机，马虎不得。前年有个挖藕工，因为电线被磨破了皮没有发现，结果一通电的时候被电打倒。冒一股烟，人就不行了。老何赶去扒开挖藕工的鞋子，发现脚底被打出了一个洞洞，就知道电流过去，人没救了。

冰面上有些残荷的花梗，清理掉，切冰机开始工作。沿着冰面嗞啦啦开始拉起来。天冷，冰层冻得厚。在老何的眼里，这冰层像一扇猪肉。切割开，里面都是好东西。老何在切冰，翠喜举着电线在边上跟着。围脖上是白蒙蒙的哈气。

翠喜问，老何，你们老板到底几个媳妇？

冰被切开，里面的肌理还是白色的冰。冰屑纷飞着在面前扬起薄瀑，有些凉的水点溅落下来。

老何说，大媳妇一直还是那个，后来的就总换。记不清楚几个了。

翠喜打个冷战说，老何，你可不能乱来。

老何把切冰机挪到冰的另一侧，继续切割。

翠喜说，老何，你听到没有？

老何说，翠喜，你放心吧，我就叫你生个北京的娃。回到老家，一看就跟他们的娃不一样。连脸色都不一样。北京的娃，脸红扑扑的，像个苹果。

翠喜无限幸福地看着老何，说，把你能的，我走了三天，你都没找我。老何反驳说，咋没找，天安门那都派人了。谁想到你去医院了。

翠喜听到医院俩字，有点不好意思。说，老何，卖了藕，能不能先去把欠医院的钱还上。就那么跑了，我咋感觉心不踏实呢。我就怕警车，怕警察来抓我。

老何说，你也说不出哪个医院，我咋还？等等吧，现在这藕抓紧出塘，老板说，这段时间出塘，能卖好价钱。下一拨就得等过年了。别瞅我，咱是有孩子的人了，注意形象和素质了，要不天安门在肚子里都学咱。不会赖账的，头年，我肯定去找着医院。

藕塘被老何划开了两铺炕大小的地方，伤口像是一条拉锁，里面有水汽冒出来。老何麻利地把切冰机推到边上。用撬棍把冰撬起来，搬走。一池塘水就明晃晃地浮现在眼前了。老何拿了高压水枪，换上下水穿的"水鬼服"。"水鬼服"其实就是胶皮的衣裤，虽然隔水，但是不能隔断温度。水里的温度在零下十几度，最多也不能超过四十分钟，老何就得上岸来缓一缓。

远处开来辆警车，闪着警灯，偶尔响了两声。岸上的翠喜正在摆弄捞藕的网，一会儿老何挖出新鲜的藕，翠喜就用网把藕兜上岸来。翠喜听到警笛声音，吓得一屁股坐在地上。喊老何，快点，警察来抓我了。

老何咧嘴笑了，说不可能。你别害怕，这警车经常来抓人。不是抓你的。咱们挖藕的工人，干啥的都有。准是哪个又犯事了。

翠喜还不放心，老何点根烟，狠吸。说，我抽完这根烟，下塘挖藕。你别害怕，你细想，你在医院都没说你叫啥名。医院咋能告诉警察，再说，北京这样大，警察的事可多了。你这不算事。跟我一起挖藕的那小孙，找不着活干，天天去超市专捏人家方便面，一个月，捏碎了好多方便面。电视上后来都播了，到现在也没有人来抓小孙。

翠喜听着老何的解劝，眼睛却始终没有离开警车。警车在藕塘边上停下来，有个警察下来，朝翠喜和老何喊话。你叫何长远？老何嗯了声。警察就开车门，带下来一个红毛的小伙子。警察说，何长远，你儿子何远大，因为聚众斗殴，被警方处理。破坏公物了，得赔钱三千，这几天到公安局补交。

三个人都没说话，老何盯着水面，那下面就是鲜活的藕。他想着要把藕给抠出来。翠喜盯着老何看，她搞不明白老何到底是个啥样的男人。不是说没有结婚吗，咋就突然冒出一个满脸疙瘩的小子来？红毛小伙子一副无所谓的样子，不看翠喜和老何，也不看警察，梗着脖子看天。天上连只鸟都没有，不知道看啥。直到警车开远，红毛还是看天。

藕塘边上翠喜一声凄惨的号哭，吸引了远远挖藕的工人。

有挖藕的工人老远劝一句，翠喜，不为老何想，还不想想肚子里的天安门！

老板晚上过来收藕，发现老何压根就没有下塘。打听明白老何家的状况，知道心急也不成。老板跟老何的关系处得那是没得说，老何冬天挖藕，其他季节管理老板承包的藕塘。老板从车上卸下来米面油肉，还搬下来一个电暖风。在藕塘干活，老何的电费都是老板结算。有了电暖风，屋子里暖和一些。

老板说了，再不行，就得从别处调人了。老何说，家里的事慢慢解决。明天准保下塘挖藕。时机不等人，这个道理懂。老板有肉吃，我们才有汤喝。这事必须要在晚上解决掉，明天必须要干活。

翠喜说，你瞪眼说瞎话，不是说没乱来吗。咋就冒出来一个儿子？

老何说，都是多少年的事了。再说他是不是我儿子，还另说。

翠喜说，你看你个熊样，跟这小子有多像。除了毛不是红的，你这鼻子你这脸，还有你那脑袋瓜子，都不用做鉴定，一看就是你的种。这都有现成的模子，要是天安门是丫头可就毁了，这猪腰子一样的脸，咋找婆家？

老何说，好了，你干号有啥用。事情出了，慢慢解决。

翠喜说，人家堵在家里要钱呢，能慢得了吗？本来你就赚钱不多，这下倒好，还来跟着争嘴的了。

红毛说，老何，你是个骗子。我长这么大，你管过我吗？

老何瞅红毛,闷头抽旱烟,半天问一句,咋惹的篓子?

红毛舌头伸出来,舔嘴唇,漫不经心地说,不爱念书,跟我老舅出来学手艺。工程队的活,泥瓦匠干不动。就去歌厅当服务生。老板叫干啥就干啥。

老何说,叫你打架你就打架了?

红毛点头。

老何说,叫你赔三千?他们没事?城里人就知道欺负咱乡下来的。

红毛反驳说,他们判刑了。

老何叹息,你老舅还在工程队干活?

红毛摇头,不干了,从脚手架上掉下来,腿摔断了。

老何看翠喜,说,都不易。远大他妈为了给她弟弟娶媳妇,嫁到我们村。跟我过了一年。我们村买了不少外面的女人当媳妇,不知道怎么就犯事了。警察调查,远大他妈结婚的时候心里不乐意,当着民警的面就说她也是买卖过来的。我在外面打工,不知道这事。糊涂着远大他妈被解救了。走的时候肚子里带着远大呢。头几年,我还给他们寄钱。后来远大他妈改嫁了,断了音信。远大,你是咋找到我的?

红毛说,我老舅说的。

老何问,你老舅不是腿断了吗?

红毛说,我老舅腿断了,是自己跳下去的,这样好跟老板多要钱。

翠喜一直听着爷俩的对话。听一会儿,瞅瞅灰暗灯光下的这爷俩的大长脸,摸自己的肚子,委屈地"哇"一声哭了起来。

老何站起来,低吼一声,憋回去。在这等几天,卖了藕就折腾出钱来了。

翠喜怯怯地问,死老何,你是个骗子。你跟我说实话,你外面还有女人和娃吗?

老何吐了口吐沫，说，我一个挖藕的，哪来那么多女人和娃。

红毛扑哧一声笑了，看到老何瞪眼，咯嘣一下把笑声吞咽了回去。

晚上的冷风拽着窗户框撕心裂肺地响。翠喜本来想继续酝酿悲伤的情绪，打算边哭边数落一顿老何。无奈的是努力半天没有成功。

雪落无声，外面其实已经是一个洁白的世界了。

早上推开屋门，天地间还飘着大朵的雪花。翠喜在灶间点火做饭，老何紧紧裤腰，看见漫无边际的藕塘，已经被白雪覆盖。昨天切割开的藕塘经过一晚上的冰冻还没有愈合，在天地间像一块醒目的帷幕，冒着水汽铺在那。老何好像看到了那块帷幕之下新鲜的藕。

老何准备先挖藕了。朝屋子里喊一声，饭好了喊我。

红毛懒懒地出来，显然是被尿憋醒了。趿拉着鞋子奔房后的茅房。老何已经麻利地穿上了"水鬼服"，试探着下到了藕塘里。翠喜忙里偷闲地跑出来，把高压水枪递给了藕塘冰水里的老何。下雪的天，藕塘下的温度相对好一些。还有这满天的雪花，给这个空旷的冰雪世界增添了一份情趣。走到茅房边上却没有进茅房的红毛就站在雪地里撒尿。尿液呈一条抛物线一样挥洒着，在雪地上舞出了一片图案。

老何的脚底踩到了淤泥里，水下的凉意瞬间在下身弥漫开来。裆下都跟着一紧。老何努力调整一下站姿，弯下腰，脸就快贴到了水面上。凭感觉，脚下就有一根新鲜的藕。老何的高压水枪一按，强大的水流瞬间在水下翻花。那藕被呲出了淤泥，乖乖地触碰到了老何的身体。那是一截不错的藕，老何的裆下感觉到了触碰。伸手一捞，藕抓在手里，顺着水流的劲头抠一下。水面上就腾地浮现了一大截生动的藕来。

红毛的眼睛被吸引了，系了裤腰带跑过来。好奇地看着藕塘下面的老何。老何不抬头，继续在藕塘里忙活。忙活的成果都在水面上漂着。好奇的红毛伸手试一下水温，猫咬一样地抽回了手。红毛嘴巴里夸张地嘶呵着跑回了小屋。

风在雪小以后悄悄来了。没有征兆，在空旷的藕塘上空掠过，藕塘冰面上招风的地方，积雪被吹走了不少。

四十分钟不到，老何急急地上岸。翠喜噘着嘴巴，手脚却也麻利做好了饭菜。老何猫挠一样脱了胶皮"水鬼服"。脚底不知道被什么硬物硌出一个洞，有冰水灌进了鞋里。老何脱了湿袜子，脚已经冻成了红萝卜一样。翠喜把电暖风调到最热，帮助老何烤脚。老何顺手抄起饭桌上的小烧酒，猛灌了一大口。

皮靴子破损了一个洞，老何吃完饭以后去附近找挖藕工要502胶水。老何急急地下桌，没有交代就推门出去。

红毛斜躺在炕上不下地，翠喜看不惯，却也找不到吵架的借口。翠喜感觉特别大的委屈，却又不知道委屈什么。老何在自己面前说了很多谎，当这些谎言戳破的时候，翠喜却无力去还击。

翠喜出去在藕塘边上看了两次，还是不见老何的身影。翠喜返回来，不愿意看红毛的懒相。一个人到藕塘冰面上，抄起网兜，把老何刚才的劳动成果捞上来。新鲜的藕出了水面，防止冻伤，有现成的塑料布要遮盖上。

翠喜怀了身孕，身子笨。苫好了一边的塑料布，往另外一边去的时候，脚下一绊，翠喜顺着冰面摔进了藕塘里。身子是躺着下去的，翠喜第一感觉是凉迅速转为冷，然后就是冰水呛进了嘴巴里。翠喜一下子就懵了，喝了两大口冰水以后才明白过来：再这样喝几口，就彻底沉在这了。

翠喜本能地挣扎一下，手里攥住了一个硬物，那硬物是一大截鲜藕。翠喜站了起来，脚下却陷入了淤泥当中，拔不出来。

翠喜绝望地嘶喊一声。

红毛在炕上斜躺着，知道翠喜厌恶自己，两人也不说话。刚才翠喜拿塑料布的时候，红毛看见了。一转身的工夫，翠喜不见了。正纳闷的时候，红毛看到了藕塘里湿漉漉挣扎起来的翠喜。红毛惊呆了，下意识地身子就弹下了地，扑向藕塘里的翠喜。

翠喜喊，拉……拉我一把！

红毛不知所措，手够不到，慌乱中看到了网兜，伸过去。翠喜像是抓住了救命稻草，拼命拽住。想不到红毛的力气不大，慌乱中被翠喜一下子拉下了藕塘。

红毛比翠喜还狼狈，接连灌了几大口冰水以后，也不管翠喜的死活了，拼命爬到了岸边。回头哆嗦着看翠喜。翠喜也哆嗦着看他。

翠喜把手里的一大截鲜藕递向红毛。红毛会意，抓住一头，这次小心地用力，像拔萝卜一样把翠喜拔了出来。

红毛说，狗日的老何！

翠喜也说，狗日的老何！

两个人心里其实想的事情是一样的，这个骗子老何，在这样的冰水里泡了十年！十年啊！骂完，两人不知道为什么，莫名其妙地笑起来。

他们的身边是北京的鲜藕，在雪后的藕塘里安静地躺着。

老何拎着补好的"水鬼服"回来，揉着眼睛，不知道刚才到底发生了什么。

选自《天涯》2016 年第 6 期

摸蛋的男孩

秦岭

　　这是若干次后最终值得显摆的一摸。男孩全全掰过脸来,嘴角和眉梢里风生水起,激动和亢奋拥堵在喉咙里,拦截了他的表达,听起来像个结巴,爷……爷,爷爷,我……我摸着蛋啦——尾音拖曳得很长很亮,像封堵的堤坝一隅冒出了一股清泉,冒着,冒着,不冒了,泉眼洞开。
　　睡眼惺忪的日头还没从东梁梁上挤出脑袋,像哈欠一样漫上来的第一抹晨曦已经和最后一洼的黑暗开始了僵持。公鸡像生产队长似的,威风凛凛地站在村口的崖畔,扯天扯地一亮嗓子,黎明就报到了。屋檐下圪蹴的一个黑影这才显了原形。这是吸旱烟的爷爷,嘴里喷出的烟雾笼了他的身子,却一动也不动,像场院里过于破旧的石碾子。全全心里亮清得很,爷爷每早圪蹴在那里吸旱烟,其实都是在陪他练习摸蛋。

此刻的柴院很安静，三五成群的麻雀在房檐上、柴堆儿上聚聚散散，东张西望，似乎失去了争吵的兴致。妈妈在大队的第一声冲锋号响过之后，就像风一样飞卷下炕，披头散发地赶往梯田地里学大寨去了。村里能动弹的劳力，一个都不能落下。爷爷自从在交公粮路上摔断了腰，就成了半个废人，除了能够圪蹴或趴着，直立行走的岁月全储存在记忆中了。爷爷抬了一下眼皮，见全全怀里捂的是叛徒，就说，别得意，你再摸摸英雄。

全全又叠了腰，把左手伸进鸡房。英雄毕竟是英雄，翅膀如铁，爪子似钩，母性的眼珠子里闪烁着豹子眼睛里才有的光芒。就凭全全的这点气力，揪出英雄谈何容易？全全已经记不得这是第几次和英雄较量，每次都要和英雄来一番斗智斗勇。当然了，鸡毕竟是鸡，人毕竟是人，最终以全全的胜利宣告结束。和往常一样，全全把英雄揪出了鸡房，用左手死死敛住英雄的双翅和尾梢，把英雄的脑袋驳在腰侧，这样，英雄的屁股就大半朝天了，被白色的细绒毛半遮半掩的屁股眼儿，愤怒地翕动。爷爷说过，鸡蛋任务缴得咋样，全凭了母鸡屁股眼儿，全全就想起了村里连哑带傻的杨四海。杨四海是个单身汉，穷得养不起一只母鸡，他给公家上缴的鸡蛋，都是好心肠的左邻右舍帮凑的。他的嘴有事没事总是翕动着，村里人都不亮清他一天到晚想要表达个啥。脑子灵的人仔细琢磨过哑巴的嘴型，就蛮有把握地下了结论：哑巴是说缴任务，缴任务，缴任务……

庄稼人谁不晓得缴任务？上缴给公家的皇粮、油料、生猪、鲜蛋、棉花、羊毛……都是公社下派的任务，缴成了，就能凭证换回城里人生产的煤油、火柴、白糖啥的，缴不成，用队长的话说那是原则问题，是对城里工人阶级的态度问题，是天大的事情。完不成，家里成天黑灯瞎火事小，关键是要扣掉几十个工分的。扣工分，不像要命，却是扣庄稼人的日子呢。

啊呸——全全狠狠地往右手食指上吐了唾沫，瞅准英雄的屁股眼儿，准确无误地插了进去。英雄浑身一痉挛，喉咙里重重地哦了一声，抻长到极限的脖子弯成了弓形，毛一根根支棱起来，像插在擀面杖上似的。突然，英雄立即停止了反抗，它的智慧、经验早已让它明白侵略者进入它的血肉之躯后，所有的反抗对自己是多么的不利。全全全神贯注，屏住呼吸，食指在英雄滚烫的身体里进进，停停，再进进，再停停，探，研，触，后来，食指肚儿在深处旋了一圈，这才退缩出来。热乎乎的食指被风一吹，凉飕飕的，溢散着一股鸡粪味儿。他再次掰回脑袋，朝屋檐下的爷爷喊，爷爷，哈，英雄有了，大概是今儿下午三点的蛋。

爷爷非但没有表扬他突飞猛进的手艺，反而斥了一声，你个没脑筋的货，喊啥喊，让隔壁听着了传到学校去，你不嫌丢人。快摸你的蛋！一只只地摸，有蛋的关院子里，拌一把糠麸吃；没蛋的赶出院子自个儿找吃的去。齐活儿后，背你的书包，快走！学校到打铃的当口了。

全全就按爷爷的嘱咐又忙乎了一阵子。上学路上，日头当空照，小鸟在愉快地歌唱，全全也兴奋地唱起了《我爱北京天安门》。脚上还是他妈妈做的那双又厚又沉的千层底儿布鞋，但今儿走起来轻盈得有些飘。远处的斜坡上，红旗招展，醒目的标语牌像立正似的插在坡顶。修梯田的男女社员们正在那里战天斗地，哪一位是妈妈呢？太远，全全辨不清，但他相信，瘦弱的妈妈在那里挥汗如雨的同时，一定还记挂着他练习摸蛋的进展呢。爸爸不在修梯田的队伍里，被大队派到城里搞副业，所谓副业，就是从城里人的茅坑里掏大粪，积攒够了，再用驴车运到村里来。全全甜丝丝地想，爸爸妈妈一定不知道，从今儿起，我出师了，像爷爷一样会摸蛋了。想到这里，右手食指下意识地颤抖了一下，他知道那里臭臭的，有洗不尽的鸡粪味儿，但他却鬼使神差地伸在鼻子底下闻了闻，这一闻，怪了！这臭味儿真让人迷恋，让人陶醉，这哪是臭啊！这是比香还要香的臭。这样的错觉使他大吃一惊，怀疑鼻子是不是出了啥问题。他用手使劲拧了一下鼻子，那臭臭的味儿就停留在鼻子上了。他闭了眼，做了个深呼吸，像爷爷吸旱烟一样，进入了一种说不清道不明的意境。只是，他不明白，自己是不是香臭不分了？管他呢，反正，我全全能为缴任务做贡献啦！——摸蛋，这门爷爷唯一给全村人高度保密的独家本领，如今除了我全全，全村人谁还有这两下子？全全心里亮清，啥都可以显摆，唯独这手艺是万万不能当着同学们的面炫耀的，这不是木匠活儿、铁匠活儿、泥瓦匠活儿，这……这……这是摸鸡屁股眼儿。

  英雄果然把蛋产在了下午三点。英雄是一只黑翅黑尾白屁股的母鸡，每年开春后，它几乎天天下蛋，为全全家胜利上缴鸡蛋任务立下了汗马功劳，使爷爷这个出了名的老先进保住了面子。英雄和叛徒不一样，叛徒是一只黄色的母鸡，屁股紧，两三天才磨磨叽叽挤出一颗来，而且立场很不坚定，院外溜达时，逢着谁家院子里有玉米粒儿，它就毫不犹豫地窜了进去，顺便把蛋产在人家的鸡窝里。谁都亮清，玉米粒儿是专门为了引诱下蛋鸡才撒在那里的。苦年份，野菜沫子拌了糠麸，那就是母鸡们上等的盛宴，平日里只有在院外草丛里、土疙瘩缝儿里找蚯蚓、蛐蛐、蚂蚱的份儿。玉米粒儿那是金豆子，一粒儿就是一粒儿，庄稼人心里有数呢。任何一只母鸡也经不住玉米粒儿的诱惑，只是叛徒被引诱的成功率高一些，要不，咋落得个叛徒的名声哩。

  晚饭，居然多了一个煮鸡蛋，这是全全吃饭记忆里的一个重大事件。

　　煮熟了的鸡蛋圆溜溜的，蛋皮儿光洁、均匀、干净、一尘不染，安详地睡卧在碟子里。碟子是瓷的，在岁月里早已饱经风霜，修补的痕迹像蛛网一样罩出碟子苟延残喘的命运。全全惊讶地发现，生鸡蛋和熟鸡蛋真是不一样，在沸水里热闹过的鸡蛋，通体洋溢着一种叫作高贵的气质，像碟子里突然结出的圣果，温暖而淡定。碟子第一次被一个熟鸡蛋映衬得顿生妩媚，满屋陡然蓬荜生辉。

　　全全，吃吧。妈妈说，就一个，爷爷同意的。

　　全全终于相信这蛋是给他的，呆了半晌才说，我吃了鸡蛋，那，任务缴不成咋办啊？

　　你如今会摸蛋了。爷爷说，咱把鸡管严实些，还是能缴成的。

　　轻磕，慢剥。去了皮儿的鸡蛋，更让人惊讶了，像漆黑的夜晚一轮皎洁的月亮。全全用双手把鸡蛋捧起来，像是把月亮捧起来了。他能感觉到自己嘴唇启动的节奏，缓慢、庄严、机械。全全就吃了一口，不像吃，像舔，用舌尖，轻轻地。

　　妈妈说，蘸点盐，才好吃呢。

　　全全就轻轻蘸了点盐，嘬了一小口，啊啊！熟鸡蛋原来就是这样的味道啊！香，是一种……一种……一种说不出来的香。这香，是一种有温度的味儿，所有五谷杂粮的味儿好像都在里头，还有……还有……全全下意识地把食指伸到鼻子下，对，还有鸡屁股眼儿里的味儿。他被这个意外的发现吓得打了个寒噤。反正，香，真香！

　　全全吃到第二口的时候就停下来，有一轮金黄的日头正从蛋白的前呼后拥下升起，全全猜想这就是传说中的熟蛋黄吧。全全在公社鲜蛋收购站见过搬运工不小心弄碎的生黄，没见过熟黄。紧张和不安像羽毛一样覆盖了他的瞳孔，他低头注视着捧在手心里的蛋，抬头，墙上悬挂的一溜儿小册子蹦入眼帘,在工分本、公粮派购本之间,悬挂着上缴鲜蛋任务手册。

我娃。妈妈说,你咋了?

我吃一个蛋,那城里人是不是就少吃一个蛋啊?全全说,我还是别吃了吧,留着,让我爸下次送给城里人。

城里和城里人是啥样子?太遥远,全全只能去想象,更多的是揭不开的谜。比如庄稼人上缴的各种任务最终会落到城里人家,这问题曾一度让全全和同学们感到百思不得其解。记得先先后后有几次,有几个伙伴实在饿极了渴极了,偷了家里的鸡蛋,连皮带水吞进了肚里——蛋皮儿是不能留的,那是犯案的把柄。据说鸡蛋是可以煎、煮、炒、蒸的,有个别人家过年时鬼鬼祟祟做过,传得像神话似的。家长们都是精鬼,生吞过鸡蛋的伙伴,几乎没有一个漏网的,换来的是家长气急败坏的暴打。伙伴们屡屡遭打,归根到底会把这笔账记到城里人身上,为啥啊?为啥啊?咱养鸡,却偏偏就不能吃蛋,得送给城里人吃?为此,全全不止一次问过爸爸,爸爸,这是为啥呢?爸爸毫不犹豫地说,因为城里人穷,咱农民人富,富人就得帮助穷人,你说对不对?

全全想了想,觉得很有道理,就说,爸爸,您每天守在城里掏茅坑,最亮清城里人了,城里人为啥就那么穷呢?

爸爸说,因为城里人没地种,没鸡养。

您不是告诉过我,城里有洋房、汽车、商店,还有幼儿园吗?全全反问。

是啊!有又有啥用呢?爸爸说,越是穷地方,才有那玩意儿。

全全说,那公家为啥偏偏收咱最好的小麦、猪肉、油料、鸡蛋给他们,却不收咱吃的糠麸和满山满洼的野菜呢?

……爸爸噎了足有一袋烟工夫,突然哈哈哈地乐了,说,你真是个小傻瓜,人家城里人比咱能干,人家天天在制造原子弹、飞机、汽车,如果吃不好,你想想,那能成嘛。

嘿嘿。全全不好意思地笑了,说,城里人真能干,咱只会种庄稼。

你眼下要好好学习,天天向上。爸爸说,书念好了,将来当城里人,能干了,才有资格吃鸡蛋。

在全全心目中,爸爸尽管一言九鼎,但是学校的女民办教师刘翠梅更是权威,刘老师经常作为先进教师代表去城里开会,见过大世面。为了印证爸爸的话,全全把爸爸的话和盘托到了刘老师那里,然后盯着刘老师美丽的眼睛。全全晓得,眼睛是心灵的窗口,刘老师的眼睛里有天底下最大的智慧。刘老师也久久地盯着全全的眼睛,她说,全全同学,你要相信爸爸的话。

刘老师还在课堂上重申了全全爸爸的话,她特别强调,亲爱的同学们,以后千万别偷家里的鸡蛋,咱不是学过课文里列宁小时候的故事吗?大家一定要像列宁同志那样,做一个诚实的孩子。

全全第一个举手表态,刘老师您就放心吧,我一定要当一个诚实的孩子,把鸡蛋留给城里的小朋友吃。

有眼泪从刘老师好看的眼睛里奔涌出来,清凉凉的一片,流个没完没了。刘老师在课堂上引用爸爸的话,这让全全激动得满脸绯红,一种伟大的幸福感和甜蜜感油然而生。全全想,城里人吃鸡蛋的感受,也莫过于这种幸福和甜蜜吧。此刻爸爸在城里是不是闻到鸡蛋的香味儿呢?爸爸在城里干的淘粪的活儿,那活儿可不简单,各公社、各生产队都在千方百计派农民进城淘粪,抢夺粪源就像看不见的战线。听爸爸讲,城里有一家人有个男孩子叫赵向东,和他一样大,他妈妈帮爸爸联系了好几家旱厕。当时全全问,啥叫旱厕,爸爸说旱厕就是茅坑。爸爸每次进城,都要给赵向东家送点杏儿、桃儿啥的。

那晚全全提出把煮鸡蛋留给城里人的时候,爷爷和妈妈都哑了口,最终还是妈妈开了口,妈妈说,既然煮了,就必须马上吃掉,咱山里去城里一趟得一天工夫,半道上,鸡蛋就馊了,你不希望城里人拉肚子吧。

晚饭是玉米疙瘩拌汤,辣椒洋芋丝,小麦面锅盔,加上这个史无前例的煮鸡蛋,庆祝的意思已经很是隆重了。全全吃得红光满面。爷爷吃完了,把碗一撂,突然老泪纵横,晚餐的气氛瞬间发生了变化,时间像是被勒住了的缰绳,刚才喧嚣的空气不再撒野,静了,停了,凝固了,像凉粉坨子。爷爷花白的胡子抖了几抖,藏在胡子中央的一张嘴翕动了几下,想要说啥话,却说不出来,再翕动的时候,全全发现,此刻,爷爷的嘴巴多像一只鸡屁股眼儿啊。全全悔恨自己,这样的联想真是对不住爷爷,但是,他越是排斥这个念想,这样的念想反而愈加得强烈。爷爷的鸡屁股眼儿里终于冒出人话来,全全,我有你这样的好孙子,咱……咱家今年的鸡蛋任务,又是先进。

显然是爷爷憋了好久才放出来的话,像憋久了的一个鸡蛋,吧唧一声,就出了屁股眼儿。

全全的脑袋被爷爷朽树皮一样粗糙的手抚摸着,像摸着一只心爱的母鸡,更具体一些,像抚摸着英雄细密而光滑的羽毛。爷爷是把全全当英雄了呢?还是把英雄当全全了?全全发现,爷爷注视他的目光里,像笼着一层薄雾,汪汪的,能盈满村口的深沟。

在全全眼里,庄稼人其实和教室里的学生差不多,日子全被上边格式化了。夏收到秋播之间,前后不过十几天,就在这十几天里,大队的高音喇叭就老猫念经似的唠叨个没完。来来去去就是程咬金的三板斧:先是放唢呐曲《社员都是向阳花》,然后反复传达上边关于夏粮收购以及生猪鲜蛋派购任务的通知,最后就一遍遍讲道理,大道理好像很复杂,比如支援国家建设,比如保证城市供应啥的,大道理最后就变成了一个道理,广大社员们!谁家鲜蛋任务缴不成,拖了全村的后腿,就休想得到平价的紧俏货,你狗日的就休想在村里抬起头来,直起腰来,大家都要像老支书、老先进窦英贤同志学习……

窦英贤,就是全全的爷爷。全全很为爷爷的这个名字感到自豪,英是刘英俊的英,贤是麦贤德的贤。刘英俊和麦贤德的画像就在教室墙上贴着呢,都是大英雄。爷爷缴任务出了名,几年前就把原名窦二球改成了窦英贤。爷爷说过,英雄的道理是一样的,我家也有大英雄,只是,它不是人,是鸡。

这是出山的羊肠小道上最热闹的季节,男人们背着装满小麦的麻袋,一步一挪地往公社粮站蹭。老头老太太们赶着大肥猪,媳妇姑娘们臂弯里挎着篮子,篮子里的羊肚子毛巾下边,酣睡着积攒半年的鸡蛋。最有意思的是杨四海,他也像女人一样臂弯里挎着篮子,篮子里的鸡蛋来自四面八方,他一路傻笑,嘴巴翕动着:缴任务,缴任务,缴任务……目的地:公社食品收购站。

要秋播了,村里却出了事。建设妈把建设打了,是在送鸡蛋的路上打的。建设是全全的同班同学,三年级的班长。建设真是太犯贱了,趁他妈不留意,从他妈的篮子里偷了一个鸡蛋,牙茬上一磕碰,只两口,就连皮带水吞到肚子里。他显然早有战略图谋,他瞄准了杨四海的篮子,想来个拆东墙补西墙,刚伸手,却被赶集的行人抓了个现行。建设妈当场气得天昏地暗,朝建设劈头盖脸就是一通老拳,这握过老锄的手,当场就让建设的脸四面开花。任务是缴不成了,首要任务变成了用毛驴车拉建设去城里医院。后来,据建设哭诉,那些天他背着麻袋缴皇粮,又累又饿又困,嘴唇都干裂成了血道道,到缴鸡蛋时,实在撑不住了,才……

建设住院,却给全全提供了一次进城的机会。村里人都陆陆续续去医院看望了建设。全全妈也烙了两个大锅盔,妈妈说,一个锅盔给建设,另一个锅盔给城里男孩赵向东,最近,赵向东妈又给爸爸争取到了一个茅坑。

去城里的前夜,妈妈好像是憋不住了,一遍一遍给全全讲,全全,到了城里一定要学乖。全全说,那还用说嘛,记住了。妈妈又说,全全,到了城里,一切必须要听妈妈的。全全说,那还用说嘛,好像我平时不听话似的。妈妈继续说,全全,到了城里,一定要……全全打断了妈妈,说,妈妈您就别唠叨了,我都快四年级的学生啦,还是学习委员哩。

擦黑进了城,妈妈领全全到医院看望完白纱布裹着脑袋的建设,晚上就住在城乡接合部的棚子里。这里的破棚子鳞次栉比,全是各公社搞副业的天下,像城里冷不丁地冒出了一个生产队。第二天,妈妈就领着全全摸到了赵向东家。赵向东与全全想象的不一样,赵向东留着整齐的运动头,不像全全的头发像疯长的蒿草;赵向东的皮肤白得像刚出磨盘的小麦粉似的,不像全全浑身像涂抹了锅底灰儿;赵向东的衬衣是的确良的,全全的褂子是白洋布的;赵向东胸前的领巾像灶膛里窜出的火苗一样鲜红,全全的领巾早被土坯桌和汗渍弄成了破缰绳……全全当场就拘束起来,偎在妈妈身边,像一只淋湿了翅膀的小鸡。

优越感使赵向东大方得像一位将军,他主动伸出手,拉了全全的手,说,你就是全全吧,窦叔叔来我家做客时,常常提起你,夸你会上树、会爬上崖畔掏鸟窝,还用弹弓打下过乌鸦,可把我羡慕死啦!说着拿出自己的塑料冲锋枪,一扣扳机,哒哒哒的。枪一响,两人一下就好上了。

轻轻地,当全全把食指插入扳机孔的时候,却无论如何也扣不响。这熟悉的、下意识的一插,轻,轻,绝不敢重重扣动的。似乎,冲锋枪变成了母鸡,扳机孔变成了鸡屁股眼儿。全全奇怪自己。他死死地盯着自己的食指,像盯着一个陌生的、无用的肉棍儿。

赵向东的妈妈和蔼可亲地安慰全全,第一次玩枪吧,多使几下就会了,来,东东,给乡里哥哥好好教教。然后扭头朝半个屁股搭在床沿的全全妈妈客气,姐姐也太见外了,大老远来,来就来吧,还带这么大一个锅盔。

你给我娃他爸找了那么多的茅……茅……旱厕,这个锅盔算个啥嘛。全全妈妈说,锅盔是夏收后的新麦面,城里人吃不到,给您个鲜。

全全闻到了一股味儿!对,一股味儿,绝对不是锅盔的味儿,这是一种既熟悉同时又久违了的味儿,悠悠的。没有啥味儿比这味儿全身长满了密不透风的爪子,不可阻挡地直往鼻子里爬。全全发现了,终于发现了,天哪!已经关了电源的电炉子上,揭了盖儿的铝锅里,两个煮熟了的鸡蛋,像两只明亮的眼睛,大睁着,全神贯注地盯着他这位从山里来的不速之客。

妈妈,我要吃蛋。赵向东说,今天我就吃一个吧,另一个给全全哥哥。

这重大的喜讯来得太突然、太奢侈,全全刚反应过来,舌头底下陡然汪出一团口水,不提防就当胸瀑了下来。全全妈妈使劲勾了他一眼,全全赶紧吮嘴,吱溜儿一声,吸回去了吊线的半拉。

这不还得晾会儿嘛。赵向东妈妈说。

平时不就晾几分钟嘛。赵向东说,今儿都十几分钟了。

全全就是在这个时候被妈妈拽着离开了赵向东家。临走,妈妈对赵向东妈妈说，妹子，我们该走了，娃他爸在棚子那边等着哩。

既然大哥在那边等，我就不留姐姐了。赵向东妈妈说，我还想着让娃吃个鸡蛋再走呢。

离开赵向东家的时候，全全一步三回头，他不是留恋赵向东和冲锋枪，他的目光像坚硬的钩子，牢牢钩住了铝锅里的鸡蛋。眼睛和鸡蛋之间像有一根绷紧的铁丝，痛了电，电压太大，都快烧断了。铝锅很快远离了全全的视线，坚硬的目光久久没有软下来，到了大街上，目光才软了，铁丝软成了面条。

但那两个鸡蛋老在眼前晃，越晃越明亮，越晃越清晰，几乎覆盖了大脑的全部世界。全全使劲摇摇脑袋，想把鸡蛋赶走，但越是摇，却越是像生了根，根系像融化的雪水一样遍地蔓延。

妈妈并没有把全全朝棚子的方向拽，而是到了城里最繁华的地方。城市最具活力的气息像蛋白包围蛋黄一样包围了全全，但全全却对这种陌生而神奇的包围置若罔闻，嘴巴翕动着，像杨四海的嘴巴一样翕动着，像鸡屁股眼儿一样翕动着。妈妈故作轻松地问，全全，你想说啥呢？

全全却仿佛没听见。妈妈有些紧张，说，咱全全想说啥？

全全目光呆滞。妈妈好像听清了，竟是缴任务，缴任务，缴任务。

妈妈生气了，说，你个小东西，一直缠着要进城开开眼呢，今儿个来了，却犯傻啦。一转身，把全全拽进了一家百货商店。这是县城最大的百货商店，好东西可多了。妈妈夸张地给全全介绍着那些传说中的布料，全全，看看，你晓得吗？这叫毛华达呢布。全全，这叫涤卡布，这叫蓝卡其布。

一会儿到了一家肉铺，铺面很大，横杆上钩挂着成排的猪身子，还去了粮店，那里码着成摞的面粉。城里人朝营业员高举布证、粮票、肉票啥的，优雅地喊：同志，我要……

  妈妈猛然意识到，她这样引导全全的注意力，反而犯了个严重的错误。全全的表情像干旱后板结的河床，没有一丝的活络。眼看到了一个儿童乐园门口，妈妈立即止了步，说，我差点忘记了，爸爸在棚子里等咱呢。妈妈态度很坚决，坚决地好像自己对自己过不去。大白天的，棚子里准连个鬼都没有，爸爸准是挑着两个粪桶，穿大街走小巷找茅坑呢。但她还是坚持着，爸爸……在棚子里等咱呢。

  好的妈妈，咱赶紧回棚子吧。全全说，别让爸爸等久了。

  日头再次把黎明拽到了大山里，一声凄厉的尖叫刺破了小村。这是英雄的尖叫。爷爷隔窗望见，全全背着书包的影子，已经从院子门口消失。英雄在院子里近乎癫狂地扑腾着，近了，近了，英雄分明是朝他来了。爷爷这才看清，英雄屁股上的白绒毛被鲜血染红，血从屁股眼儿里外溢。英雄一直扑腾进屋子里来，趴在炕沿下，这才费力地朝他举起脑袋，脑袋上，是一双他无比熟悉的眼睛。

  全全原来并没去上学，而是和杨四海在一起。有人看见，全全的右手食指血迹未干，弯曲着，像是扣动扳机的样子。他好像在讲故事，听众选择了杨四海。

选自《北京文学》2012年第4期

秋天的村庄

王新军

秋日清晨，鸟鸣声在果园里左冲右突，响成一片，阳光从柴墙中腰处穿过树枝的缝隙射进来，瞬间将浓雾般的空气戳出了一个个大小不一的窟窿，它们像一根根粗细均匀的柱子，排列整齐地旋转着，在他眼前轻浮地飘动。最近一些日子，这种相同的景况曾在他眼前出现过好多次，不过它显得不那么令人厌恶，反而给他迷蒙而深刻的印象，有时候照亮整个院子的，也只是一束从远处投来的狭长的光柱，就像高处有一个洞，五颜六色的光亮从那里泻下来，把他开着两株大丽花的院子装扮得像个花园。每次出现这种情况的时候，他都像小鸡看到一条胖虫子一样感到惊奇，他想把这个奇迹告诉远在北京城里的孙子，他想告诉他出现在爷爷眼前的这个花园他是熟悉的，但他脑子里有那么一块却迟滞着一点也辨不出它的来龙去脉。可当他透过光柱中若隐若现的五色花影向它们深处看去的时候，目光在一片迷蒙掠过之后，脑海里便会出现一大片闪烁的微光，他似乎熟悉那个地方，却不知道它确切是哪里，那个无边的花园会很快变成一个深渊的底部，继而由模糊而黑暗。每当从这种虚幻的情景中挣扎出来的时候，他都要在心里默默念叨，好让自己安静一会儿，他一遍一遍地问自己，我是不是真的老了？我是不是真的老了？否则怎么会一而再再而三地看到传说中应该是在另一个世界的真景花园哩。

果园里靠东的一行杏树被完全照亮了，翠绿的叶子上晃动着明亮的反光。立在杏树低下，园子里湿漉漉的空气带着沁心的湿意进入胸腔，使他的身体蓦地生出一些着凉的感觉，他赶紧把披在身上的外套褂子裹了裹，这时候他才发现，两只立在杂草丛中的大脚已经被露水打了个半湿。入秋之后，天气的变化立刻就加快了，首先是露水厚了，几乎到了绊脚即湿的程度。他有早起的习惯，几十年了，他一直用这种勤劳的习惯打理着一家人的日月。现在的他生计无忧，不缺衣不少食，是村子里公认的最幸福的人。

杏子已经熟完了，树梢上仅剩的几颗也在这几天悄然落了地，最靠近地面枝条上晚熟的也已经撑持不住，在鸟儿上蹿下跳的嬉闹中无可奈何地跌离枝头，地上到处是腐烂的杏子。那一排李子树上的李子也已经着色发红，梢头上早熟的已经开始有了将要跌落的迹象。那几棵苹果树上枝条被果子压弯了，他不得不用木棍一根根支撑着。那一树桃子把枝条都挂累了，中秋节前后是它们成熟的最佳时间。园子里的梨树有两种，一种鲜吃特别甜，一种耐储存的能放到第二年春天。他在一片空地上停下来，听着鸟鸣，嗅着果园里丰富的味道，心里突然有了一种说不出的感觉，恍惚中她又来到了他的身边，老婆子，你看看，这一树一树的果子……你看一看它们……李子多红呵，桃子快赶上苹果大小了……杏子嘛，都已经熟光了……他的这番自言自语，分明是说给老伴儿听的，她已经去世五年了，但他却觉得她从来不曾离开自己半步。他自然知道老伴早已过世，但他依然要不经意地这么说，仿佛老伴就在他旁边。他伸手摸了摸腰里，手机就在那里，似乎已经被他的身体焐热了，他从皮套里取出它的时候，竟然有点怕它着凉似的舍不得拿出来。他在心里把自己嘲笑了一下，这么个塑料疙瘩，又不是细皮嫩肉的娃娃。他拿着手机眼睛盯着屏幕摆弄了一阵，又重新把它放进了拴在腰上的皮套里。

时间还早——刚刚七点，这时候打电话过去，那边能不能接到还是个问题，接到了，十有八九也只能是匆匆忙忙说上两句，然后就是——没事我挂了呵——他把目光从脚下移开，又在果树上依次扫了一番，那些光鲜的果子全部张嘴向他笑着。他在园子里慢慢绕了一圈，这时候园子里的一切都是新鲜的，连鸟儿的啁啾听上去也是水汪汪的，一切与昨天并无什么区别，但与昨天又仿佛完全两样，每一只果子分明都长大了一圈。他在一棵杏树下站住了，这是一棵李广杏，在树腰的地方，一根没被剪掉的偏条上还有一只杏子，好像是被有意遗忘在那里了。绿叶掩映下的它居然顽强地撑到了现在。这让他感到无比惊奇，他下意识地伸手拿出了手机，儿子小时候最爱吃这个了——挂在树上自己长熟之后又被露水一激，摘下来丢进嘴里一咬，嘻——那味道真是透进骨头的美，他的这个习惯未必就不会完全地传给他的孙子。

他把手机拿在手上，忽然又僵在了那里，现在是孙子吃完早点要去上补习班的时间，孙子马上要上高中了，据说又到了什么关键期。因为这一个一个的关键期，他已经有好几年没有见到他了。有一次他在电话里对孙子说，爷爷想你了。孙子在电话里说他马上自拍一张发过来让他看。但是他始终没有收到，孙子在电话那头一个劲数落他说，爷爷你怎么这么笨呀，后来他才知道自己的这种手机根本收不到彩信。

当他把接收不到彩信的原因明确地归结为手机的无能时，孙子在那边埋怨他说，爷爷，这年代了你还用那种手机呀，你也太噢特了吧。他心里美不滋滋地说，我这个噢特手机，听电话绝对没有任何问题，很好使唤哩。孙子在那边说，爷爷——什么噢特手机，我说的是英文，真悲催。孙子这么说，他就完全听不懂了。但他依然觉得十分开心，只要能听到孙子的声音，他觉得他的日子就是有滋有味的。

他拿着手机翻了一阵，儿子的号，大女儿的号，小女儿的号，两个女婿的号，孙子的号，两个外孙女的号……一组组数字依次在眼前闪烁，他手机上的电话号码并不多，联系人一栏也一满是用数字标的，加上村医张大夫，乡卫生院胡院长，总共也不到二十个，村里左邻右舍的电话，他大多记在了脑子里，要找谁，默默想一会儿就能准确无误地拨过去。阳光渐渐亮起来了，他踌躇着一时拿不定主意应该停在哪个号码上，然后按下绿键。多年来他一直遵从着没事不给孩子们打电话这个他给自己和老伴儿立下的规矩。放手让娃娃们自己闯去——这是他在儿女们还小的时候就一直挂在嘴上的一句话，老伴几乎从来没有反对过他。他们夫妇打理着自己的十三亩地和三亩果园，儿女们也个个靠着父母的撑持，闯出了自己不同的人生。大女儿师范上出来留在酒泉城里一所小学当了老师，两年后嫁给了一个戴眼镜的同事，在酒泉城里安了家。小女儿上的是省城兰州的工业学校，学的是财会专业，人还没毕业，就被一家银行招走了，现在听说已经是个什么部门经理了。儿子年龄最小，却考了个远在南方的一所大学，专业是计算机工程啥的，他始终没搞懂。有一次他在电话里问儿子，儿子嫌解释起来太麻烦，就直截了当地对他说，爹，我这个专业，说白了就是整天玩电脑的。儿子的这句话让他暗暗思忖了好些时日，整天玩电脑，听起来这好像不是个什么正经的好营生。上一趟大学，四年时间学个玩电脑……他心里总觉得不是个事。他怕儿子走了歪道，就分别在电话中向两个听话的女儿求证，结果当然是被她们好一顿数落。尤其是大女儿，仿佛他就是她班上一个脑子不大够用的小学生，那口气已经近似呵斥了。后来碰到村小学的大鼻子刘校长，他才确认儿子这个整天玩电脑的专业，不是什么歪门邪道。那都是十好几年前的事情了，那时候乡里还没多少人用手机，更没有人用电脑。现在想起来，他都觉得当时的自己很落伍。为这事，老伴也曾暗暗取笑他，说他是瞎子摸象，还说他是咸吃萝卜淡操心。但他不这么认为，他觉得儿女们的事，做父母的始终不能装糊涂，哪怕是不懂，这个淡心也还是要操的。放开手脚让孩子们干自己的事业，不等于放任不管。

　　儿子在大学里摆弄了几年电脑，毕业后闯到了北京。说是在北京一个叫中关村的村子里和几个年轻人合伙开发什么软件项目。儿子还是一如既往地怕给文盲父亲做解释，临完了这样对他说，总之还是整天整天一伙人凑在一起玩电脑。他放下电话想，儿子这会儿出息了，独个玩着不过瘾，拉一伙人凑在一起玩上了。

　　这么着，三个孩子都陆续在外面成家立业了，当然，他老两口也是一天一天见老了。老伴去世的那一年还不满六十五，这在村里并不是一个太大的岁数，说病就病了，病了三个月，说走就走了。儿女们哀伤地聚集在躺着母亲遗体灵床四周的那一刻，好像他们的母亲是独自一个人离开了，把幼小的他们丢在了家里——那一刻，他感觉自己也已经离开他们了。老伴去世之前和之后，他在三个儿女跟前都住过些日子，看着孩子们的日子又开心又忙碌地过着，他就放心了。但他始终认为这样的日子只属于儿女们，所以当他们执意挽留父母的时候，他们老两口总是会在计划离开之前提前离开。老伴过世这几年，他甚至再也不愿离开村子半步了。儿子的电脑玩出了名堂，在北京买了大房子，一定要接他去享福，但他没有答应。儿子转而让两个姐姐做父亲的工作，他却向她们下了最后通牒：如果再劝他离开村子，就不要再来电话——他将把手机扔到村庄南面的疏勒河里去。这对儿女们的确是一种震慑，他们果然退缩了。儿子又借口孙子想爷爷，让孩子与他通话，他看出了儿子的伎俩，就大声对儿子的儿子诉苦说，北京那么高的楼，那么多的人，那么多的路，那么多的车，爷爷脸盆大的字不认识一斗，去北京吓都吓死了，你爸说是让我去享福，其实分明是想要我这条老命哩么。此言一出，儿女们再也不提接他进城享福的事了，他的日子这才算消闲下来。

　　他在园子里转悠着，太阳升高了，偶尔有熟透的果子从枝头上嗵地跌下来，跌到半树腰里，又砸下了另外的几个，于是草地上有时候会嗵——嗵——嗵——一连响上三五声，这种景况他已经见怪不怪了，果子熟了总是要从枝头上掉下来的。

　　从杏子开始熟的时候起，他就开始收集起来凉杏干。杏子熟的时候正是学校放假的时候，看着一树树黄灿灿的杏子，他就开始坐在树下给儿子女儿打电话，先是问他们最近工作忙不忙，然后就是一阵家长里短，最后的落脚点基本是不变的：有没有时间……带孩子回来……杏子熟了……

　　但得到的回答全是否定的，为吃几个杏子大老远地回一趟老家？孩子的英语班上不上了？钢琴课上不上了？还有奥数呢……可不能让孩子输在起跑线上。他不敢说自己想孙子想孙女了，只要他这话一出口，儿女们马上就会说：想你就到城里来住呀，城里房子早就给你备好了呢。

　　唉，咋说哩，不是他不喜欢城市，是他习惯不了它呀。在城里住上几天，他就觉得浑身不自在，好像生病了一样。可一旦回到了他的这座庄户院里,他的身体立刻就恢复了那种清爽的感觉。他把这种奇怪的现象归结为接地气,他像一棵老树一样,离开了这块临近河水的坷垃地就要干枯。他不住城里,儿女们也不便强行留他,只是一再交代,让他但凡有个头疼脑热,必须马上去村卫生室找张大夫。而张大夫那里,儿女们也有许诺——他们的父亲一旦有了村卫生室看不准的病,马上送乡里送县里,所有费用由他们承担,包括张大夫本人的劳务费。后来儿女们怕他有病暗暗扛着,就规定即使没有什么毛病,他也必须一月找一次张大夫,做一次常规检查。有时候他到了时间没有去,子女们不论哪一个就会马上把电话打过来,他们会像教育他们的孩子一样用电话把他打发过去。如果这样实在不行,他们还有办法——他们会用电话把张大夫请过来。他知道张大夫出诊一次要收三十块钱的出诊费,虽然这一切都由子女们大包大揽了,用不着他去操心,但他还是觉得这个钱掏得有些冤枉。所以这样一来,他只能是乖乖地按时去找胖乎乎的村医张大夫。每次为他量血压测体温的时候,生着一脸短小胡茬的张大夫嘴里都会说出这样一句话:敬德叔唉,老人能活成你这个样子,也算把世上的福给享尽喽。时间久了,这话就在村邻中间传开了——他的日子,自然是幸福的了。

晒好的杏干他已经用三个纸箱子装好了,要不了多久,它们就会被邮到城里,邮到孙子孙女手里。当他们吃着那金黄的带着太阳和老家味道的杏干的时候,也会看到他们的爷爷苍老然而甜蜜的笑容吧。

他把那只杏子摘下来,他突然觉得还没长大的儿子就跟在他的屁股后面,他下意识地将那只金黄色的李广杏回身递过去,他的身后除了果树和地上的杂草什么也没有,甚至鸟叫声也在刹那间消失了,他有些失望地将杏子装进褂子口袋,又小心翼翼地捋了捋,生怕把它弄坏了。

阳光渐渐升高的时候,他来到了村街上,这个曾经鸡鸣狗叫娃娃闹的大村子现在已经完全变了，安静得很，村街上几乎看不到人影。一些人外出了，一些人上地了，娃娃们上学去了——小学全集中到了乡里，初中高中集中到了县城。虽然上大学的娃儿寥寥无几，但只要初中高中上出来，基本也都不回村里来了。村里四十岁以下的人没有几个，年轻人不愿意回来，甚至中年人，只要手上稍稍有点儿能耐，譬如能垒个砖头，能抹个墙面，能刷个房子修个围墙打个地坪，会开汽车能修摩托，都到城里谋日月去了。他们说种地只能养活个人，挖光阴不行——不能叫人富。要想过上好日子，光守着一点土地哪里能行哩。他却并不这样认为，一个农民不守着土地，不侍候土地，干那些乱七八糟的活路，咋能算是正道哩。但时势并不因为他的这种认识而改变，村庄的寂寥和冷清确乎在一日一日地加剧着。现在的人对土地没有感情了，他也只能这样感叹。

  几天前的一个早上，年轻的大学生村官——支书毛成带着一班人又来找他，当然还是谈他那十三亩地的事，人家已经谈妥村里好多户了，村上成立的合作社要把村西所有的耕地转租下来，要搞规模种植。他们甚至鼓动他说，像他这样的，完全可以把庄子连同耕地一次性出售或者出租，只管住在城里按时收银子就是了，村上的合作社会把租金按时打到他卡上的。这在毛成他们青年人看来十分轻松的事，在他这里却十分纠结十分苦闷。他名下的十三亩地，这些年一直由他地连地的邻居黄海种着。当然这也是孩子们的主意，按他的想法他是不会这么办的，自己虽然种不动了，但他完全可以雇人来照看。再者说了，他可以种些容易经管的作物呀。但孩子们自有孩子们的一套办法，最终他只能妥协。结果自然是他可以继续按自己的意愿住在村里养老，但地必须全部出租。好在三亩果园的日常打理也够他一个老汉消遣的了。

  黄海一直有将他的十三亩地一次性买断的打算，找他说过几次，都被他断然拒绝了。去年清明的时候，黄海暗中和回乡上坟的大女儿联系上了，之后就一直在电话中商量着这件事。子女们商量好后试探他的口风，他愤然放出了一句狠话——要卖地，除非我死了。一个农民，好容易有了自己的土地，刚刚搂在怀里焐热乎，又要卖掉……他如割肉剜心一般难忍，却又有种实实在在的无奈。他愤怒着自己渐渐逼近的衰老，忍受着内心渐渐因为不舍而酿造着的不幸。做一个没有了土地的农民，他在自己的有生之年完全没有这样的心理准备呵。

他很想在村街上碰到黄海，他想和他唠扯唠扯，他还是愿意自己的地继续由黄海种着的，毕竟黄海是本村知根知底的人，也是一把种地的好手。虽然是近五十的人了，但作为一个农民，这才是刚刚过了毛躁之年、刚刚摸透了地的脾性、刚刚懂得了如何务作庄稼的好时候，把地交到这样的人手里他才放心。他已经想好了，万一要是黄海打起退堂鼓，他宁可把一亩地五百元的租金降一降。

黄海家带门楼的街门紧闭着，门口的皮卡车也不在，看样子是上地了。长着玉米和食葵的地上也没有见到黄海的身影，这不免让来到地上的他有些失望。他操几条小路，用一个上午的时间绕着圈子，用目光把村里所有长着庄稼的土地都抚摸了一遍。偶尔看见村人在绿色的作物间劳作，他也远远避开，不与之搭话。面对蓬勃的田野，他像一个无力挥刀冲杀的老军面对旌旗猎猎的战场，除了黯然神伤什么都没有了。他觉得他脚下的每一块地上都有一些丝状的东西，它们潜伏在被青绿覆盖的地面上，只要他经过，它们就会像聚集了魔力精灵，伸出看不见的手绊住他的身体，那情形又仿佛他身上刹那间生出了无数根须，要扑过去扎进那一片片香酥的泥土。

午睡之后，他离开一堂两厢两挂角的院落，从前院的角屋旁门来到后院里。后院的鸡舍和羊圈都是空的，事实上这里有十几只鸡，再有八九只羊才是对的,但是没有了,整个前院后院加起来,出气的只有他一个年过七十的孤身老汉。他来到农具库房里,与鸡舍羊圈相比,这间库房是不算大的,也就五步见方。老犁头、新式犁、耙子、木锨、镢头、榔头、锯子、棕绳……一样样摆放在靠墙的矮木架上,在渺茫中满含希望地等待着,他看着它们,像注视着一排解甲归田的老兵。房梁上是一个独木吊架,五六把镰刀挂在那里,除了一把他在打理园子的时候用过之外,另外的几把刃口上已经有了一层锈迹,但拂去灰尘之后,镰柄依然是光滑油亮的。这些都是他的伙伴,他的孩子,他的作品,这里的每一样东西都曾经在他的手里被赋予了高贵的功用。但是他和它们,现在被时间搁置起来了。还有无数的它们,被忽略在了不为人知的角落里。他把一只小木凳放到屋子中央,用赞许的目光欣赏了一阵自己的作品之后,默默地摸出腰里的手机,拨弄起按键来。手机草稿箱里储存着的一行字,不,是几个字,是他早就琢磨好了的一句话里的几个字——孩子们,我走了,祝你们一切安好!这句话是他从一个外国电视剧中学来的,这个电视剧临近午夜才开播,他感觉好像几个月才播完。后来又在另一个台重播,他又看了一遍。看完了,他便记住了垂暮之年的主人公在决定离开这个世界时,留给后人的这句短短的遗言。他觉得这样的遗言才是最完美的遗言,多一个字就嫌多了,少一个字又欠那么一点。从入夏他就琢磨着这句话了,现在"孩子们,我走了,祝你们"这几个字已经牢牢地嵌在了手机屏幕中,只要再嵌入"一切安好"这四个字,就一切完满了。他知道他们会在某个时刻完整地看到这句话,并从中得知一场准备已久的离别。

几天之后,支书毛成动员拿土地加入合作社的事他顺从地接受了,在村委会毛成那间挂满各种规划图的办公室里,他很快就完成了签字确认的所有手续,之后他便因为不用做更多的解释感到如释重负。毛成这样的年轻人已经不像他一样抱着土地去死下力气了,他们对土地也是深爱着的,但他们有自己的方式。他常到田间地头对大伙说:要让农民从繁重的体力劳动中解放出来——这是另一种解放。这话把好多人说动了,连一向十分固执的黄海也转过弯来了,同意拿出自己的土地加入合作社,并承担合作社的一部分工作。据说要不了一两年工夫,像四轮车这样简单的农用机械,几乎就要被淘汰了,现在有更加先进的农用机械和生产设备。从种到收,你只管开动机器就行了,黄海兴奋地说。前些日子黄海他们一批种地能手,跟毛成去酒泉参加了一个大型农机订货会,黄海订下了一台大型综合耕平整地一体机,只要更换附属配件,可以完成从播种收获到翻地平整的所有田间作业,全村的地也支不住它干。黄海说,现在种地一家一户的小打小闹已经噢特了,没有规模形不成气候,就等于把好端端的土地给糟蹋了。他知道黄海已经接受了大学生支书毛成的那一套思想,他们甚至筹划在乡集镇的一块空地上盖几栋农民公寓,让村人们把生产和生活区分开,这样既可以让农民照看到自己的土地,做到就近务工,又可以让他们下班之后能过上城里人一样舒适的生活。这些新道道都是毛成提出来的,据说已经有不少人家响应了。中秋还没过哩,他们已经在为新一年盘算着了。他蓦然觉得有了毛成们的脑袋瓜,有了黄海们的干劲,土地算是找对自己的主人了,跟着他们,前景似乎要更加光明一些。他的身体已经走进了不被别人理解、连他自己也不大理解的困境,他被自己的衰老悄悄折磨着,这种无形的烦恼像潮水一般在他身体里涌动,似乎要淹没他眼前的世界了。他时刻感到眩惑,这是一种比衰老更深的病,是身体上的,却在向身体最深处郁结。

  人老觉少,失眠让他更加经常地去光顾张大夫的卫生室。那种可以让人安然入睡的白色药片,每一次张大夫都不会多给他——不超过六片，而且一再地叮嘱他不能多吃，一天一片，最多不能超过两片，吃多了一觉睡过去就再也醒不来了。每一次，他都会呵呵笑着说，我咋会不知道哩。

一连好些日子，他都沉溺在一种平静的恍惚中，有一天早上醒来的时候，他竟然发现自己是在老房里睡了一夜。老房是早在老伴过世之前一个有闰月的夏天打好的，三个匠人叮叮咣咣忙了九天，两口散发着松木浓香的老房就摆在了院子里。两年后他又请了匠人把它们画好了……

今年入夏的时候，他亲自为留给自己的那口老房糊好了里衬，又在里衬上裱了一层吉祥的黄绫。一切收拾停当之后，他躺在里面试了又试，直到自己认为妥帖了为止。有那么一段时间，他曾经俯视着老房新鲜的黄绫里衬，想象着在这个浅浅的深渊里他将度过怎样漫长的岁月。他把它始终同那个在他脑海里兀自出现的花园联系在一起，可是每一次它的出现都会带来意想不到的新内容。他暗中惊叹自己竟能这样随心所欲地看到眼前之外的另一个世界。高秋热地，土地绵软丰腴，这样的日子里，他的两眼时常会无端地噙满泪水，嘴里也会发出类似身处寒风而不能自禁的啵——啵——声。他沉溺在一种恬静的恐惧当中了，他在准备着自己的死亡。

一口气派的棺木、一瓶积攒下来的白色药片、一身老伴去世前两年便为他置办好的青缎面老衣、一座寂静但并不破败的老屋、一屋解甲的农具……给孙子孙女备好的今年的新鲜的杏干已经寄出……他身边的一切使得模糊的离别被清晰地具体化了，他感到眼前晃动着他将要拥抱的冰冷的幸福。

选自《绿洲》2016 年第 1 期

城乡简史

范小青

自清喜欢买书。买书是好事情,可是到后来就渐渐地有了许多不便之处,主要是家里的书越来越多。本来书是人买来的,人是书的主人,结果书太多了,事情就反过来了,书挤占了人的空间,人在书的缝隙中艰难栖息,人成了书的奴隶。在书的世界里,人越来越渺小,越来越压抑,最后人要夺回自己的地位,就得对书下手了。怎么下手?当然是把书处理掉一部分,让它还出位置来。这位置本来是人的。

自清的家属特别兴奋,她等了许多年终于等到了这一天,对于摆满了家里的书,她早就欲除它们而后快。在自清的决心将下未下、犹犹豫豫的这些日子里,她没有少费口舌,也没有少花心思,总之是变着法子尽说书的坏话。家里的其他大小事情,一概是她做主的,但唯一在书的问题上,自清不肯让步,所以她也只能以理服人,再以事实说话。她拿出一些毛料的衣服给他看,毛料衣服上有一些被虫子蛀的洞,这些虫子就是从书里爬出来的,是银灰色的,大约有一厘米长短,细细的身子,滑起来又快又溜,像一道道细小的闪电,它们不怕樟脑,也不怕敌杀死,什么也不怕,有时候还成群结队大摇大摆地在地板上经过,好像是展示实力。后来自清的家属还看到报纸上有一个说法,一个家庭如果书太多,家庭里的人常年在书的空气里呼吸,对小孩子的身体不好,容易患呼吸道疾病,自清认为这种说法没有科学性,但也不敢拿孩子的身体来开玩笑。就这样,日积月累,家属的说服工作终于见到了成效,自清说,好吧,该处理的就处理掉,屋里也实在放不下了。

处理书的方法有许多种,卖掉,送给亲戚朋友,甚至扔掉。但扔掉是舍不得的,其中有许多书,自清当年是费了许多心思和精力才弄到手的。比如有一本薄薄的书,他是特意坐火车跑到浙江的一个小镇上去觅来的,这本书印数很少,又不是什么畅销书,专业性比较强,这么多年下来,自清从来没有在别的地方看到过它,现在它也和其他要被处理的书躺在了一起。自清看到了,又舍不得,又随手捡了回来,他的家属说,你这本也要捡回来那本也要捡回来,最后是一本也处理不掉的,家属的话说得不错,自清又将它丢回去,但心里有依依惜别隐隐疼痛的感觉。这些书曾经是他的宝贝,是他的精神支柱,这些年过去了,他竟要将它们扔掉?自清下不了这样的手。家属说,你舍不得扔掉,那就卖吧,多少也值一点钱。可是卖旧书是三钱不值两钱的,说是卖,几乎就是送,尤其现在新书的书价一翻再翻,卖旧书却仍然按斤论两,更显出旧书的贱,再加上收旧货的人可能还会克扣分量,还会用不标准的秤砣来坑蒙欺骗。一想到这些书像被捆扎了前往屠宰场的猪一样,而且还是被堵住了嘴不许号叫的猪,自清心里就有说不出的难过,算了算了,他说,卖它干什么,还是送送人吧。可是谁要这些书呢？自清的小舅子说，我一张光盘就抵你十个书屋了，我要书干什么？也有一个和他一样喜欢书的人，看着也眼馋，家里也有地方，他倒是想要了，但他的老婆跟自清的家属不和，说，我们家不见得穷得要拣人家丢掉的破烂。结果自清忍痛割爱的这些书，竟然没个去处。

这时候，政府发动大家向贫困地区的学校捐赠书籍或其他物资，自清清理出来的书，正好有了去处，捆扎了几麻袋，专门雇了一辆人力车，拖到扶贫办公室去，领回了一张荣誉证书。

时隔不久，自清发现他的一个账本不见了。自清有记账的习惯，从很早的时候就开始了，许多年坚持下来，每年都有一本账本，记着家里的各项收入和开支。本来记账也不是一件很特别的事，许多家庭里都会有一个人负责记账，也是长年累月坚持不变的。但自清的记账可能和其他人家还有所不同，别人记账，无非就是这个月里买了什么东西，用了多少钱，再细致一点的，写上具体的日期就算是比较认真的记法了。总之，家庭记账一般就是单纯地记下家庭的收入和开销，但自清的账本，有时候会超出账本的内容，也超出了单纯记账的意义，基本上像是一本日记了，他不仅像大家一样记下购买的东西和价钱，记下日期，还会详细写下购买这件东西的前因后果，时代背景，周边的环境，当时的心情，甚至去那个商店，是怎么去的，走去的，还是坐公交车，或者是打的，都要记一笔，天气怎么样，也是要写清楚的，淋没淋着雨，晒没晒着太阳，路上有没有堵车，都有记载，甚至在购物时发生的一些与他无关、与他购物也无关的别人的小故事，他也会记下来。比如某年某月某日的一次，他记下了这样的内容：下午五时二十五分，在鱼龙菜场买鱼，两条鲫鱼已经过秤，被扔进他的菜篮子，这时候一个巨大的霹雳临空而降突然炸响，吓得鱼贩子夺路而逃，也不收鱼钱了，一直等到雷雨过后，鱼贩子不知从哪里冒了出来，自清再将鱼钱付清，以为鱼贩子会感动，却不料鱼贩子说，你这个人，顶真得来。好像他们两个人的角色是倒过来的，好像自清是鱼贩子，而鱼贩子是自清。这样的账本早已经离题万里了，但自清不会忘记本来的宗旨，最后记下：购买鲫鱼两条，重六两，单价：5元/斤，总价：3元。这样的账本，有点喧宾夺主的意思，记账的内容少，账外的内容多，当然也有单纯记账的，只是写下，某年某月某日某时在某某街某某杂货店购买塑料脸盆一只，蓝底绿花，荷花。价格：1元3角5分。

但是自清的账本，虽然内容多一些杂一些，却又是比较随意的，想多记就多记一点，想少写就少写一点，心情好又有时间就多记几笔，情绪不高时间不够就简单一点，也有简单到只有自己能够看得懂的，比如，手：175元。这是缴纳的手机费，换一个人，哪怕是他的家属，恐怕也是看不懂的。甚至还有过了几年后连他自己都看不懂的内容，比如，南吃：97元。这个"南吃"，其实和许许多多的账本上的许许多多内容一样，过了这一年，就沉睡下去了，也许永远也不会再见世面，但偏偏自清有个习惯，过一段时间，他会把老账本再翻出来看看，并没有什么目的，也没有什么意义，甚至谈不上是忆旧什么的，只是看看而已，当他看到"南吃"两个字的时候，就停顿下来，想回忆起隐藏在这两个字背后的历史，但是这一小片历史躲藏起来了，就躲藏在"南吃"两个字的背后，怎么也不肯出来，自清就根据这两个字的含义去推理，南吃，吃，一般说来肯定和吃东西有关，那么这个南呢，是指在本城的南某饭店吃饭？这本账本是五年前的账本，自清就沿着这条线去搜索，五年前，本城有哪些南某饭店，他自己可能去过其中的哪些？但这一条路没有走通，现在的饭店开得快也关得快，五年前的饭店现在已经没有人记得清楚了，再说了，自清一般出去吃饭都是别人请他，他自己掏钱请人吃饭的次数并不多，所以自清基本上否定了这一种可能性。那么"南吃"两个字是不是指的在带有南字的外地城乡吃饭，比如南京，比如南浔，比如南方，比如南亚，比如南非等等，采取排除法，很快又否定了这些可能性，因为自清根本就没有去过那些地方，他只去过一个叫南塘湾的乡镇，也是别人请他去的，不可能让他买单吃饭。自清的思路阻塞了，他的儿子说，大概是你自己写了错别字，是难吃吧？这也是一条思路，可能有一天吃了一顿很难吃的饭，所以记下了？但无论怎么想，都只能是推测和猜想，已经没有任何的记忆更没有任何的实物来证明"南吃"到底是什么？这九十多块钱，到底是用在了什么地方？好在这样的事情并不多，总的说来，自清的记账还是认真负责的。

　　自清的账本里有许多账目以外的内容，但说到底，就算是这样的账本，也并没有什么重大的意义，甚至也没有什么实际的作用。自清的初衷，也许是想用记账的形式来约束自己的开销花费，因为早些年大家的经济都比较拮据，总是要想尽一切办法节约用钱，记账就是办法之一，许多人家都这么办。而实际上是起不到多大作用的，该记的账照记，该花的钱还是照花，不会因为这笔钱花了要记账，就不花它了。所以，很多年过去了，该花的钱也花了，甚至不该花的也花了不少，账本一本一本地叠起来，倒也壮观，唯一的用处就是在自清有闲心的时候，会随手抽出其中一本，看到是某某年的，他的思绪便飞回这个某某年，但是他已经记不清某某年的许多情形了，这时候，账本就帮助他回忆，从账本上的内容，他可以想起当年的一些事情，比如有一次他拿了1986年的账本出来，他先回想1986年是一个什么样的年头，但脑子里已经没有具体的印象了，账本上写着，1986年2月，支出部分。2月3日支出：16元2角(酒：2元，肉皮：1元，韭菜：8角，点心：1元，蜜枣：1元3角，油面筋：4角，素鸡：8角，花生：

5角，盆子：8元4角）。在收入部分记着：1月9日，自清月工资：64元。

　　当年的账本还记得比较简单，光是记账，但只是看看这样的账，当年的许多事情就慢慢地回来了，所以，当自清打开旧账本的时候，总是一种淡淡的个人化的享受。

　　如果一定要找出一点实际的作用，在自清想来，也就是对下一代进行一点传统教育，跟小孩子说，你看看，从前我们是怎么过日子的，你看看，从前我们过个年就花这一点钱。但对自清的孩子来说，似乎接受不了这样的教育，他几乎没有钱的概念，就更没有节约用钱的想法，你跟他讲过去的事情，他虽然点着头，但是目光迷离，你就知道他根本没有听进去。

　　自清开始的时候可能是因为经济条件差，收入低，为了控制支出才想到记账的，后来条件好起来，而且越来越好，自清夫妻俩的工作都不错，家庭年收入节节攀升，孩子虽然在上高中，但一路过来学习都很好，肯定属于那种替父母扒分的孩子，以后读大学或者出国学习之类都不用父母支付大笔的费用，家里新房子也有了，还买了一辆车，由家属开着，条件真的不错，完全没有必要再记账。更何况，这些账本既没有什么实际的用处，却又一年一年地多起来，也是占地方的，自清也曾想停止记账这一习惯，但也只是想想而已，他做不到，别说做不到不记账，就算只是想一想，也觉得不行。一想到从此以后就再也没有账本了，心里就立刻会觉得空荡荡的，好像丢失了什么，好像无依无靠了，自清知道，这是习惯成自然。习惯，真是一种很可怕的力量。

　　那就继续记账吧。于是日子就这样一年一年地过去了，账本又一本一本地增加出来，每年年终的那一天，自清就将这一年的账本加入到无数个年头汇聚起来的账本中，按年份将它们排好，放在书橱里下层的柜子里，这是不要公示于外人的，是自己的东西。不像那些买来的书，是放在书橱的玻璃门里面的格子上，是可以给任何人看的，还是一种无声的炫耀。大家看了会说，哇，老蒋，十大藏书家，名不虚传。

现在自清打开书橱下面的柜门，就发现少了一本账本，少的就是最新的一本账本。年刚刚过去，新账本还刚刚开始使用，去年的那本还揣着温度的鲜活的账本就不见了。自清找了又找，想了又想，最后他想到会不会是夹在旧书里捐给了贫困地区。

如果是捐给了贫困地区，这本账本最后就和其他书籍一样，到了某个贫困乡村的学校里，学校是将这些捐赠的书统一放在学校，还是分到每个学生手上，这个自清是不知道的。但是自清想，这本账本对贫困地区的孩子来说，是没有用处的，它又不是书，又没有任何的教育作用，也没有什么知识可以让人家学的，更没有乐趣可言，人家拿去了也不一定要看，何况自清记账的方式比较特别，写的字又是比较潦草的字，乡下的小孩子不一定看得懂，就算他们看得懂，对他们也没有意义，因为与他们的生活和人生根本是不搭界的。最后他们很可能就随手扔掉了那本账本。

但是对于自清来说，事情就不一样了，少了这本账本，自清的生活并不受影响，但他的心里却一阵一阵地空荡起来，就觉得心脏那里少了一块什么，像得了心脏病的感觉，整天心慌慌意乱乱。开始家属和亲友还都以为他心脏出了毛病，去医院看了，医生说，心脏没有病，但是心脏不舒服是真的，不是自清的臆想，是心因反应。心因反应虽然不是气质性病变，但是人到中年，有些情绪性的东西，如果不加以控制和调节，也可能转变成具体的真实的病灶。

自清坐不住了，他要找回那本丢失的账本，把心里的缺口填上。自清第二天就到扶贫办公室去，他希望书还没有送走，但是书已经送走了。幸好办公室工作细致，造有花名册，记有捐书人的单位和名字，但因为捐赠物物多量大，不仅有书，还有衣物和其他物品，光造出来的花名册就堆了半房间。办公室的同志问自清误捐了什么重要的东西，自清没有敢说实话，因为工作人员都很忙，如果知道是找一本家庭的记账本，他们会觉得自清没事找事，给他们添麻烦。所以自清含糊地说，是一本重要的笔记本，记着很重要的内容。工作人员耐心地从无数的花名册中替他寻找，最后总算找到了蒋自清的名字。自清还希望能有更细致的记录，就是每个捐赠者捐赠物品的细目，如果有这个细目，如果能够记下每一本书的书名，自清就能知道账本在不在这里，但工作人员告诉他，这是不可能的，其实就算他们不说，自清也已经认识到这一点。也就是说，自清在花名册上找到自己的名字，名字后面的备注里写着"捐书一百五十二册"，就是这件事情的结局了。至于自清的书最后到了哪里，因为没有记录，没人能说清楚。但是大方向是知道的，那一批捐赠物质运往了甘肃省，还有一点也是可以肯定的，自清的书和其他许许多多的捐赠物品一样，被捆扎在麻袋里，塞上火车，然后，从火车上拖下来，又上了汽车，也许还会转上其他运输工具，最后到了乡间的某个小学或中学里，在这个过程中，它们的命运是不可知，是不确定的，麻袋与麻袋堆在一起，并没有谁规定这一袋往这边走那一袋往那边走，搬运过程中的偶然性，就是它们的命运，最后它们到了哪里，只是那一头的人知道，这一头的人，似乎永远是不能知道的。

　　其实这中间是有一条必然之路的，虽然分拖麻袋的时候会有各种可能性，但每一个麻袋毕竟是有它的去向的，自清的麻袋也一定是走在它自己的路上，路并没有走到头。如果自清能够沿着这条路再往前走，他会走到一个叫小王庄的地方。这个地方在甘肃省西部，后来小王庄小学一个叫王小才的学生，拿到了自清的账本，带回家去了。

王才认得几个字，也就中小那点水平，但在村子里也算是高学历了，他这一茬年龄的男人，大多数不认得字，王才就特别光荣，所以他更要督促王小才好好念书，王才对别人说，我们老王家要通过王小才的念书改变命运。

捐赠的书到达学校的那一天，并没有分发下来，王小才回来告诉王才，说学校来了许多书，王才说，放在学校里，到最后肯定都不知去向，还不如分给大家回家看，小孩可以看，大人也可以看。人家说，你家大人可以看，我们家大人都不识字，看什么看。但是最后校长的想法跟王才的想法是一致的，他说，以前捐来的那些书，到现在一本也没有了，与其这样，还不如分给你们大家带回去，如果愿意多看几本书，你们就互相交换着看吧。至于这些书应该怎么分，校长也是有办法的，将每本书贴上标号，然后学生抽号，抽到哪本就带走哪本，结果王小才抽到了自清的那本账本。账本是黑色的硬纸封皮，谁也没有发现这不是一本书，一直到王小才高高兴兴地把账本带回家交给王才的时候，王才翻开来一看，说，错了，这不是书。王才拿着账本到学校去找校长，校长说，虽然这不是一本书，但它是作为书捐赠来的，我们也把它当作书分发下去的，你们不要，就退回来，换一本是不可能的，因为学校已经没有可以和你们交换的书了，除非你找到别的学生和他们的家长愿意跟你们换的，你们可以自由处理。但是谁会要一本账本呢，书是有标价的，几块，十几块，甚至有更厚更贵重的书，书上的字都是印出来的，可账本是一个人用钢笔写出来的，连个标价都没有，没人要。王才最后闹到乡的教育办，教育办也不好处理，最后拿出他们办公室自留的一本《浅论乡村小学教育》，王才这才心满意足回家去。

那本账本本来王才是放在乡教育办的，但教育办的同志说，这东西我们也没有用，放在这里算什么，你还是拿走吧。王才说，那你们不是亏了么，等于白送我一本书了。教育办的同志说，我们的工作都是为了学生，只要学生喜欢，你尽管拿去就是。王才这才将书和账本一起带了回来。

可这教育办的书王才和王小才是看不懂的，它里边谈的都是些理论问题，比如说，乡村小学教育的出路，说是先要搞清楚基础教育的问题，但什么是基础教育问题，王才和王小才都不知道，所以王才和王小才不具备看这本书的先决条件。虽然看不懂，但王才并不泄气，他对王小才说，放着，好好地放着，总有你看得懂的一天。丢开了《浅论乡村小学教育》，就剩下那本账本了。王才本来是觉得占了便宜的，还觉得有点对不住乡教育办，但现在心情沮丧起来，觉得还是吃了亏，拿了一本看不懂的书，外加上一本没有用的城里人记的账本，两本加起来，也不及隔壁老徐家那本合算，老徐家的孩子小徐，手气真好，一摸就摸到一本大作家写的人生之旅，跟着人家走南闯北，等于免费周游了一趟世界。王才生气之下，把自清的账本提过来，把王小才也提过来，说，你看看，你看看，你什么臭手？什么霉运？王小才知道自己犯了错，垂落着脑袋，但他的眼睛却斜着看那本被翻开的账本，他看到了一个他认得出来但却不知其意的词：香薰精油。王小才说，什么叫香薰精油？王才愣了一愣，也朝账本那地方看了一眼，他也看到了那个词：香薰精油。

王才就沿着这个"香薰精油"看下去了，他无论如何也想不到，他这一看，就对这本账本产生了强烈的兴趣，因为账本上的内容，对他来说，实在太离奇了。

我们先跟着王才看一看这一页账本上的内容，这是2004年的某一天中的某一笔开支：午饭后毓秀说她皮肤干燥，去美容院做测试，美容院推荐了一款香薰精油，7毫升，价格：679元。毓秀有美容院的白金卡，打七折，为475元。拿回来一看，是拇指大的一瓶东西，应该是洗过脸后滴几滴出来按在脸上，能保湿，滋润皮肤。大家都说，现在两种人的钱好骗，女人和小人，看起来是不假。

王才看了三遍，也没太弄清楚这件事情，他和王小才商榷，说，你说这是个什么东西。王小才说，是香薰精油。王才说，我知道是香薰精油。他竖起拇指，又说，这么大个东西，475块钱？他是人民币吗？王小才说，475块钱，你和妈妈种一年地也种不出来。王才生气了，说，王小才，你是嫌你娘老子没有本事？王小才说，不是的，我是说这东西太贵了，我们用不起。王才说，呸你的，你还用不起呢，你有条件看到这四个字，就算你的福分了。王小才说，我想看看475块的大拇指。王才还要继续批评王小才，王才的老婆来喊他们吃饭了，她先喂了猪，身上还围着喂猪的围裙，手里拿着猪用的勺子，就来喊他们吃饭，她对王才和王小才有意见，她一个人忙着猪又忙着人，他们父子俩却在这里瞎白话。王才说，你不懂的，我们不是在瞎白话，我们在研究城里人的生活。

王才叫王小才去向校长借了一本字典，但是字典里没有"香薰精油"，只有香蕉香肠香瓜香菇这些东西，王才咽了一口口水，生气地说，什么字典，连香薰精油也没有。王小才说，校长说，这是今年的最新版本。王才说，贼日的，城里人过的什么日子啊，城里人过的日子连字典上都没有。王小才说，我好好念书，以后上初中，再上高中，再上大学，大学毕业，我就接你们到城里去住。王才说，那要等到哪一年。王小才掰了掰手指头，说，我今年五年级，还有十一年。王才说，还要我等十一年啊，到那时候，香薰精油都变成臭薰精油了。王小才说，那我就更好好地念书，跳级。王才说，你跳级，你跳得起来吗，你跳得了级，我也念得了大学了。其实王才对王小才一直抱有很大希望的，王小才至少到五年级的时候，还没有辜负王才的希望，王才也一直是以王小才为荣的，但是因为出现了这本账本，将王才的心弄乱了，他看着站在他面前拖着两条鼻涕的王小才，忽然就觉得，这小子靠不上，要靠自己。

王才决定举家迁往城里去生活，也就是现在大家说的进城打工，只是别人家更多的是先由男人一个人出去，混得好了，再回来带妻子儿子。也有的人，混得好了，就不回来了，甚至在城里另外有了妻子儿子，也有的人，混得不好，自己就回来了。但王才与他们不同，他不是去试水探路的，他就是去城里生活的，他决定要做城里人了。

说起来也太不可思议，就是因为账本上的那四个字"香薰精油"，王才想，贼日的，我枉做了半辈子的人，连什么叫"香薰精油"都不知道，我要到城里去看一看"香薰精油"。王才的老婆不同意王才的决定，她觉得王才发疯了。但是在乡下老婆是做不了男人的主的，别说男人要带她进城，就是男人要带她进牢房下地狱，她也不好多说什么。王小才的态度呢，一直很暧昧，他只觉得心里慌慌的，乱乱的，最后他发出的声音像老鼠那样吱吱吱的，他说，我不要去，我不要去。可是王才不会听他的意见，没有他说话的余地。

王才说走就走，第二天他家的门上就上了一把大铁锁，还贴了一张纸条，欠谁谁谁3块钱，欠谁谁谁5块钱，都不会赖的，有朝一日衣锦还乡时一定如数加倍奉还，至于谁谁谁欠王才的几块钱，就一笔勾消，算是王才离开家乡送给乡亲们的一点心意。王才贴纸头的时候，王小才说，如数加倍是什么意思？王才说，如数就是欠多少还多少，加倍呢，就是欠多少再加倍多还一点。王小才说，那到底是欠多少还多少还是加倍地还呢。王才说，你不懂的，你看看人家的账本，你就会懂一点事了。其实王小才还应该提出王才的另一些错误，比如他将一笔勾销的"销"写成了"消"，但王小才没有这个水平，他连"一笔勾消"这四个字还是第一次见到。

除了衣服之外，王才一家没有带多余的东西，他们家也没有什么多余的东西，只有自清的那本账本，王才是要随身带着的，现在王才每天都要看账本，他看得很慢，因为里边有些字他不认得，也有一些字是认得的，但意思搞不懂，就像香薰精油，王才到现在还不知道它是什么。

在车上，王才看到这么一段："周日，快过年了，街上的人都行色匆匆，但精神振奋，面带喜气。下午去花鸟市场，虽天寒地冻，仍有很多人。在诸多的种类中，一眼就看中了蝴蝶兰，开价800元，还到600元，买回来，毓秀和蒋小冬都喜欢。搁在客厅的沙发茶几上，活如几只蝴蝶在飞舞，将一个家舞得生动起来。"后来王才在车上睡着了，他做了一个梦，梦见一只蝴蝶对他说，王才，王才，你快起来。王才急了，说，蝴蝶不会说话的，蝴蝶不会说话的，你不是蝴蝶。蝴蝶就笑起来，王才给吓醒了，醒来后好半天心还在乱跳，最后他忍不住问王小才，你说蝴蝶会说话吗？王小才想了想，说，我没有听到过。

这时候，他们坐的车已经到了一个火车小站，在这里他们要去买火车票，然后坐火车往南，往东，再往南，再往东，到一个很远的城市去。中国的城市很多，从来没有出过门的王才，连东南西北也搞不清的王才，怎么知道自己要到哪个城市呢。毫无疑问，是自清的账本指引了王才，在自清的账本的扉页上，不仅记有年份，还工工整整地写着他们生活的城市的名称。他写道：自清于某某年记于某某市。

在这里停靠的火车都是慢车，它们来得很慢，在等候火车到来的时候，王才又看账本了，他想看看这个记账的人有没有关于火车的记载，但是翻来翻去也没有看到，最后王才啪地打了一下自己的嘴巴，说，你真蠢，人家是城里人，坐火车干什么？乡下人才要坐火车进城。

其实自清最后还是去了一趟甘肃。当然，他是借出差之便。他和王才一家走的是反道，他先坐火车，再坐汽车，再坐残疾车，再坐驴车，最后在甘肃省的西部找到了小王庄，也找到了小王庄小学，最后也知道了自己的账本确实是到了小王庄小学，是分到了一个叫王小才的学生手里，王小才的家长还对此有意见，还跑到学校来理论，最后还在乡教育办拿了另一本书作补偿。自清这一趟远行虽然曲折却有收获，可是他来晚了一步，王小才的父亲带着他们全家进城去了。他们坐的开往火车站的汽车与自清坐的开往乡下的汽车，擦肩而过，会车的时候，王才正在看自清的账本，而自清呢，正在车上构思当天的账本记录内容。但他在车上的所有构思和最后写下的已经不是一回事了，因为在车上的时候，他还没有到达小王庄。

这一天晚上，自清在小旅馆里，借着昏暗的灯火写下了以下的内容："初春的西部乡村，开阔，一切是那么的宁静悠远，站在这片土地上，把喧嚣混杂的城市扔开，静静地享受这珍贵的平和。我到小王庄小学的时候，校长不在学校，他正在法庭上，他是被告，学校去年抢修危房的一笔工程款，他拿不出来，一直拖欠着。校长当校长第四个年头，已经第七次成为被告。中午时分，校长回来了，笑眯眯地对我说，对不起，蒋同志，让你等了。他好像不是从法庭上下来。平静，也许是因为无奈，也许是因为穷困才平静。我说，校长，听说你们欠了工程款，校长说，本来我们有教育附加费，就一直寅吃卯粮，就这么挪下去,撑下去,现在取消了教育附加费,挪不着了,就撑不下去了。我说,撑不下去怎么办?校长说,其实还是要撑下去的,学校总是要办的,学生总是要上学的,学校不会关门的,蒋同志你说对不对。面对贫困的这种坦然心态,在日新月异的城市里是很难见着的。今天的开支:旅馆住宿费:3元,残疾车往:5元(开价2元),驴车返:5元(开价1元),早饭:2角。玉米饼两块,吃下一块,另一块送给残疾车主吃了。晚饭:5角。光面三两。午饭:5角(校长说不要付钱,他请客,还是坚持付了,想多付一点,校长坚决不收),和小学生一起吃,白米饭加青菜,还有青菜汤。王小才平时也在这里吃,今天他走了,不知道今天中午他在哪里吃,吃的什么。"

自清最后在王小才家的门上,看到了那张纸条,字写得歪歪扭扭,自清以为就是那个分到他的账本的小学生写的,却不知道这字是小学生的爸爸写的,虽然王小才已经念到五年级,他的爸爸王才才四年级的水平,平时家里的文字工作都是由王小才承担的,但这一回不同了,王才似乎觉得王小才承担不起这件事情,所以由他出面做了。

自清最终也没有找回自己丢失的账本,但是他的失落的心情却在长途的艰难的旅行中渐渐地排除掉了,当他站到那座低矮的土屋前,看到"一笔勾消"这四个字的时候,他的心情忽然就开朗起来,所有的疙疙瘩瘩似乎一瞬间就被勾销掉了,他彻底地丢掉了账本,也丢掉了神魂颠倒坐卧不宁的日子。于是,他放放心心地出完这趟公差,索性还绕道西安游览了兵马俑和黄帝陵。

自清从大西北回来,看到他家隔壁邻居的车库里住进了一户外来的农民工家庭。在自清住的这个小区里,家家都有车库,有些人家并没有买车,也或者车是有的,但那是公车,接送上下班后,车就走了,不停在他家,这样车库就空了出来,有的人家就将车库出租给外来的人住。

  这个农民工就是王才。王才做的是收旧货的工作，所以他和小区里的人很快就熟悉起来。天气渐渐地热了，有一天自清经过车库门口，看到王才和他的妻子在太阳底下捆扎收购来的旧货，他们满头大汗，破衣烂衫都湿透了。小区里有一只宠物狗在冲着他们叫喊，小狗的主人要把小狗牵走，还骂了它，王才说，不要骂它，它又不懂的。狗主人说，不懂道理的狗东西。王才说，没事的，它跟我们不熟，熟了就不叫了，狗都是这样的。傍晚的时候，自清又经过这里，他看到他们住的车库里，堆满了收来的旧货，密不透风，自清忍不住说，师傅，车库里没有窗，晚上热吧？王才说，不热的。他伸手将一根绳线一拉，一架吊扇就转起来了，呼呼作响。王才说，你猜多少钱买的？自清猜不出来。王才笑了，说，告诉你吧，我拣来的，到底还是城里好，电扇都有得捡。自清想说什么却没有说得出来，王才又说，城里真是好啊，要是我们不到城里来，哪里知道城里有这么好，菜场里有好多青菜叶子可以捡回来吃，都不要出钱买的。王才的老婆平时不大肯说话的，这时候她忽然说，我还拣到一条鱼，是活的，就是小一点，鱼贩子就扔掉了。自清说，可是在乡下你们可以自己种菜吃。王才说，我们那地方，尽是沙土，也没有水，长不出粮食，蔬菜也长不出来，就算有菜，也没得油炒。自清从他们说话的口音中，感觉出他们是西部的人，但他没有问他们是哪里人。他只是在想，从前老话都说，金窝银窝，不如自家的狗窝，但是现在的人不这么想了，现在背井离乡的人越来越多了。

  王才和自清说话的时候，是尽量用普通话说的，虽然不标准，但至少让人家能听懂大概的意思，如果他们说自己的家乡话，自清是听不懂的。后来他们自己就用家乡话交流了，王小才从民工子弟学校放学回来的时候，王才跟王小才说，我叫你到学校查字典你查了没有？王小才说，我查了，学校的大字典有这么大，这么厚，我都拿不动。王才说，蝴蝶兰是什么呢？王小才说，蝴蝶兰就是一种花。王才说，贼日的，一朵花也能卖这么多钱，城里到底还是比乡下好啊。

  这些话，自清都没有听懂，但他听出了他们对生活的满意。后来他们还说到了他的账本，他们感谢这本账本改变了他们的生活，让他们从贫穷的一无所有的乡下来到繁华的样样都有的城市。自清也一样没有听懂，他也不知道现在王才每天晚上空闲下来，就要看他的账本，而且王才不仅看自清的账本，王才自己也渐渐地养成了记账的习惯。王才记道：收旧书35斤，每斤支出5角，卖到废品收购站，每斤9角，一出一进，净赚4角×35斤，等于14元整。到底城里比乡下好。这些旧书是住在楼上那个戴眼镜的人卖的，听说他家的书多得都放不下了，肯定还会再卖。我要跟他搞好关系，下次把秤打得高一点。

  一个星期天，王小才跟着王才上街，他们经过一家美容店，在美容店的玻璃橱窗里，王才和王小才看到了香薰精油，王小才一看之下，高兴地喊了起来，哎嘿，哎嘿，这个便宜哎，降价了哎，这瓶10毫升的，是407块钱。王才说，你懂什么，牌子不一样，价格也不一样，便宜个屁，这种东西，只会越来越贵，王小才，我告诉你，你乡下人，不懂就不要乱说啊。

选自《山花》2006年第1期

骄傲的皮匠

王安忆

倘若要说明这块方寸之地为什么属于小皮匠，大约就要涉及这近代城市的发展史了，具体地说来，且又是一些个别的人和事。最初时候，这片地方还是在城市的近郊，外国人在这里开了墓园，本地人称"外国坟山"。四周就有了一些鲜花店，蜡烛店，还有出售木雕和石刻的十字架、小天使、耶稣圣母像等等装饰墓地的用物。后来，墓园的边缘，那些连接田地的地方，被开辟出来埋葬中国人，墓园扩大了，周遭就有了中国殡葬习俗的店铺：香烛、纸扎、寿衣、锡箔、中国样式的棺椁。再后来，墓园越延越广，最深远处，其实已成荒冢。终于有一天，工部局征下地皮，准备建住宅区。第一要务清理墓地，也就是本地人说的"坟山"。先在报纸上登了七天启事，让中国人来迁坟，无人认领的墓便拾骨平地，一总焚烧，只留下外国人的墓地，用围墙圈起来。这样，周遭的殡葬业便不驱自散了。等这片地方建起几条弄堂和一排洋房，初具街区规模，就又有一些当年的旧业主回来，不过都转了行。有的摆水果摊，有的是馄饨挑，还有的做了看弄堂的人。其中有一个浦东人，原来是卖锡箔的，现在骑了脚踏车，车后面坐一个蒲包，包里面是河鲜鱼虾，挨家挨户兜售。渐渐与住户相熟，还和一个山东籍的巡捕交了朋友，就在一条弄堂口搭出偏厦，卖虾肉馄饨，将原先的柴爿馄饨挑挤走了。浦东人的女人也从乡下上来，整日坐在弄堂口挤虾仁。后来生意做大了，巡捕又到别处为他找了地方开店。这偏厦，其实只够放一个煤炉坐汤锅的，巡捕又让给一个铜匠做营生。后来，巡捕走了，铜匠自作主张把地方让给他的同乡人，一个盐城乡下的皮匠。自此，这块地方就归了皮匠的行业以及家族。

在城里，所谓皮匠其实就是鞋匠。城市里又不像农村，有牲口的鞍具络口什么的，除去脚上一双鞋还有什么皮具？这个皮匠将手艺和地盘传给了儿子，自己回乡下度晚年了。然后，儿子也老了，从小皮匠变成老皮匠。这个街区呢，随着城市的扩展，早已从边缘走向中心，但是，依然以居住为主，与闹市只相距一条马路。中间，皮匠也挪过几回地方。弄堂要卫生整顿，就让弄口的营生撤离，去什么地方？铜匠去了小菜场，补丝袜的女人回家里去，老虎灶关掉一个，那一家生煎包子铺归进区饮食公司，重新挂牌为合作食堂。皮匠摊收拾收拾，挪到马路对面，一排街心花园前。所谓街心花园只不过是一条两米宽的绿化带，沿墙十数米，墙里面是一所中等师范学校。师范学校总是女生多，女生脚上的鞋是需要经常修理的，纽襻断折，后跟磨损，帮和底脱胶。皮匠摊跟前的小马扎上，常常坐着一个女孩子，脱了鞋的脚踩在另一只脚的脚背上，等待皮匠做完她的活计，这情景看起来挺温馨的。过了一阵，却轮到整顿马路了，皮匠摊就又要被驱走。他收拾收拾，再回到原先的弄堂口。那弄堂口多少有些阴暗，可是比较安定一些，过街楼避风挡雨，有一面墙根，可以堆放他的那些胶皮啊、鞋跟啊、钉子线绳，还有等着做的活计，或者做好等人来取的活计，也一并靠墙根。弄堂里的人，要么不来，要来就是一大堆，大大小小，男男女女，单的棉的，但都不是急等，所以就放在他这里，过一两天再来取。也不要领取凭证，不见得能认识人，可鞋总归认识的，而且，鞋这样东西，也不怕别人错领的。安稳了一个时期，说不定又有哪一个部门来驱赶，皮匠总也没二话的，收拾收拾再搬，还是搬到马路对面。这一回可能不是在街心花园，而是一扇大门的门洞里。那幢公寓楼有着宽阔的门洞，但因为长年失修，门洞很破旧，木头门的油漆剥落了，墙壁和顶上的石灰也剥落了。皮匠摊设在台阶上退进去的地方，很妥帖，也很谐调的样子。要等到哪一天，大楼要大修了，皮匠就再搬出来。收拾收拾，回到弄堂口或者街心花园。总之。虽然是漂泊的，可总也漂泊不出这条街。倒未必是早年与山东巡捕的口头协议生效，恐怕没有人能够将历史回溯那么远，更不会有人认这本账。只是一个手艺人，他已经在这里做熟了，这里的人都是他的老主顾，他不能轻易放弃。这条街上的人也习惯了他的活计，有时候他回乡下去几天，人们就将活计留着，等他回来做，并不会去找隔街的那个皮匠——顺便说一句，没条街都有每条街的皮匠。再说，他又不碍事的，各部门对他的驱赶其实也不认真，渐渐地，就形成事实。城管税务按月来收缴一些费用，皮匠摊就在弄口安顿下来了。现在，墙上敲了一排钉子，钉子底下是工具箱，一具铁皮柜。每天早上，工具箱横过来，与墙面形成一个直角，就成为一个小小的工作室。打开工具箱的锁，取出家什用物，一架缝鞋机放在地上，一些锤、钳、剪刀之类的小工具，一一挂在钉子上，还有一盘盘的胶胎，也挂在钉子上。工具箱里的小格子里，放着胶水、钉子、纽襻、针线、鞋油。

我说现在,又已经换了一代,这小皮匠不是那老皮匠的儿子,而是女婿。老皮匠把手艺和地盘传给了他,告老还乡,不久便生癌症去世,用小皮匠的话来说,就是去见马克思了。因为岳父是将手艺传给了他,所以即便不是招女婿,他也是要赡养岳母,其实也是师娘。小皮匠自己呢,虽然有兄弟,但兄弟和父母不合,因为父母把家里的大瓦房以及院里的两棵杉树给了他,于是,他也是要赡养父亲母亲的。现在,三个长辈都还能劳动,但是为了表示赡养的决心,小皮匠把媳妇留在家中,单身一人住在上海。他住的也是老皮匠留给他的地方,距离他做活的地方有一站多路的一片棚户里的一间阁楼,那房主与老皮匠的交情有年头。那片棚户在老皮匠活着的时候,就已经圈上"拆"的字样,可是至今也没有拆。有段时间是因为房产市场不好,后一阵市场好了,可是动迁费又上升得厉害,而这一片棚户人口密集,且都是私房,又都不停地加盖,房摞房,屋叠屋的。开发商迟迟不敢下手,就拖到现在。小皮匠的房东其实已经在别处买了房子,将底下的房间租给了三个卖炒货的河南人,小皮匠一方面是房客,另一方面也帮着房东照看房子。这一间阁楼有六七个平方大小,搁下一张大床、一张条桌、一个柜子,还够打一张地铺。有时候,小皮匠的女人来住一阵;有时候父母亲来住,小皮匠就把床让给大人,自己打地铺;还有时候,是岳母和女人一同来,那么,母女俩睡床,小皮匠还是打地铺。他女人来上海,从来不到他做活的弄口来看看,因为害羞。他父母也不来,心情就要复杂些,似乎那是人家传给儿子的衣食,难免会生愧疚。只有他的岳母,会到他的皮匠摊跟前,坐在小马扎上,看他做活。她男人活着的时候,也是在这地方做活,那些主顾,以及主顾的上辈人,也是与她男人交道过的。弄堂前马路上的景色,曾经在她男人眼睛里流连过,女婿手里的活计,就是她老头子的手艺,似乎觉着将来有靠头了一些。小皮匠呢？心里一清二楚。但乡下人都不惯于表达感情的，再说一老一少，也没什么可说的。就是这么缄默着，却也流露出相互依赖的亲情。所以，人们有时候看见的，守着小皮匠的那个老女人，不是他的母亲，而是岳母。

岳母守在小皮匠身边，看着小皮匠接活做活。光顾皮匠摊的大多是女人，与小皮匠很稔熟的样子，有的还有些轻薄。小皮匠则很持重，并不啰唆，倒不止是因为岳母在场，岳母不在场他也同样，他是有架子的。小皮匠长得挺讨人喜爱，敦实的身体，眼睛溜圆，是那种稚气的长相。女人们，包括那些轻薄他的，都将他当孩子待，张口小皮匠，闭口小皮匠。事实上，乡下人婚姻早，他已经是两个孩子的父亲了，这也是使他持重的一个缘故。

现在，皮匠摊的业务随时代发展而扩大，尤其是像小皮匠这样有渊源的手艺人，他们善于融会贯通：修拉链，钉牛仔裤的敲纽，给皮包的金属扣上蜡。至于皮匠的本业，修鞋，他们也面临许多新课题。单说一件，鞋底。材质在不断地革命，结构也在不断地进步——有一种，内部如同铺地板似的架有龙骨。由于人们生活方式的改变，鞋掌的磨损部位与形状，也出现了不同于传统的情形，比如开车的人，是磨损在踩油门和刹车的那一个点上。但是，小皮匠应对得很沉着，他心里有一个底，就是万变不离其宗。怎么说？鞋总归是鞋，总归是要吃力，所以，坚固总归是第一位的。别看他整日在这方寸之地，可他的见识却不少，什么名牌的鞋，还有包，他没见识过啊——曾经，就在这条街上，那街心花园后面，也就是师范学校的围墙，全都破门开店：面包房、礼品屋、文具店，其中挤出半扇门面，开出一个"山姆大叔机器修鞋"。就有人对小皮匠要挟：你能修好吗？修不好我拿对过去！小皮匠说：你拿对过去吧！有人真拿过去，请"山姆大叔"修了，可结果如何？"山姆大叔"要价奇高，而且不论何种问题，统统一个办法，换底。倘若遇到那些比较特殊的情况，外面的底好好的，内里的衬底却让脚汗沤烂了；或者鞋底没坏，坏的是鞋帮；再抑或仅仅是些极小的毛病，鞋面的气孔掉了铁皮边，一道边缝绽了线，"山姆大叔"便没办法了。于是，送去的鞋就又送了回来，那人多少有些汗颜，小皮匠却毫无讥诮之色，就当没有发生过方才的事情一般，接过鞋，按传统的方式处理了。两个月不到，对过的"山姆大叔"悄然引退。就这样，即便是几千块钱的意大利皮鞋，小皮匠都能以平常心来对待。也不是说他完全不放在眼里，他当然是要格外小心一些，是天生的惜物，而不是出于对昂贵价格的诚服，这种天价的名牌让他觉得造孽。有时候，有人拿一条名牌牛仔裤来修理拉链，他果决地撤掉坏了的拉链头，换上新的。那刻着名牌标记的拉链头被他一扔，主顾伸手去捞，捞了一个空，不由得叫道：这是名牌！小皮匠说：名牌？坏了有什么用！在对名牌的态度里，包含着小皮匠对消费社会的批判性。

　　整日交道的都是鞋，而且是穿过的鞋，皮革的气味里混杂着各式各样的脚臭、汗臭，和起来，就是皮匠的体味。每一代皮匠都是这个味，他们的女人和孩子，都已经习惯了这股气味。他们的屋里头也是这股气味。像小皮匠的女人，也就是老皮匠的女儿，就是在这股气味中长大的。她母亲，小皮匠的岳母，更不用说了，这股气味可以说就代表了她的男人。这一点上，小皮匠却与他的前辈们不同，他身上没气味。他从来不把做活的衣服穿回家，而是留在工具箱里。他就像一个正规企业里的工人，上班之前要换上工作服，至于换下来的干净衣服，那是一件西装，配有领带，自有寄存的地方，暂且按下。为了不染上这股皮匠行业的传统气味，他做活时从不穿毛线衣裤，因为毛线衣裤最吸气味。傍晚，天将黑未黑，他收工了，就到弄内人家的水斗,用香皂洗了手脸,穿好衣服,回家去了。

倘若是乡下有亲戚来的日子,他回家就有现成饭吃。女人们烧好了饭菜,老远地,油烟味便扑鼻。天热的时候,各家各户的饭桌就铺排在弄堂里,我敢说,小皮匠家的饭桌不是第一,也是第二。东西都是从乡下带出来的,草鸡炖汤,六月蟹拦腰一剁两半,拖了面糊炸,蟛子炒蛋,卤水点的老豆腐,过年的腊肉或者风鹅,还有酒。要是小皮匠的父亲在,就两个人对酌,单小皮匠自己,就是独饮。他喝一阵子,吃了一些菜,女人就给盛上满碗的饭,重新热了鸡汤。虽然是盛暑,可他们家乡的习惯,荤汤是要吃大滚的,吃出一身热汗,内里的湿热便发散出来。果然,风吹在身上,清凉了许多。月亮也升起了。女人将桌上的碗碟收去,擦拭干净。这时候,小皮匠要看一会儿书了。

小皮匠看的书是比较广泛的。他有一套《说岳全传》,半部他们家乡人,著名说书人王少棠的《武松》,再有一两本《资治通鉴》。除此,还有一些杂志,比如《检察风云》《读者》《今古传奇》,是他从书报亭上买的,也有的是很偶然地落到他手里的。他认为现代的书不如古书有看头,那些旧书他是称作古书的,古书里面有很多大的小的道理,大道理是关于世道,小道理则关系做人。当然现代的书也很重要,因为是说当下的事,可以开眼界,不至于太蒙塞。然而,他还是觉得当下的这些事再是千奇百怪,却也出不了古书里的道理。就像俗话说,孙悟空七十二变,变不出如来佛的手掌心。当下的事都是说一是一,说二是二,古书上的事则是举一反三。不过,这又正是读书有趣的地方,他可以用现代书里的那些人和事来检验古书里的道理,反过来,古书里的道理又可用来解释现代的事情。所以,小皮匠读书是用心读的,从屋内接出来的一盏电灯照耀着小桌上的书本,四周大多是牌桌,有纸牌,也有麻将,牌在桌面上摔来摔去,还有牌友们为牌局起的争执,都吵不了他。无论是他的女人、母亲,或者岳母,这时都不与他说话,以免打扰他。但要是父亲在,他有时会从书本上抬起头,谈一些读书的心得,是为表示对父亲的尊敬。这些都是靠他的人,他不能过于倨傲了,当然,女人,就又是另一回事了。

更多的时间里,小皮匠是一个人在上海生活着,那是要冷清一些的。每天收工回来,还要做饭。但做饭对于小皮匠并非难事,他们那地方,男人多会烧一手好菜。只不过,一个人吃饭总是简单的。他将路上买的菜洗洗切切,烧出一荤一素,吃一半,留一半。留出的一半装在一口小钢精锅里,第二日带去做活的地方当中午饭。因为要烧饭和洗涮,时间过得很快,忙完坐定,看书的时间已经不多了,但他总也要读两页。在他看来,读书也是一种手艺,一天放下,就要花两天拾起来。看几页书,就熄灯睡了。入睡之前,免不了会想起女人绵软的身体,这是单身在外最大的煎熬。楼下那三个河南籍的房客,有时候会分别带足浴房的小姐来,在门口让他撞上过几次。他愠怒的表情让河南人一下子畏缩起来,不由得心软了。小皮匠是有些洁癖的,觉着这种事很肮脏,而且他又对房东负有照看房子的责任。但是,他毕竟是个男人,晓得厉害。在他们乡下,有一个老光棍,就是在人民公社时候,向队里的耕牛下手,结果判刑坐牢。刑满释放回到家乡,大人都不让小孩与他说话,兄弟也与他分家,一个人过着十分孤寂的日子。小皮匠自小就可怜他,却是当畜生来可怜的。他觉得,人要是一点不能忍,就和畜生是一样的。所以,他最后还是决定向房东缄口,但是,从此与他们保持距离。因有一些设施是共用的,比如水斗、煤气灶,他就将自己的用物拿到阁楼上,尽可能错开烧煮的时间,避免接触。房东自己修了一个小小的厕所,他也不再使用,而是到马路对面的公共厕所如厕。其实那几个河南人秉性都还忠厚,有时烧了好菜,喊他过去喝酒。他去喝过几回,四个男人喝到舌头都大了,称兄道弟地分手,在楼体口再要纠缠一会,然后各自睡觉。如今,他总是托词谢绝,于是,这点五湖四海的友情也牺牲了。

小皮匠没有让女人过来长住,有一部分原因就是顾虑环境,倒不只是说居住的小环境,更是指大环境。虽然小皮匠每日里只是从住处到做活处往返,所闻所见不过五百米一块街区,但也足够他了解这个城市的阴暗面了。就在他途经的一条马路上,沿街一排发廊,说是发廊,却也不见有什么发廊的生意。透过一扇玻璃门,只看见遮面的长发、裸着的胳膊和腿———一种阴地里捂出来的没有光泽的石灰白,又好像没有发育起来,细瘦孱弱。小皮匠又要觉着可怜了,这一回不是觉着哪一个人,而是这个世界,他不能让他的女人到这可怜的世界里来。他那女人,有着开阔的眉心,桃花红的脸颊,嘴角上有一颗褐色痣,一笑起来,嘴没动,痣先动,星星似的一闪,眼睛一亮。她没什么见识,没享过大福,可也没受过欺负。他宁可她耳目闭塞,乡下人的那些村话,他都不愿她听的。就让她在家中伺候老人,带孩子吧!乡下也有肮脏事,比如那个老光棍,但不是受责罚了吗?人都不挨近他。城里就不同了,什么都搅在一处,分也分不开,所以就叫作"大染缸"嘛!"大染缸"这个词用得太对了!

就这样,在没有女人陪伴的夜晚,小皮匠也安宁地入睡了。

(二)

前面说过,小皮匠来到做活的弄堂口,先要换工作服。穿来的西装,冬天是滑雪衫,夏天则是很平整的衬衫,总之是干净体面的衣服,寄存在哪里呢?寄存在根娣家里。根娣是谁?是弄内一户居民。小皮匠不仅在根娣那里存衣服，中午带来的饭菜也在根娣家热。根娣根据他带来饭菜的内容，或者在她家电饭煲的蒸格里蒸热，或者加工成菜泡饭，给他添点佐料和配菜，也是有的。小皮匠并不是白得根娣的劳动，他每月都交根娣一些煤气钱，根娣家的鞋，他也是无偿修理。这样，双方都坦然自在。

小皮匠本来是央求一个老太，天气适宜的时候，这老太常在弄口坐着，看街上往来的人和车辆，难免要和小皮匠聊几句，就有些相熟。但是她没有应承小皮匠的央求，因她在家说不了话，媳妇才是一家之主。小皮匠说：怎么可能？你是婆婆呀！老太说：她是太婆！说话时，脸上的表情变得严峻，像是对整个社会抗议。小皮匠笑笑，止了话头，晓得再要说下去，就有挑拨是非的嫌疑了。无论乡下城里，这都是一个令人激愤的话题。停了一会儿，老太平静下来，建议小皮匠到根娣家去蒸饭，小皮匠不认识根娣，老太就说怎么不认识？敲破你头的那个。小皮匠就晓得是哪个了。有一回几个女人与小皮匠斗嘴，其中一个用鞋跟在小皮匠脑门上叩了一下，鞋跟像锥子似的，立刻破了皮。小皮匠在这弄口坐久了，晓得上海弄堂里的女人和乡下女人没什么两样。田间地头，兴头一旦起来，说话行动就很放肆，尤其是逮着一个年轻的男人。任她们怎么调侃，小皮匠也不动气的，她们没有恶意，相反，还挺喜欢他，当然，多少也是不放他在眼里。

老太的建议很有道理，根娣一口答应。这是一个热情的女人，再则，她也有空闲。根娣是属于"四〇五〇"的人，原先工作的一爿化学制剂厂让台湾人买走了，工人遣散回家。根娣不到五十五岁的法定退休年龄，就办了协保。开始的几年里，根娣和小姊妹一样，四处找工作。先到一幢商住大楼做清洁工，再到一个民营公司烧饭，还八十学吹打地参加收银员培训，到超市做收银员。但是，似乎所有的单位都和她们厂一样的遭遇，先是大楼还不出贷款，抵押给了银行，所有的租户都退租，员工也清退；然后那家民营公司也倒闭了；再后来，一夜之间，大卖场拔地而起，将小零售商的生意抢个精光，她做收银员的小超市就关门了，算起来，培训三个月，工作倒只两个月。这些经验平息了根娣吃协保的愤怒，使她认识到社会全面性的动荡不安。她与丈夫商量，此时，丈夫的厂也倒闭了，跟着办了协保——他们俩是化工技校里的同学，所就业的单位性质差不多，她与丈夫商量，要做自己的生意才是安全，于是决定卖盒饭。方才起意的时候，邻里们因为同情他们两人都下岗，家中还有一个读书的孩子，都表示了支持。可一旦真做起来，意见就来了。暑天里，大锅小炒的，公用厨房里热不可耐，厨房顶上亭子间的地板都是烫的；后弄里的阴沟让鱼鳞菜皮堵了，污水横溢；接洽生意、领取盒饭的纷沓而至，弄堂里顿时多出许多生面孔，门户就不严谨了，于是起了纠纷。根娣是从闸北棚户区嫁过来的，在那里，一个水龙头十七八户人家用，不抢就别想用水，她是在争夺中长大的，脾性相当强悍，她才不怕呢！她以一当十，多少人也不是她的对手。在这市中心的里弄里，大约都没有听过她这样的村话和谩骂。人们背地里都说，她婆婆就是被她气死的，怪只怪小弟太软弱。小弟就是根娣的先生，自从娶进根娣，就再也没有了声音。但是，如今毕竟是法理社会，根娣再凶，也凶不过法和理。四邻们自己不出面，而是联名写信。先是写到居委会，再写到卫生大队，然后是税务局，最终是城管大队来执法，勒令停止生意。这样，根娣夫妇就又失业了。后来，小弟考了驾照，招募去开出租车，多做多赚，辛苦点，也能挣出吃喝以及孩子的学费，根娣干脆就闲在家里。反正再过八年，她这么算着，再过八年，她到了五十五岁，就可以吃养老金了。这么说来，这一年，根娣就是四十七岁。

在小皮匠他们乡下，这个年纪已经是做祖母了，可是在上海，年龄的概念相当宽泛。像根娣，穿扮好了，都可以当姑娘看。有一回，她去赴小姊妹的女儿的婚宴，穿一身粉红色的套装，头发高高束在脑后，发根上别一个水晶发针，就好像她是新娘。根娣是一个俊俏的女人，而小弟，形象多少有些萎缩，性格上也是。当初，他们恋爱，当然是根娣主动。坊间有一句话，叫作："男追女，隔座山，女追男，隔张纸"，又何况是根娣小弟这样的女和男。

小弟家很早死了父亲，由母亲主事。他最小，上面两个姐姐，也是领导他的。所以惯了服女性管，同时也养成怠惰的性格，凡事都等着别人做决定。在自己的终身大事上，他也是如此，局面变成他的家人和根娣之间的争夺。他的母亲和姐姐自然是不接纳根娣，因她是那样的背景，住在闸北江北人的聚集区，父亲踩三轮车，母亲在纱厂做挡车工，让她们气不过的是，这样人家的女儿，竟然长成如此模样，就更危险了，谁知道她在窥探什么呢？虽然她们自己的生活是拮据的，甚至比根娣家还要瘠薄。自从小弟父亲去世，经济来源主要就是母亲在里弄生产组领绒线编织活计，再靠亲戚接济一点。两个姐姐都赶上了插队落户，那一段日子，就离不开借贷了，简直称得上惨淡。但不论怎么样，住在西区蜡地钢窗的新式里弄，即便只是其中的一间住房，厕所厨房都与邻里合用，那也表明了身份阶层。不是人们都称"上只角"吗？根娣家则是"下只角"。根娣自己也曾向小姊妹坦言，看上小弟，至少有一半是小弟居住的地段和房子，在她们闸北，是称这里"上海"，好像她们所居住不是上海似的，从这叫法也能看出上海市区发展之地理沿革。嫁到"上海"去，是她们那里的女孩子，尤其是像根娣这样生相俊俏的女孩子，心向往之的事情。事实上，这"上海"又不单单意味着地方的概念，它还派生出一些其他的内容。就拿小弟这个人来说吧,他和根娣从小熟悉的男孩子很不一样。他清洁整齐,当她站在他背后,可以嗅到后颈里散发出的体香,说到底,就是肥皂的清香。他的床铺——他们是住读,小弟的床铺也散发出肥皂的有些凛冽的清香。他从来不说脏话,而她们那里,女孩都说脏话的。他有一张小小的白皙的脸,这张脸在后来的岁月磨蚀中,渐渐失了光泽,萎缩成枣核的形状。他笑起来很温和,就像一个妈妈的乖孩子,后来是根娣的乖孩子。这是根娣对小弟,小弟对根娣呢?虽然是被动的人,可他最终完全臣服于争夺的结果,为胜利者根娣所获,就像那些童话故事里的公主,嫁给智勇比试的决出者,说明他也是有自己的标准的。他的软弱禀性,潜在地指导着他的倾向,就是倾向强者。因此,表面看起来,互相中意的是长相和居住地段,但内里,还是具体的人的作用。

现在,根娣的生活又有了新的规律。因为小弟开出租车是做一天,歇一天,根娣的安排也是一天隔一天。小弟歇在家的这一天,她专司烧煮,侍奉小弟,让这个赚钱人吃好歇好。根娣对小弟是没话说的,就像母鸡把小鸡护在翅翼底下。小弟可说是从母亲的翅翼里钻进了根娣的翅翼里,当然是根娣的年轻新鲜的翅翼更让他舒服,再说,还有性的乐趣呢!后来有了儿子,根娣的翅翼下又挤进了一只鸡雏。曾经根娣走在马路上,被人叫住算命,别的都没什么可信,只一句,你的男人也是你的儿子,根娣摸出五块钱给了那人。小弟歇在家的一日,是从前天夜里三时睡到中午十二时。根娣把饭端到床上,人蜷在被窝里,差不多是要喂进嘴里,一样样尝过,再缩下去继续睡,根娣坐月子都没这么养过。这一伏午觉是到下午四点钟,磨磨蹭蹭起来,来到后弄里。假如根娣这时候正在麻将桌上,便让给小弟,自己到厨房烧晚饭。这一顿是一家三口围桌而坐,一边看电视,一边吃饭,然后又是睡觉。次日早晨，六点钟光景，小弟出门上路了。根娣打发儿子上了学，开始了她文化娱乐的一天。

　　上午，根娣是去舞场跳舞。舞场在公园的茶室楼上，加盖的一层里。垂得很低的吊顶上垂着彩灯和彩条，装饰成圣诞节的样子。窗幔拉着，遮住了天光，就还是圣诞夜的样子。因为舞客绝大多数是中老年人，所以舞曲都是比较老派的、规整的节奏：经典的圆舞曲，邓丽君的歌曲，活泼的轻音乐，可以跳快四步，也可以跳伦巴。来舞场的都是熟面孔，但依然抱矜持的态度，并不随便邀请舞伴，因多是结伴而来。那些单个儿来跳舞的，无论男女，都显得颇为可疑。人们一般都对他们有些侧目，偶然地，现场邀约舞伴，不会邀约他们，也不会接受他们的邀约，其实是舞伴和舞伴的互换。在舞场，有舞伴的人显得身世清白。这些单打的男女，落寞地坐在一边，喝着附送的饮料，听着乐曲一支一支播放。场子里旋转的彩灯底下，人被切成一条红，一条绿，好像也看不出有多少欣悦，而是郑重其事的。一曲结束，纷纷走下场来，方才看见脸上有轻松的表情。根娣有那么两到三个舞搭子，都是和她这样的"四〇五〇"，其中有一个在做保安，做两天歇一天，假如这一天正好和根娣的日子碰上，就做一对舞搭子。还有两个工作都是不定期，有工作时不来，没工作是天天来。这样，基本上，根娣可保证有舞搭子。即便有一天，这几个谁都不来，那个舞场里教舞的"老克勒"就会来请她跳，因根娣是有舞搭子的人。根娣虽长得俏丽，但跳舞并不怎么在行，不是反了方向转，就是踩了人家的脚，跳完一曲，"老克勒"就把她送回到座位，几曲以后，再来带她。这样也好，根娣不会对跳舞上瘾，跳舞只不过是她的一项消遣，也表示她拥有着社会生活。所以，她是极有分寸的，一到时间，就退出来，回家烧饭了。

中午饭主要是烧给儿子吃，根娣自己无所谓。她从舞场上学来，中午只吃一只番茄、一根黄瓜，就可以对付的。给小皮匠热饭也是在这时间。午饭过后，就到了下午，下午是打牌的节目，就在自家后门口。若是下雨，就挪进灶间。牌友是左右邻居，两个老太，一个男人，人称"爷叔"，还有一个看牌的，就是介绍根娣给小皮匠热饭的老太。看她热切的眼神，根娣就要让她，她却又冷漠下来，说没有赌资，家中一应钱财都在媳妇掌握中。根娣也是不怎么擅长打牌，但打牌往往是不会打的手气好，所以她也不是全输。根娣是个豁达人，输的当作买门票，就和跳舞要买门票一样，赢的就作小菜钱。爷叔的牌路子很专业，照理这三个根本不是他的对手，但爷叔心地纯良，不忍欺负妇孺老弱，所以并不十分较真。老太总归是苛索的，首先把输赢定得很小，再是谨小慎微，从不作大牌，图个小利。所以牌桌上就很平淡，这也是叫人心安的，根娣不会跌进赌局里面去。

再有时候，根娣就和隔壁的金蓉逛街。金蓉就是被那老太形容得十分刻薄的媳妇，其实没那么可怕。金蓉比根娣略小两岁，下岗后考了财会上岗证。那时候，财会还比较稀少，不像现在，什么都是过剩的，她很快找到一家中型企业做出纳。然而，几年后，这家企业关停并转，于是二次失业。此时，劳动市场上涌现了更多更年轻学历也更高的人力，金蓉只能在私人小老板的公司里打打工。原先她是看不起根娣的，自恃有个好娘家。她娘家离夫家只隔了一条马路，地段更加中心，寸土寸金的地方，已经被发展商割得七零八落，一条弄堂剩了一截尾巴，金蓉娘家就在这截尾巴上，不定哪一天，就会迁往不知远到什么地方的地方，似乎也没有理由继续看不起根娣了。而一旦相处，便发现根娣比弄堂里长大的女孩多出许多，首先一条不记仇。当时抵制根娣家的盒饭生意，金蓉也积极参与的，还是出谋划策者，可事情过去，根娣也并没怎么样。就这一点，金蓉就和根娣结交下来了。但金蓉只限于和根娣逛街，或者到"乐购""家乐福"买东西，跳舞和麻将她是不参加的，倒也不是坚持某种原则，而是没有兴趣。一个女人，能够杜绝染上癖好，说明她有着相当自律的性格，但另一方面也能看出，金蓉是一个比较刻板的人。她的外形也有点这个意思，其实五官轮廓挺端正，也不见老，可是从没有笑容，就显得一张脸铁青，叫人看到无趣。她婆婆把她说得如此厉害，也多半是从这张脸引起的。可是，一个女人生就这样一种冷淡的表情，实是出于无奈，她的内心完全可能也是活泼的。

那老太，就是金蓉的婆婆，整日里，不是坐在弄口，就是坐在根娣他们的麻将桌边，晚上在家，也是要说一些她的见闻。比如一个偷窨井盖的外乡女人，连人带赃当场捉住；一辆桑塔纳刮倒一辆机动自行车；更奇的是，一个过路的女人央求小皮匠取下她的耳钉，那耳钉旋得太紧，耳坠都已肿起来，于是，陷得更深——这并不是皮匠的业务范围，可是结果怎么样？小皮匠替她旋了下来，而且耳钉一点没损坏，尽管那女人痛苦地直说："我不要了！"事实上，她接过耳钉，小心地揣好，欢天喜地走了。至于麻将桌上的是非就多了：牌局的风云变幻，即便是如此枯燥的牌局，在老太看来也是很激动的；由牌局引起的纷争龃龉；各家的是非短长也在这里互通有无。金蓉除了必要的交代，是从不与婆婆闲话的，儿子孙子更没有耐心听了，所以，老太只是对了空气说而已。但是有一天，却有一个意思入了金蓉的耳朵，那就是根娣和爷叔有染。老太的原话是，像爷叔这样牌路很凶的人，为什么倒要天天和几个女人打小麻将了，奇怪不奇怪？金蓉不由得竖起耳朵，听老太又补了一句：根娣这种女人，骨头没有四两重！老太说这话的表情就和她说媳妇时候的一样，都是俨然的，表示出对世事的不满，以及自己的正直。这就可以印证出，她媳妇未必就是像她说的那么不堪，只是在老太，需要有一些谈资。那么，反过来再对照根娣，老太的话也可能是失实的。可是，不知怎么，金蓉却上心了。

就像方才说的，外表冷淡并不表明内心没有热情，和所有的女性一样，金蓉也向往经历更加丰富的感情生活。倒不是说她们对自己的婚姻不满意，完全不是，和婚姻就没什么关系。应该说，她们的婚姻都是相当稳定的。可也正是因为稳定，就让人觉得沉闷了。在这样的年龄，老的多已送走，当然，金蓉的婆婆还在，并且很健旺，那也就不太拖累；小的呢，也长大了。她们一下子多出许多时间和精力，而她们的丈夫，往往是在这个时间段进入低潮期。好像人生的要务都已完成得差不多，一时又看不见新的目标，不由得便颓唐下来。生理也正在经历转变，凡事都不大能打起精神，难免跟不上女人的节奏了。当金蓉听婆婆嚼舌头，传爷叔和根娣的闲话，她的脸一下子板得更紧了，内心则起了波澜。她本来不对爷叔有什么注意，可是，可是就算是这么个不怎么样的人，为什么偏偏是根娣，而不是她金蓉，与他生出暧昧来？张眼望去，除了爷叔，又还有什么人呢？金蓉忽然感到一种冷清，生活里已经不再有机会，而时间则明显地紧迫了。在公司里，她是被人叫作阿姨的，四周都是二十多岁的年轻男女，连老板亦不过三十来岁。去商店，服装的尺寸款式全都面向年轻人，而且是时髦的年轻人。到化妆品柜台，向你介绍商品的小姐总会说一句：像你这样的年纪——似乎已经被逐出生活的舞台。可事实上，她的精力比以往任何时候都充沛，比以往任何时候都更懂得生活，而且充满了感情。

下一日，金蓉在弄堂里遇见根娣，走到跟前，忽然间不能自持，一闪身，走了过去。根娣本来是要和金蓉说话的，却扑了个空，心中十分纳闷，但过一会儿也忘了。等金蓉再一次走过弄堂时，根娣家后

风雪回家路

门口的牌桌已经排出来,四个人正襟危坐,专心地看牌。金蓉觉得这情景有一种造作,隐藏着极大的用心。她的婆婆坐在牌桌边,抬头望她,远远地,婆媳对视一眼,忽就有了默契,交换出心得。之后,根娣还碰过金蓉的钉子,再木的人也要起反应了,再说,根娣又不木,只是不那么计较。她想:究竟什么事上得罪了金蓉呢?她跑去金蓉家,想把金蓉叫出来,当面问一声。这就是根娣的性格,简单直接,可金蓉则微妙多了。她家住底层,房门对了后门,既不应根娣的叫,却也不关门,兀自在房间内行来走去。根娣以为没听见,再叫,还是不应。几次三番,根娣才晓得是叫不应了,悻悻地打回转。从此决定,金蓉不理她,她也不理金蓉。下回迎面碰上,就很轩昂地走上去,两人撞个脸对脸,再错开来,交臂而过。这样,根娣就把金蓉的表情看清了,她看见的是,鄙夷。这就又是金蓉的微妙之处了,心里明明是艳羡,脸上露出来的却是鄙夷。根娣不知道这表情缘自何处,但颇为受伤,纳闷之余,又添上一层愤怒。不过,根娣受蒙蔽的日子不会太久,弄堂里的生活正应了那句俗话,没有不透风的墙。像金蓉的婆婆,得来那许多见闻,单在家里说是远不够的,也要和左邻右舍说说,再和牌桌上那两个老太议议,很快,就通过一种很复杂的途径传到根娣的耳朵里。根娣这一气,非同小可,却又不知向谁发作。正如方才说的,传说是经复杂的途径进入根娣耳朵,要追溯回去几乎不可能。根娣取缔了后门口的麻将桌,老太们识趣地走了,另外去找消遣,只那爷叔上门来找了两回,两回都被根娣将门在鼻子跟前碰上,看上去更像是那么回事了。根娣向小弟发牢骚,小弟到底是成熟了,开出租车也长了见识,对根娣说了些人生经验。小弟说,他从出生到现在,在这条弄堂里住了几十年,就知道弄堂是个是非之地——朝夕相处,脚碰脚的,各家与各家都有些仇怨;也是因为脚碰脚,还必须将仇怨埋在心里,否则怎么共处下去?所以,弄堂里的人都是面和心不和,不要企图有什么真心,面子上保持和气就可以了。小弟的人生经验确有几分精到,但总归是消极的,这也就是时届中年的男人的怠惰,已消磨了锐气。这经验并没有让根娣振作起来,反而更加丧气,但她还是吸取了教训,不再和弄堂里的人打拢,连跳舞都没了胃口,因人世是这样一种扫兴的境遇。她将自己闷在家里,一日内,出门只是为买菜买东西,还有,中午替小皮匠送热好的饭菜。送去饭菜,就在皮匠摊的马扎上坐着,等小皮匠吃完,收了碗筷,再回家去。坐在皮匠摊上,根娣的神气很有趣,有一种孩子式的挑衅,好像说,你们坏,我不和你们玩,和小皮匠玩!

(三)

根娣和小皮匠说话,是说她们闸北棚户区通行的苏北话。她们这一代人的苏北话,已是杂烩,并没有清晰的地方区域,但总归是苏北话,在小皮匠听来,已相当于乡音了。于是,两人间就好像有了点乡谊。根娣不免要把近日内的烦恼说给小皮匠听,小皮匠以为,这烦恼又是与他们乡下女人间的差不多。但是由根娣,这个长相明媚,穿着鲜艳的女人说出来,却变得有点好玩。根娣的长相是明眸皓齿,匀整的鹅蛋脸,年轻的时候,是称得上纤细,现在多少要松弛些,在旁人看来,也不过是丰腴而已。头发原本是漆黑的,后来生了白发,总体的颜色也变浅,于是焗染成一种金红色,烫了无数小卷,向上梳到发顶,堆起来,发卡别住,露出一对品相极端正的耳朵,垂着金链子,坠着碧绿的翡翠玉,将她浑圆的颈项映衬得更加润泽。因此,她总是穿低胸的羊毛衫,桃红或者宝蓝,领口绽放出内衣的蕾丝。羊毛衫底

风雪回家路

下是裙子，五彩格子或者是烂漫的花朵，视上衣的颜色而定。脚上是羊皮短靴，后跟尖细如锥子，抑或是巨大的方跟。总之，根娣的风格是夸张的，可以往乡气里看，也可以往洋气里看，决定于何种眼光。而且，无论是跳舞、逛街、买菜、后门口打牌，坐在皮匠摊上闲话，甚而至于闷在家里，只是在房间和公用厨房往返，根娣也都要认真地穿着、梳头、化妆，这些活动都是被她视为社交的，否则，她那么多漂亮衣服、漂亮发式，还有化妆品，到哪里用去？一个盛装的美人，坐在皮匠摊前，挺古怪的。可是，皮匠摊这样的地方，常常是有美人落座的。忽然间，好好的鞋别了后跟，断了纽襻，或者皮包带子脱线了，那么就要找皮匠摊了。所以也并不是太扎眼的。只是这么一种隆重的形象，说着那么一些家长里短，很令小皮匠觉着有趣。根娣的说话，显得特别幼稚，远远比不上乡间的女人们有心机和世故，很像一个小孩子。当说到金蓉对她看不起的眼光时，愤愤道：她说我和爷叔，她自己呢？爷叔还不要她呢！这话字面上是不怎么合逻辑，但很奇怪地，也说出了几分真相。小皮匠感到十分好笑，说道：你看看，你不也在说她坏话？常言道，谁人面前不说人，谁人背后无人说。根娣觉得这两句话挺有道理，从来没听说过的，在嘴里念叨了两遍，称赞道：看不出小皮匠你很有素质！这回小皮匠就笑出来了，好像大人受了小孩夸奖。根娣站起来，伸手在小皮匠头上刮了一下，拿起他吃空的锅碗走了。

下一天，小弟歇在家，根娣对小弟说，别看小皮匠是乡下人，挺有素质的，就把那两句话学给他听。小弟听了后，趴在枕头上，也和根娣说了一则乡下人的故事。他说的是两个浦东人，一人拎几个大蒲包，上了他的车，一路上，蒲包里窸窸窣窣响个不停，是大闸蟹，去了几个地方，到一处拎一个蒲包下车，听他们说话，是为开厂通关节。

所以说，乡下人是不可小瞧的，说不定有一天，我们大家都要为乡下人打工。但是，这有什么呢？人家肯做，不像上海人，做一天还要歇一天。小弟说：做一天歇一天有什么呢？还有的人一天不做，全部歇！根娣不同意了，说，全部歇等于全部做！于是将每日里要做的事历数一遍。小弟又不同意了，说反而是老婆养活老公不成？一看小弟认真，根娣只好哄他，当然是老公养活老婆，这不是应该吗？她娘家妈有一句口头禅，就叫作：嫁汉嫁汉，穿衣吃饭。小弟就说，也不见得是应该，就有女人养男人的。根娣让他去找一个人养他，小弟却让根娣找一个人来养。根娣说：我自己都要靠你养，怎么还能养别人？小弟说：就有这样的事情！于是又讲了一则故事，关于一个男人养一个女人，女人用这男人的钱再养了一个男人。他开出租车长的就是这样乌七八糟的见识。两人纠缠了一会儿谁养活谁的问题，根娣就说要去烧饭，还要给小皮匠热饭送去。

再下一日，根娣在皮匠摊上，将和小弟的争端告诉给小皮匠听。对于前一个问题，就是谁养活谁，小皮匠认为根本无须讨论，在一起搭伙过日子，有人忙锅里的，有人忙灶下的，缺谁都不行。至于后一种情况，三个人串起来，鱼咬尾似的一个咬一个，小皮匠则认为是人作践人，并且断定如此作践下去，会遭报应。然后说了段上帝惩罚人类，发大洪水的故事，是他从《读者》之类杂志上看来的。又联系他家乡的传说，古时候，有男女不规矩，在土地庙苟合，结果当年见颜色，先旱后涝，颗粒无收。根娣听得入迷，微张着嘴，眼睛睁得溜圆。小皮匠心想，上海的女人，眼睛长到额角上似的目中无人，其实呢，是长不大，不懂得世道人心。

根娣在皮匠摊上坐的时间长了些，或者是她聒噪地说，小皮匠静静地听；或者是反过来，小皮匠娓娓地道，她睁大了眼睛听。有时候

风雪回家路

金蓉的婆婆也凑过来,想参与他们的谈话,根娣就陡地立起来,踩着高跟鞋噔噔地走了。虽然没有确凿的证据,但金蓉婆婆的嫌疑是明显的。第一,她是麻将桌边的看客;第二,她还是金蓉的婆婆。根娣本不是气量窄小的人,但金蓉方面始终没有表示出道歉与和好的意思,而且,关于她与爷叔的闲话,非但不见息止,还有上涨的趋势。到底也不知道爷叔有心还是无心,有两次到皮匠摊来找根娣打牌,都被根娣拒绝了。根娣的神色再严肃不过了,可爷叔嬉着脸,还说那样的话:怎么,怎么?有新方向了吗?根娣不搭腔,只是给一个白眼。这种来去,经过金蓉婆婆的眼和嘴,就又为根娣的绯闻添了章回。金蓉的脸板得更紧了。

  暗地里,金蓉拿自己与根娣做比较,比较的结果是,自己并不输给根娣的。根娣的长相和穿扮确实很夺目,可却挺粗鲁,是苏北人的风气。根娣说话也很粗鲁,有时还夹带着脏话。金蓉的疏眉淡眼,细高身材,穿着的清静雅致,不是扎眼,却很经看。她在公司里做工,虽然人们喊她"阿姨",但总也是白领的阶层,无论身份还是修养,根娣都不能与她同日而语。为什么根娣却比她具有吸引力呢?想两人的婚姻,根娣和小弟是自己谈的,她金蓉则通过介绍。两人一同逛街买东西,明显感到那些商场的保安、柜台先生也对根娣更热切一些。根娣有一种自然熟的做派,是为金蓉瞧不上的,可现在她不得不承认,这正是根娣讨人喜欢的原因。不由得,金蓉也有些学根娣了,她向来矜持惯了,再放开也止不过是见面点个头,笑一笑。金蓉是不太笑的,一旦笑起来,总不那么自然,显得尴尬,但再怎么也是笑啊,也比不笑好。就有人与她婆婆说了,今天你媳妇很高兴!只是这样的笑脸,金蓉婆婆也是看不见的,一进家门,金蓉的笑就收起来了。这实在是一种禀性了,若不是内心活跃着一股巨大的欲望,连这一点扭转也不会发生的。自然,爷叔也得到了金蓉这一份慷慨的馈赠。

爷叔这个人,并不能说有什么不规矩,也不见得对根娣有非分之想,只不过是无聊。这城市任何一条弄堂里,都有着这样的男人,或者坐在麻将桌边,或者站在弄口马路上。倒不是说这种人唯独弄堂才有,而是说弄堂的生活是敞开的,什么内情都暴露着。爷叔不是出生在这弄堂里的人,他女人是,他是上门女婿。不过,上海这地方,并没有这方面的偏见,所以爷叔就不存在屈抑之感。相反,他是一个轩昂的人。他在一家大型机械厂工作,从十八块月薪的学徒工做上来,做到了车间主任。那时候,他头发梳得锃亮,骑一架凤凰牌自行车,飞快地驶过弄堂,就像一道光。他女人家人口很单薄,只母女二人,所以他就是一家之主。到了八十年代下半期,女人与一班小姊妹商议去日本打工,本当是闹着玩玩的,不想真有几个办成了,其中就有他的女人。素常是沉默的性子,开始是爷叔的徒弟,后来是爷叔的下属,总之,掩在爷叔的声色之下,可此时忽然焕发出能量。住在城市西区的弄堂里,出门就是闹市,再蒙塞的耳目也挡不住见识。尤其是女人们,最惯从街市上汲取人生理想。街市是物质的,但因超出了实际需要,那盈余的一点就是精神性的了。这合乎女人的性格,就是现实和浪漫的统一。

爷叔的女人去日本,似乎是一个转折点,事情从此改变了局面。开始时并未见得,等两年后,女人第一次从日本回来,征兆便显现出来。一部出租车从飞机场开来,大箱子、小行李在弄堂里壅塞了一时,然后一件一件消失在爷叔家的门洞里。久别重逢,女人回家并没有滋润爷叔的生活,爷叔反而委顿下来。女人在上海和日本之间又往返了几次,然后彻底回来不再去,在隔马路的宾馆区开了一间小服装店。她依然是不言不语,无声无息地,偶有几回,有人走过她的店面,看见玻璃门里，穿着黑衣黑群的她，还以为是个日本女人，这才意识到爷叔女人的变化。就是在这期间，爷叔的工厂走了下坡路，经过几番转产，兼并，联营，合资，费改税，股权制，由控股到不控股，最终全盘为外资购买，说是体制改革，实质就是关门大吉。厂级领导有所属部局重新安置，工人们则提早退休和待退休，像爷叔这样的中层干部又多一条路，就是买断工龄。爷叔的工龄长，买断的这笔钱比较可观，领回家放进银行，先也是令他兴奋的，但随着人们富裕程度的增长和通货膨胀，这笔钱款的数字越来越平淡了。在此同时，爷叔再就业的遭遇也是令人气馁的。他在机械方面的专长，竟派不上什么用场，更受打击的是，来到劳动市场，爷叔发现自己已经进入老龄队伍了，其实，那年爷叔还不到五十。爷叔最不喜欢"四〇五〇"的称谓，这意味着社会弱势群体，需要别人发慈悲来照顾了。虽然谁也不会来照顾你，还得靠你自己。爷叔的女人曾经帮他在一个日资企业谋到职位，说是负责营销管理。可所谓日资企业不过是当年去日本打工然后移民的上海人的小生意，将些中国绣品、漆筷、檀香扇什么的销到日本去。总共两间写字间，三五个职员，营销部连管理带员工就只爷叔一个人。老板惨淡经营这一份家业，兴许吃过太多的苦，于是待人相当刻薄。爷叔哪能受得了这个，做了半个月就不干了，宁可这工资泡汤白干。这次经验使他产生创办自己企业的念头，这一点和根娣很像，看起来，再就业的人都有着同样的心理历程。但爷叔是个男人，野心比较大，他在枕头上和女人商量，将服装店关了，夫妻二人同心协力开个大店。即便是在缠绵的时分，女人的头脑也很清醒，她说：你要做生意我可以支持你本钱和路子，但你归你，我归我。她在生意场上看得多了，生意破产大半是自己人和自己人过不去，所以家族企业才需要董事会制约权力。爷叔想不到自己的女人长进到这样，已经是女强人，起心里敬重又生畏,只得退了回来。现在,劳动市场留给爷叔这样的人,或者是快递公司做快递,或者是做保安。爷叔也长了年纪,渐渐地不太想出去,于是就在家待着,偶尔去帮女人的店里进进货,平日负责一日三餐,过起了女主外,男主内的生活。

这样的生活有一种极大的好处,就是让人变得谦虚。金蓉婆婆说爷叔有精湛的牌艺却甘心和女人们打小麻将,是有其他的用心,用心其实就是,他不能用女人的钱滥赌。爷叔是个识相的男人,也因为此,爷叔决不会生出金蓉婆婆所说的用心。他对根娣只是觉得合得来,根娣是个好相处的女人,而且还挺有趣。比如她听庄时摸牌,怕摸了坏牌,就要求爷叔——这一日,爷叔很旺,所以她要求爷叔在她将要摸的牌上吹一口气,沾一点好运。爷叔的这口气没有吹在牌上,而是吹在了根娣的手上。是有些轻薄,可也不过仅此而已。一到烧饭时间,爷叔不管风头多好,还不是乖乖地回家去。逢到女人需要他出场应酬,爷叔便新吹了头发,穿一身簇新的西装,目不斜视地走出去了。爷叔打扮起来,还是很标致的,现在,谦虚的表情又使他看上去挺温柔。

金蓉渐渐发现了爷叔的好处,她惊异以前竟然一点没感觉,她向爷叔笑的时候,就不完全是礼节性的,而是有一些真心的示好。可是,爷叔却不由得畏缩了。方才说过,爷叔已是一个谦虚的人了,从他和女人强弱互换的经验里走来,他对女人都有些望而生畏,尤其是像金蓉这样严肃,每天到公司上下班的女人,觉得她们一概不可小视。这也是他喜欢找根娣的缘故,根娣不上班,也不严肃,当然,还很漂亮,让人赏心悦目,这也是爷叔的一点精神生活。金蓉素常不将爷叔放在眼里,爷叔也惯了吃她的冷脸,现在,猛一得她的笑靥,实在尴尬大于欣喜。爷叔都来不及做出回应,只是怔着,等他也要笑一下的时候,金蓉已经走过去了。她穿一身豆绿的丝质衣裙,裙摆很长,就有一些翩然的意思,爷叔有一阵惘然。等下一次,金蓉再向爷叔笑,是在傍晚时分。一部面包车停在弄堂口,车门打开,下来金蓉,站定了,车上人就传下一件件东西,显然是公司里发的福利,饮料、水果和点心。看见爷叔站在弄口,嫣然一笑道:帮帮忙。爷叔弯腰搬起饮料箱,金蓉又往上加了一盒趣奇饼干,自己提了两个马甲袋,走在了前面。

  她踩着一双细高跟凉鞋,步履轻快,爷叔眼睛里是金蓉的背影,手里沉甸甸的,感慨地想,这世界全部是女人的了!爷叔随金蓉一直走进她家房间,将东西放到指定的位置,要走,金蓉却送过来一个冷毛巾把,让他擦汗。毛巾把是从冰箱里取出的,上面洒了六神牌花露水。爷叔擦汗的时候,金蓉问道:你女人店里有什么新款吗?爷叔猝不及防金蓉会问他话,心里一紧,脱口说道:新款都是年轻小姑娘穿的样式,衣服吊在肚脐眼上,裤子吊在脚踝上,裙子吊在屁股上——金蓉收起笑容,沉下了脸,爷叔这才意识到出言粗鲁了,止住话头。爷叔这人就是这样,一旦开口,就托不住下巴,话风都是车间里的传统。金蓉皱着眉说:是啊,我们这样年纪的人是跟不上潮流了。爷叔心里又是一紧,赶紧地说:金蓉你看上去很年轻,就像小姑娘。金蓉冷笑一声:你们男人眼睛里总是小姑娘,小姑娘!爷叔再不敢说话,站了一会儿。金蓉说:谢谢你,爷叔。他明白该走了,走到门口却又被叫住,原来毛巾还捏在手里。木木然将毛巾还到金蓉手里,一团毛巾已被他捏热了,而金蓉的手却是冰凉的。爷叔走在回家的路上,怀着一种挫败感。这段日子,根娣突然翻脸,而后金蓉示好,让他领教了女人的不可测。

  郁闷的爷叔有几日没出门,金蓉婆婆也有几日没出门。金蓉命令爷叔搬东西的一幕就发生在她眼皮底下,不谓不是一个打击,关于根娣与爷叔的闲话不攻自破。弄堂里的谣言起得快也收得快,转眼间风平浪静。这几日,弄堂里显得很安宁。弄口只有小皮匠自己在做活,到了中午,根娣送来饭,一口钢精锅。小皮匠喜欢将饭、菜、汤,全搅和在一起,痛快淋漓地吃。所以,根娣干脆就都热在一起,连锅端过来。小皮匠吃饭,根娣坐在马扎上说话;小皮匠吃好了,根娣还不走,继续说话。从小弟那里听来的事情,她都要原样搬给小皮匠,为了听听他的评论。她由衷地说:小皮匠,别看你是乡下人,比许多上海人都有素质!小皮匠说:什么地方都有什么样的人。根娣解释说:我没有看不起你的意思!小皮匠笑了,想这女人天真得像小孩子,却也是细心的。他也感到了女人的神秘。他们坐着说话,不知不觉地,时间过去了,根娣要回家烧晚饭,先走了。再过一会儿,小皮匠也要收工了。将工具材料一一收进铁皮工具箱,然后进弄堂,到根娣家洗脸洗手换衣服。倘若是小弟歇的一天,这时候,根娣就正在煎炸炖煮。小弟坐在厨房里的一张饭桌上,好像餐馆里的客人等着上菜,看到小皮匠来,就客套地邀他入座,小皮匠当然是谢绝。可是这一次,小弟却是力邀,无限的恳切,根娣也跟着留他,还将他的好衣服扣着不给。不得已,小皮匠就入座了。

  根娣摆上碗筷酒杯,小弟替小皮匠斟满红酒,称了一声"朋友",他说,朋友,出门在外,多一个朋友多一条路,不要拘谨,喝酒吃菜。小皮匠微微一笑,端起酒杯,向小弟敬了敬,仰头喝去半杯,吃了些菜。小弟也喝了一口,问小皮匠出来多久,家人在何处,生活好不好,小皮匠一一做了回答,两人又端了几次杯,吃了些菜。小皮匠还是原样,小弟眼眶浮起了红晕,衬得肤色白皙,又回到了少年时的小弟。他说:原来你已经出来多年,不算新上海人,倒算得上老上海人。怪不得你挺有见识。小皮匠晓得平时与根娣说的,根娣都学给了男人听,不由得又是一笑。小弟接着道:我说几桩奇怪的事给你听,你谈谈你的看法。小皮匠做了个请说无妨的手势,小弟就说了。第一桩是,他昨日拉的一个客人,上海人,西装领带,手里提黑色拷克箱;车到地方,打开皮夹子,从后视镜看见,里面一排信用卡,唯独没有现金,于是说,师傅请等一下,我回家取了车钱付你,说着就下了车;一等不来,二等也不来,小弟不由生疑,下了车,循客人的去向,这才发现客人走入的那条弄堂是两头通的一个夹道,老早不知道跑去哪里了!这是一桩奇事。第二桩是发生在上周,也是发生在付车钱的时候。这一回,客人的皮夹里倒是鼓鼓的钱,但都是外汇;客人为难地说,他刚从香港来,能不能付港币,并且报出牌价,港币还贵一点,但他还是按一比一支付;客人付了一百元,小弟找回他八十一元,可是这张钱并不是港币,而是秘鲁币,银行里说一分不值。现在,这张奇怪的货币就放在桌面上。第三桩则是更远一些的一月前,倒是十分的干脆,三个外地口音的男人上得车来,坦言没有钱付车资,你拉也得拉,不拉也得拉!小弟说完了,歪着头对了小皮匠:你说,这是怎么回事?小皮匠的回答很简单,前两个是骗子,后三个是明火执仗的强盗,总之,都是为一个财字。小弟说:小皮匠你真是一针见血,根娣说你有素质,我还不相信,说什么我倒要领教领教,果然名不虚传!此时,小弟的脸全布满红晕,酒上头的样子,根娣也红了脸,是因为兴奋。小弟向小皮匠凑近脸,讨教道:你说,现在的人比过去不是富了很多?本来邓小平是让一部分人先富起来,可是,不要说一部分人,八部分的人都富起来了,结果呢,人比任何时候都更缺钱了!这是为什么?小皮匠的脸也有些红,因肤色深,所以并不显,只觉得有光泽,他也向小弟的脸凑了凑:朋友,这个问题提得好,看来你对社会很了解,我的意见是肚子容易喂饱,眼睛是不容易喂饱的!小弟拍了小皮匠的肩膀一下:我再没可说的了!这一晚,两人喝得微醺,尽欢而散。

后来，小皮匠又和小弟喝过一回酒。结束时，根娣说，明日小弟出车，一天不在家吃，剩了这么多饭和菜，天气又热，小皮匠你就当帮个忙，明天晚上也在我们家吃了吧！小皮匠说好，下一日收工后去根娣家，却见根娣又烧了新菜，说这是干什么？讲好是来收拾残局的。根娣说：我自己想吃！吃饭的时候，小皮匠不碰那碗新炒的菜，根娣也不强求，但等他不防备，将那碗菜扣了大半在他碗里，小皮匠只能摇头。吃罢饭，桌上的剩菜还有十之六七，根娣张开一个塑料袋，直接将剩菜往里倒。小皮匠劈手抢过半碗肉丝毛豆茭白，说留我明天中午饭。根娣不让，说明天有明天的菜。两人争了一时菜碗，小皮匠还是争不过，倒不是根娣有劲，而是根娣有蛮力。晚上回去，小皮匠将篮里的半棵卷心菜斩碎，又斩进一些虾皮，打两个鸡蛋，做馅，和面擀皮，包了三十个素饺子，装在一个深碗，浸在冷水里，第二天带去根娣家做午饭。他不能顿顿吃在根娣家，把客气当福气。到了中午，根娣送来的却不是素饺子，而是米饭和大排骨，还有半锅鲫鱼豆腐汤。小皮匠问：我的饺子呢？根娣说：我吃了。小皮匠说：那是素馅的，你吃亏了。根娣说：那是手包饺子，人工比什么都贵，还是我占便宜。小皮匠又只能摇头，根娣则得意地笑，说：你是犟我不过的！

(四)

这样饭菜上的往来，虽然没有持续下来，但小皮匠和根娣之间的乡谊更增进了。小皮匠收工去根娣家洗手，顺便就洗个头。根娣提一吊子温水，帮小皮匠浇满头的肥皂沫，浇着浇着，就浇进他后颈里去了。小皮匠躲，根娣追，将小皮匠的衬衣浇个透湿。小皮匠干脆脱了衬衣，光了膀子擦身。小皮匠的体魄竟然相当壮实，是出过力气的人的身子，没什么赘肉。而且，人们这才发现，小皮匠身个挺高的，平时光看他坐着，就不觉得。根娣将吊子里余下的热水，统统从他背脊浇下去，黑黝黝的皮色像上了一层釉，水珠子大颗地滚落下来。两人在弄堂里疯，别人并不留意，因都知道根娣的脾性，再说，和一个小皮匠能怎么样？又不是爷叔。爷叔这几日似乎很沉寂，极少见他露面。有几次，被人看见坐在他女人的店里，举一张报纸遮住了脸。其实，爷叔是在躲金蓉呢！

自从那次帮金蓉搬东西上她家，爷叔就怕了她，他也不知道怕的什么，金蓉能把他怎么样？可他就是怕呢！像爷叔这样，从车间里出来的人，什么样的村话都说得出口，也招架得住，但遇到稍微暧昧些的形势，立马失了方寸，其实就是嘴硬。金蓉的笑容，又像是欢喜又像是生气；还有她的眼睛，不是像根娣，铺天盖地地过来，而是迂回曲折，不晓得藏着什么；再有，她的手，冰凉的，让他不由得起寒噤。可是，当然，毋庸说，爷叔看出了这女人的好看，过去不曾发现的。她走路有一种姿态，又喜欢穿长裙，风摆荷叶般的。他女人是小巧玲珑的身段，走不出这样的幅度。根娣的身材也不错，但和她的人性一样，是憨直的，就缺乏了婉约。这样说来，爷叔对金蓉的怕就变得复杂了，它含有一种警惕，警惕受诱惑。爷叔在家里藏了两天，实在闷极了，就去女人的小店里坐着，至少可以看看门前的车与人。可是，这一天，金蓉到店里来了。

金蓉供职的公司就在附近写字楼里，午休时候，她就过来了。这一惊非同小可，爷叔都没从椅子上站起来，他女人已经迎上前去。两个女人原本在弄堂里是淡淡的，点头之交而已，此时因是客主之间，顿时变得很热络，互问一番寒暖，然后共同翻检服装。爷叔的女人向金蓉推荐各种新型的材质和款式，产自哪一个地区，又应合了哪一股国际潮流，鼓动金蓉去试衣间试穿，不买没关系，过过瘾也很开心。金蓉一件一件看着，最后跳出一件套头上装，胸前缀着细小的蕾丝。她上下地看了一遍，然后比在身前，对了镜子侧着脸看。爷叔女人称赞她很有眼光，再劝她进试衣间试穿。金蓉只笑不答，又对了镜子看一会儿，方才说：有人说你店里的衣服只有小姑娘能穿！爷叔女人说：这是什么瞎话，时尚是针对人的，不是针对年龄的，这是一种气质。她的手指从一排衣服上划过，好像钢琴家的手从琴键划过。时尚是有生命力，很快就过时的那叫时髦，不过是些奇装异服，我店里从来不进的。这女人真的受过历练了，表现得如此沉着。金蓉将衣服从胸前放下，挂回远处，说：世界上的人都像你这么看就好了！那女人低头整理着衣架，说：人家怎么看是人家的事，自己心里就这么看好了！金蓉不由注意地看这女人一眼，说要上班了，下一日再来。女人送她到门口，开门闭门时，门上的电子风铃就"叮"地响一声。此时，爷叔整个人都缩在了报纸后面。

  下一日，金蓉真的来了，随她一起来的还有两个小姑娘，是她们公司的白领。小姑娘们在衣架上翻检，爷叔的女人则陪金蓉说话。她们这一回见面竟是稔熟许多，说了各自的生活和经历。爷叔的女人告诉金蓉在日本打工的苦楚，刚去的时候，一句话也听不懂，自然也找不到工作；这时，有一个小姊妹的父亲急病，她要回上海，就让她顶工；老板娘和她说话，她一副茫茫然的样子，老板娘说：我的话你懂不懂？她连这句话都听不懂。说到此，不禁笑出声来，是熬过来的自嘲又自得的笑。缩在报纸后面的爷叔自然听过女人的诉苦，但却是头一次听女人将自己的苦楚说得如此生动。而且，金蓉也变得生动了，她的笑声竟是清脆的。说了一会儿，那两个小姑娘已经各自挑了中意的，进试衣间试穿。金蓉说前一日的那一件想想还是放不下，也想试一试。于是，爷叔的女人就去原来的衣架上拿，可是，却没有。再去另一座衣架上找，也没有。金蓉略感遗憾地说，也许被人买走了。爷叔的女人说并没有，卖了哪些，余了哪些，她心里有一本账。又回头问爷叔，有没有人从他手里买走过衣服。爷叔的脸始终藏在报纸后面，回答说：你从来不让我接生意的，现在倒要问我。女人微微一笑，向金蓉解释：我不是不让他碰生意，他实在搞不明白的，都是女人的衣服。两人分头在店堂找了一圈，女人连柜子的门都打开翻了一遍，还是没有。金蓉说，算了，上班时间到了，要走了！女人说：明天你再来，不相信我找它不到，分明在眼面前的东西，难道会飞了！金蓉和两个小姑娘出得门去，女人没顾得送客，站在店堂间纳闷：衣服到哪里去了呢？

　　第二日，金蓉没有去爷叔女人的店里，她怕她这一去，很像是上门逼债似的。傍晚下班回家，爷叔正站在弄口，她看都没看一眼走了过去。不想，爷叔却悄悄尾随而来，喊了一声"金蓉"。金蓉吓了一跳，回身看见爷叔，问道：你有什么事吗？爷叔的表情很神秘，悄声道：进门去说。金蓉疑惑着走进门去，家里没人，竹窗帘垂着，凉森森的。金蓉的家就像她这个人，有一股凛冽的清洁，但这只是表面，爷叔想起她和自己女人讲话的神采，原来她也有活泼的一面。金蓉将爷叔让进房间，她的眼光让爷叔生怯，他强撑着，有些豁出去地嘻开笑脸，这却使他显得油滑。金蓉心中生厌，早已忘了本来是她先招惹的他。她又问了一句：你有什么事吗？这时，爷叔的手从身后伸出来，手里有一个塑料袋。给你！爷叔说。

　　金蓉接过塑料袋，从里面抽出一件衣服，正是前一日她们上天入地找寻的那件，藕色的丝织套头上装，胸前缀了一些细巧的蕾丝。金蓉将衣服抖开，对了光照了照，又重新叠起来，扔回给爷叔，冷笑道：

偷老婆的东西送给女人,算什么本事!爷叔涨红了脸,辩解道:我是看你喜欢!金蓉说:看我喜欢你买呀,买下来送我!爷叔嗫嚅着终于说不出话,金蓉将空塑料袋也扔回给爷叔,中途落下来,爷叔弯腰去拾,心急慌忙中,没有抓住塑料袋,抓住的是金蓉的裙裾。金蓉提脚轻轻一踢,爷叔松了手,凭空抓了两把,抓住塑料袋,仓皇退出去了。再下一日,金蓉去爷叔女人的小店,女人迎上前就说,那件衣服找到了,就在原来的地方,当时怎么会漏掉了。金蓉说:这就叫鬼打墙!她进到试衣间穿了,走出来,对着镜子左右地看,果然很好。爷叔的女人说:我就说你穿了好,你不相信。金蓉说:现在我相信了。于是一个付钱,一个收款,当即交割了买卖。爷叔的女人又说:这回你相信了吧,我这店里的衣服是不分年龄的。金蓉服气道:我再不听信鬼话了!从此,金蓉和爷叔的女人做了好朋友,和根娣呢,恢复了点头之交,仅此而已。

　　根娣现在的心思,早不在金蓉,弄堂里的闲话已经风清云散,金蓉的态度就也无所谓。根娣有了新朋友,就是小皮匠。她的闲暇时间,都是在皮匠摊上度过的。她带着毛线活,坐在小马扎上,和小皮匠做伴。这期间倘若小皮匠走开一会儿,去方便或是干什么,根娣就帮着招呼生意,接下送来的活,交出做妥的活,再收下工钱,丢进小皮匠的钱罐子,一只雀巢咖啡铁皮听。关于小皮匠的业务,她很了解,而且可做得一半的主。不过,这只是她自认的,在小皮匠,也许并不这么看。有一回,根娣回头掉的活儿,小皮匠又接了过来。那一双旧皮鞋,鞋底里的龙骨都塌了,一看就是假冒的名牌。小皮匠征得顾主的同意,将一整个鞋底统统揭掉,换了一双胶皮底。这样,不看底,单看面,还是名牌无疑。小皮匠认为凡喜欢名牌的人无一不是面子作祟,内容是什么无所谓,就给他个面子好了。相反,根娣有一回接下的活却让小皮匠给退回了。那是一双麂皮女软靴,帮和底之间开了胶,根娣以为重新上胶就可以了,小皮匠则告诉她,看上去是开胶,其实是沿了底割裂的,一定是碰上了利器。根娣不由得吃了一惊,问顾主难道不自知吗?小皮匠说"未必",根娣更加吃惊:难道要栽你不成?小皮匠正色道:不敢这么说,只是常言道,害人之心不可有,防人之心不可无!反正,我也是无能为力了。根娣笑了,在小皮匠头上捆了一掌:我还当没什么你不能的了!小皮匠说:要什么都能,就是什么都不能。根娣又不懂了,睁着眼睛看小皮匠,小皮匠解释说:凡包治百病的,总是一桩病也治不好,比如万金油。根娣笑着又要捆他头皮,小皮匠笑嘻嘻地用手一挡,正巧扼住手腕,根娣挣,却挣不脱,就说:小皮匠你蛮有劲嘛!小皮匠说:让女人捆惯了头皮,人就矮了。根娣说:你还矮啊,铁塔似的一座。小皮匠说:我说的不是个头,是威风!说话间一松手,根娣抽出手来,再要捆去,小皮匠一让,不料根娣只是作势,虚晃一下收回去,另一只手握了这只手的腕,来回揉搓着抱怨:小皮匠你的手真狠!表情却是满意小皮匠的力气。她这才发现小皮匠是个男人,一个健壮的男人。

　　根娣和小皮匠饭食上的来往还是止于中午的热饭,只是根娣每一回都要加工加料。她晓得小皮匠的口味,她从小就是在这样的食风里长大,那就是酥烂咸浓。红烧的五花肉,油浸浸的炒素,鸡汤里下了黄芽菜、粉丝、蛋饺,肉丝青菜焖烂面,里面埋了整个的鸡蛋。无论多么热的天,小皮匠还都喜欢滚烫,呼隆隆往喉管里倒,黄豆大的汗珠滚滚而下。小皮匠受了根娣的惠顾,心知肚明,感慨这女人的好,好得如此夯实有力,也是家乡的风格。乡里来人带了家养的母鸡、河塘里的鱼虾、成捆的甜秫秆,还有山上的野茶,他都分给根娣一半,根娣就当是自己乡下来了亲戚。要是那岳母坐去了她的位子,她就站在一边。有长辈在场，两人说话不免要受拘束，那岳母又是个讷言的人，所以三个人都静默着。静默中，偶尔地，小皮匠和根娣相互对一对眼，忽就有些未明的情意。先是小皮匠避开眼睛，根娣停了会儿也移开了。那几日，中午饭是由岳母送的，铝锅里是小皮匠女人的手艺，质和量都远逊于根娣的，但根娣知道，晚上必有一顿好的等着小皮匠，女人不会亏待自己的男人。收工时，小皮匠照例到根娣家洗脸更衣，他身上的气息似乎也有改变，是一种居家的有些狎昵的气息，根娣不敢走近他。小皮匠的动作显得很毛躁，水龙头哗地打开，然后骤然关上，穿衣服臂肘抻裂了腋下的缝线，扣子对错了孔，来不及解开重扣，人已经走到弄堂口，脚步急迫，逃跑似的。

　　乡下来人住了一阵回去了，有那么两天，小皮匠没有带饭让根娣热，只是早晚到根娣家换衣存衣。根娣的儿子———一个倨傲的二十岁少年，在读三年制大专的最后一年，此时又都在家。无论是根娣还是小弟，对了儿子都流露出巴结的神情，他则一概以无言而应之，小皮匠从他面前走过，就更像是没有这个人一般。小皮匠觉得他一点不像他的父母，单纯和快乐，继而又觉得，唯有他的父母，才养得出这种没规矩的孩子。根娣光顾着照应儿子，都没和小皮匠说话，后一日，她将儿子打发出门，再转身要对小皮匠说什么，小皮匠也走了。看他和儿子一前一后的背影，就好像是兄弟俩，年龄相距比较大，年长的那个就要帮父母养家的兄弟。再一日，根娣来到皮匠摊，对小皮匠说：你还热饭不热饭，不热饭中午怎么吃？小皮匠说：这几日带的都是凉面，不用热。根娣要去揭他的锅盖看，小皮匠不让看。根娣又问：吃了三天凉面，明天还吃凉面？小皮匠答：明天再说。根娣不说话，转身走了，过一会儿，再转来，扔下一卷钱，说：我要退你的煤气费了。小皮匠不答应了，拾起钱还给根娣，根娣不接，说：反正你以后不要我热饭！小皮匠一定要给她，她一定不接，小皮匠站起身，抓住根娣的手，将钱塞在手里，说：明天就热了。根娣这才收下。但不等明天，当天中午就端来半锅鱼肚虾仁，夺过小皮匠的凉面，呼隆倒进去，兜底一搅，蹲在小皮匠跟前。根娣坐在小马扎上，看小皮匠吃，两人没说话，都有些鼻酸。默默地吃完，根娣端了空锅走了。

　　事情恢复了原有状态，依然是早晚更衣存衣，中午热饭送饭，根娣坐在小马扎上，手里做着毛线活计，两人做伴。但是根娣不像过去聒噪，相处间，就多了些静默的时候。现在，爷叔他们又补齐了一桌麻将，因根娣不参加，就不好再在根娣家后门口摆牌阵，而是摆到了弄口，皮匠摊旁边。上面是过街楼，遮阳避雨，又有穿堂风。爷叔说：小皮匠，你很有眼力啊！这句话有着双关的意思，根娣不定听得出来，却遮不过小皮匠的耳朵。小皮匠淡然一笑，并不搭话。爷叔又说：一弄堂的上海人也搞不过你一个小皮匠啊！新来的麻将搭子，也是弄堂里的一名闲人，比爷叔几乎低一辈，一房妻儿全由老父母养着，自己只顾玩，将一张嘴练得十分油滑，此时接过话头：三个臭皮匠，顶个诸葛亮！此话并不好笑，说的人却已经笑倒了。小皮匠还是一笑，根娣坐不住了，这句话她听得懂，转过身，斜过眼去：到底是谁臭？吃女人饭，靠女人养！这话明摆是针对爷叔，且是最犯爷叔忌的，而"臭皮匠"这句话即不是爷叔说的，也不是说根娣的。爷叔自然不饶，厉声道：眼睛看看清楚，骂谁？根娣笑起来：谁应就骂谁！爷叔一下子被套进来，急了，离开麻将桌，逼到根娣面前：你这个女人，跟谁像谁，跟了臭皮匠，嘴先就臭了！根娣从马扎上唰地站起来：谁跟谁，谁跟谁，倒是跟呀，可惜跟不上，跟个屁滚尿流！这话又是指的爷叔，且是又一件隐痛。弄堂里的事情，谁能瞒谁？爷叔赤红了脸，走近一步，威吓道：我捆你！根娣也走近一步：谁捆谁！两人头抵着头，彼此的鼻息都拂到对方脸上，根娣的眼睫毛一动一动，爷叔浑身的血都涌上头，他抬起手在根娣脸上撩了一下，指尖刚一触到根娣的脸颊，便被撞飞了，小皮匠一举胳膊：打女人算什么本事！是你老婆吗？要你管闲事！爷叔推他一把，推上去才知道小皮匠的结实，胸脯像个箍紧的铁桶。爷叔再推一把，纹丝不动，张口骂了一声娘。小皮匠也变了脸，他从缝鞋机后面走出来，一边解下身上的围裙，对了爷叔说：我本来是不打算与你计较的，现在你骂了我娘，我要不计较就是我的不孝，违背三纲五常，你要向我赔不是！爷叔哪里理会这一套，骂娘的脏话连珠炮似的吐出来，小皮匠叫了声：那就对不住了！话没落音，就在爷叔的颔下送去一拳。爷叔退了两步，站住了，稍停片刻，猛地向小皮匠扑去，这些日子一连串的失意此时全聚集成对小皮匠的愤怒。小皮匠虽然年轻血旺，可到底招架不住一个拼命的人，一时被爷叔的拳脚挫下来了。根娣就不服了，拾起马扎，两手一合，向爷叔兜头抡过去。爷叔头一让，结果击中的是小皮匠，一个眼睛顿时青了。根娣急了，头一低，撞进爷叔怀里，爷叔没站住，仰后跌坐在地，根娣照了头脸一阵搥打，把他打给小皮匠的那些全还了回去。麻将桌上的老太都躲得远远的，那个起事的人老早看不见影子了，将干系脱得一干二净。小皮匠此时冷静下来，过去将根娣扯开，说：不兴两个打一个的。爷叔坐在地上，咬牙骂：你这个小皮匠，还想不想在这里摆摊了！小皮匠回道：我在哪里摆摊，不是由你管，是由政府管！爷叔冷笑：政府认识你？管你的皮匠摊！小皮匠再回道：政府不仅管得我，也管得你，它要你们动迁，你们一日不敢耽误！小皮匠到底在上海待得有年头，深谙上海人的软肋在哪里，出语很有力度。

这天下午，麻将桌散了，小皮匠也提早收工，被根娣拉回去洗脸。根娣用冷毛巾给小皮匠敷脸上的青肿，问他疼不疼。小皮匠先是"嘶"

了一声，然后"嘻"地笑了，说爷叔这人倒有种，不像上海人，骂来骂去骂多少个回合，也动不出手去。根娣的毛巾从小皮匠的脸上移到背上，冷毛巾渐渐变温了，根娣将毛巾扔进脸盆，空出手抱住小皮匠的后肩。小皮匠一动不动，感觉到根娣软和的胸，热热的，肩窝这里滚烫的，是根娣的脸。根娣张嘴咬了咬小皮匠的肩膀，又侧过脸贴住咬出来的牙印。根娣茂盛蓬松的头发堆在小皮匠的肩和颈之间，又刺毛，又喧和，小皮匠一歪头，压住那头发。停了一会，根娣说了声：你这个小皮匠呀！小皮匠从根娣的怀抱里挣着转过身子，暗想这女人真有力气，这样，他们就脸对脸了。小皮匠看了根娣一会，说：你总是叫我小皮匠，我有名字。根娣问：什么名字？我家姓席——根娣惊奇道：有姓席的？小皮匠说："聊斋"里有一篇，说的就是一个叫"席方平"的人。根娣"哦"了一声。姓席，名字和你差一个字，叫根海。根娣就叫他一声：根海。

（五）

根娣和根海的好，热辣辣的。根娣中午端到根海跟前的那一锅饭，谁看了谁眼热。黄澄澄的鸡汤面，底下埋着对虾头、熏鱼块、鸡大腿、整鸡蛋；或者是半个蹄膀，炖得起膏，稠浓的肉汁拌米饭。根海的回报是扛米、扛纯净水、扛成箱的雪碧可乐，凡出力气的活都是他。根海在根娣家后门口洗脸，干脆脱了上衣，连上半身一起洗，根娣帮着往他背上打肥皂，搓灰。还有的时候，是根海帮根娣，晾晒衣物。竹竿是搭在对面人家的墙头和这边的水泥门槛上，有一人半高，根海就抱住根娣的腿，举起来，再往下放，根娣在他手臂中转个身，圈住颈项，落了地。这样裸露的亲昵，倒没有暧昧的意思了。人们打趣说：

一个根娣,一个根海,说不定就是亲姐姐和亲弟弟啊!现在,根海的名字被根娣叫开了,弄堂里人就都改了口。根娣说:听见吗?叫姐姐。根海说:偏要叫妹妹!根娣去掌他的嘴,掌一下,叫一声妹妹,根娣就笑。旁人到底觉着肉麻了,讪讪地走开去,他们却浑然不觉,一劲打闹着。闹过一阵,方才安静下来。

他们安静的时候委实是很安静的,彼此说说往事,认认乡亲。根海来自盐城,根娣是涟水原籍,根海说这两地其实隔得老远呢!根娣却说,反正同是江北。根海就用块划粉在地上划给她看:江苏有一多半都在江北,从上海崇明对过的启东一直顶到山东边上的徐州。根娣说,徐州不算江北,在上海,江北指的就是说他们这样话的人。什么样的话?根海问。我和你这样的话,根娣回答。你我的话也差得一大块呢!根海很好笑地说。根娣说:反正就是"这块那块"的话。根海摇头道:上海人自以为多么聪明,其实是面条饺子一锅端,连个青红皂白都分不出。根娣很大度地说:江北就江北,不过是个叫法罢了。根海又摇头:我说你糊涂呢,自己家在哪里都不知道,迟早有一天被人卖了。根娣就侧了头对着根海的眼睛:卖给你,买不买?根海说:买不起。根娣流露出失望的表情:你是看不上。根海手里的锤子一狠劲砸在鞋跟上:你家小弟要肯卖,我砸锅卖铁!提到小弟,两人就都一时的语塞。

这一段,无论小弟怎样留饭,根海也不肯留了。根娣呢,不帮着留客,反是说:随他!放根海出门去,也不顾小弟遗憾的脸色。小弟是真心留根海,他已经对这个小皮匠刮目相看,而且自觉得很对心思。越是如此诚挚,就越是让人窘迫。根娣和根海,虽然并没怎么着,充其量是在房间里抱一抱,亲个嘴。要是小弟像爷叔,横蛮有力,根海与根娣也许就横下一条心了。可小弟是孱弱的,豆芽儿般的一个人,让生计岁月折磨得见老见黄，实是不忍心。两人也很煎熬，根海三十多的年龄，身体又极好，与媳妇分离着，夜夜守个空床。根娣呢，年龄是长上去些，可也是气血两旺。而且，怎么说呢？有一回，她咬着根海的耳根说过，出租车司机，十之八九有那个毛病，就是不行！太累，缺觉，总是窝着坐，前列腺就有问题。可是，怎么行呢？小弟和根娣的结婚照就在墙上，抬眼便是。二十年前的结婚照还不像现在，人在云里雾里，又作姿作态，就不大像真人。那时候的照片清晰鲜亮，是放大的活人。根娣的眼睛睁得大大的，小弟的是细细一弯，像女人的媚——这样的人，怎么敢欺负！还有根娣和小弟的儿子，进进出出的，一语不发，身体和脸是小弟的形状，脸上的表情却不是小弟的，冷漠无情，也是不好惹的。根娣和小弟都怕儿子，根海就跟着打怵。每一次，眼看到了刀刃上，根娣的眼神都乱了，可根海还是一跺脚，撕开根娣的身子，走了。下一回，根娣说：根海，你是嫌我年纪大。根海不回答，停一会儿，伏在根娣耳边说：叫哥哥！他们的乡音里，"哥哥"这个字，发"蝈蝈"的声，叫的人和听的人都觉得销骨的缠绵。不过，两人都是过来人，晓得那难受只是一阵子，过去了还是大块大块的快乐时光。

这一天，爷叔的女人提来两男一女一共三双皮鞋，让根海换掌。下午时，爷叔他们在弄口开出麻将桌，根海一努嘴，根娣将三双换好掌的鞋甩在爷叔脚边。爷叔一边垒牌一边问：多少钱？根海说：不要钱！爷叔说：不要穷大方，赔本了买卖。根海说：自家的手艺，无本生意。爷叔便不再客气，两下里的怨仇也算是了结了。爷叔就是那类人，男人淘里来去自如，却不会在女人中间混。上海人只是一张嘴坏，心里未必真有什么成见，自打上回交手，领教到根海嘴巴和拳头的厉害，爷叔内心也对他起了些敬畏，说话行事略有顾忌。根海是知轻重的人，得理饶人，对爷叔反敬上三分。两人嘴上不说，心里却有些交上朋友的意思。接下来，就在小弟歇工的一日，根娣照例在家服侍赚钱人，等麻将桌散去，爷叔没急着回家烧饭，而是走到根海跟前，刮他一下头皮：小皮匠——爷叔坚持这么称呼，好像要守住某种立场——小皮匠，爷叔送你一句话！什么话？根海不抬头地问。兔子不吃窝边草！说罢，爷叔转身走了。走了几步，再回头看，根海也正看他，晓得他听明白了，再一转身，走了。

　　根海往鞋跟上砸钉子，一连气砸歪了两根，第三次砸肿了手指头。爷叔的话向他敲了记警钟，根海意识到这段时间是太不检点了。根娣有股子疯劲，做起事来不顾头尾，他本该直辖住她，可却跟着她一起上火。如今，弄堂里的人就看出了端倪，根海不由得感到了惭愧。下一日，根娣再到皮匠摊来，根海说话行动便收敛许多。根娣不晓得其中的奥妙，加倍地撩拨，根海只是不接茬。那边，麻将桌上，爷叔则投来会意的目光。有几回，根海与爷叔目光相遇，根海的锤子就又砸在了手指头上，心中一股怒火突然间勃勃然升起。事情就是这样，根海不能与小弟为敌，却可与爷叔做对头。爷叔越是警告他，他越是不理会。他掉转头要搭根娣的腔，可是根娣早已不高兴了，唰地立起来，噔噔地走了。爷叔做了一个释然的表情，也让根海看进眼里，更加火大。这一天，都是在郁闷中度过。根海一向平静的生活打破了，心情相当浮动，那些新鲜的刺激都是以苦闷为代价的，这时的郁闷其实也是这些日子的总和。这日，根海直到天暗得看不清活了，才收工。磨蹭地放好东西，锁好铁皮柜，心里期待着根娣的儿子此时已经回家。正如他所愿，那少年顶着一头新染的麦穗黄头发，坐在他父亲的位置上，享受母亲的服务。今天是小弟出车的日子，夜半才可回家。那孩子照例是看也不看根海一眼，根娣也没看他，他知道根娣在生气。自已走过灶间，进房间取了干净衣服换上，走出来，连通常的道别的话也没有说。

根海走出弄堂。这条弄堂很浅，没有灯，街灯就足够照明。弄内的房子是洋房的格式，有阔大的台阶，卷拱的门头，壁炉的烟囱立在屋顶的坡面上。曾经居住着上等人家，可后来却零割成无数居室，搬进无数住户。天井搭出披厦，晒台加盖阁楼，楼体变得臃肿，弄堂也嘈杂了。但是，到了夜晚，弄里的人走干净，那些赘物隐进了黑影地，还是有一股端肃的格调。弄前的马路原先是静谧的，现在，沿街的人家一半以上破墙开店，不外两类，餐饮和服装，所以，往来纷沓，车也比先前多了。根海顺了街走去，胸口十分壅塞。寂寂地走了一段，拐进一条窄巷，两边多是发廊和足浴房，垂着窗帘，灯光透过来，传达出暧昧的声气。根海忽然涌起一股想要放纵一下的欲望，那朦胧的光后面的白胳膊白腿显现在眼前，奇异地交织着，令他又生厌恶又生可怜。可是放纵的欲望是那么强烈，他心跳着，手脚都在颤抖。最后，他走进了一家重庆火锅店，要了一个麻辣锅底。这一个锅底是可供四个人涮的，现在根海一个人守着一口，周围铺满了肥牛、羊肉、猪脑、猪血，他大筷地涮下去，再捞起来，送进嘴里。烫，辣，麻，味道的香浓，还有对钱的心疼，激得他热泪盈眶。他简直像一个阔佬，他这个阔佬的钱是怎样来的啊！缝一道绽线五角钱，钻两排气眼一块钱，打一副后掌两块钱，充其量换一双鞋底，五块钱！他的小孩，没有吃过一回汉堡包和肯德基炸鸡。他实是心疼，可就是这心疼让他过瘾，满颐肥香，眼泪流了下来。在激昂的食欲中，他渐渐平静下来。一个人静静地喝着汤，感到一股颓唐的满足。根海摸空口袋里所有的钱，出了店门。

这是在菜市场里面，菜场已经收市，各种店铺却正兴隆着，地摊也摆出来了，挤挤挨挨，人声鼎沸。声音是各路的乡音，人呢，也是各路的人，一律穿着灰暗，举止鲁莽，一看便是乡人。脸色是枯黄的，但在夜市的灯光下，却也展开着笑颜。脏兮兮的小孩子奔跑追逐，受着大人们的斥骂和推搡。店铺里电视机录音机也来助兴，增添许多摇曳的声色。在这些光色的辉映下，店铺里和地摊上的杂货，也生出一种廉价的鲜艳。根海神志恍惚，在地摊间插着脚，终于从这个喧哗的尘世中走出来。接下来的路是在漆黑中行走，那是一片空地，人家已经迁走，房屋也拆除，开发商却断了资金，就搁置下来，变成一个垃圾场。在空地的边缘，远远地，留有一排房屋，应是原先的弄底。窗户里的灯光，微弱地投到空地，转眼又被吞没了。根海痛快地出着汗，出汗的身体在夜晚的空气里是凉爽的。他头脑是清明的，却控制不住身体，走得飞快，想慢也慢不下来，就听见风在耳边呼呼地响。他走入他居住的那一片棚户，从乘凉的人们中间穿行过去，有人喊他，好像从很远处传来。他没有听见，听见了也不回答，直走到门口，忽然一个趔趄，站住了。门口一张竹椅上，坐着根娣。

　　根娣已经来了很久，坐在邻居给的竹椅上，看谁家接到门外的电视里的连续剧，见根海回来，站了起来，身姿怯怯的。根娣很少有这种表情，看起来让人生怜。楼下卖炒货的河南人还没回来，门关着，楼道很黑，根海摸灯绳摸了半天。黑暗里，听得见根娣的鼻息声，很柔软地掀动着空气。摸到灯绳，拉亮了电灯，两人的影子陡地跳在木扶梯边的墙上。他们一前一后地走在逼仄的木扶梯上，根海又摸钥匙开阁楼的门，推了进去。

　　根娣打量着这间素净的小屋，她没想到一个男人也那么会收拾，东西归置得十分齐整。床上的草席，草席下垂着的床单，还有枕头，毛巾被，都是干净平整的。地板拖白了，立了一架风扇，靠墙的三屉桌上有电饭煲、电炒锅、电水壶，显然都是旧东西，这里那里留下疤痕，但也擦拭得锃亮。一个淘箩里盛着些毛豆，是根海的晚饭菜，今天他在外面已经吃过了。这就是孤身在外，男人清寂的禁欲的生活。此时，走进了女人的热烘烘的身体。根娣手里提着一茶缸绿豆百合汤，还温热着。根海接过来，浸在脸盆的凉水里，说：这是我的冰箱。根娣说：你还缺一个电视机，显然还牵挂着方才看的连续剧。根海就把窗户打开，说：电视机在这里。窗一打开，对面窗户里的情景扑面而来，电灯光下，又是一桌麻将，几乎看得见他们的牌。静静看了一会儿，根海将窗户关上，两人自然拥在一起。两个汗津津的身子，彼此听得见心跳。这一回，根海眼前浮起的不是小弟的脸，而是爷叔那张表情有些凶悍的脸。他将根娣推在床边，两人一起倒下去。

就这样，堤坝决口，一泻千里。正是夏收和秋种季节，乡里人忙着地里的营生，没有人上来看根海，根海就是个自由人。小弟做一日歇一日，根娣就一日隔一日地过来。这一片将拆未拆的旧屋，大多是租住的外乡人，流动性极大，彼此都不认识，都是生面孔，所以并没有人注意根娣的造访。根娣总是在根海回住处一小时后来到，此时根海已经吃过饭，擦了身。天还没有全黑，屋里有昏暗的光，然后渐渐沉下去，沉到底。两人一身热汗，身下的草席都溻湿了，风扇的叶片咯啷啷地响，每一转头，就更激烈地咯啷一声，却没有多少凉意，干脆就关了。喘息着，听外面传进来的人声。有时热极了，事毕后开了窗，睡在黑洞洞的床上，看对面窗户里的人。看一会儿，根海踅过去掩上窗，根娣就穿衣服回家了。楼下河南人已经回来，隔了削薄的板壁，有嗡嗡的说话声。他们不敢开过道的灯，就着阁楼里的一方光亮，蹑着手脚下楼，出得门去。一阵凉风拂来，方才发觉夜的凉爽。不知什么时候，已入秋。歇凉的人大半进了屋。哪面墙脚下，有蟋蟀的嚁嚯声。

　　根娣从崎岖的巷道里走过,两边是低矮的房屋。月亮当头,就好像照耀着一片瓦砾堆。根娣有一阵子迷糊,似乎这地方曾经来过,其实就是她自小生活的地方。不过,却是圮颓的。门窗歪斜,墙壁开裂,地是坑洼的,不小心就要别了脚,窗户里的小姑娘也变成了妇人。热汗让风吹凉了,通体舒泰,根娣一身轻松。她和根海都是肉欲强的男女,再加上有情义,这人生的际遇给了两人莫大的欢喜。两人都是跃然的,眼睛放出光来。因为有了夜晚的肉体的亲昵,白日里倒是恬淡的。饭食里的热情息止下来,回到过去根海带什么,根娣就热什么送什么。不是为掩人耳目,而是有着更大的满足。小弟遭了几回拒绝,不再做奋力的邀请,渐渐也忘了这档子事。爷叔呢,自以为警告生效,也放松了警觉和注意。然而,平淡底下的狂热,白日里想起来,简直能尖叫出声,叫什么?叫哥哥。好哥哥,亲哥哥,热和和的哥哥!乡音里的"哥哥",把人的肠子都要揉碎了。

　　在这热火朝天的时候,根海与家乡的联系从未中断过。庄稼收了,又种了;院里栽了一棵杉树,又补了一棵枣树;父母亲略有小恙,又不治而愈;大孩子开学了,又要放国庆长假——这一个消息让根海惊了一下,长假里,学校组织学生来上海参观东方明珠,可是临时又改变计划,去了南京参观中山陵。于是松下一口气,事情又继续下去。有一日,根海与根娣完事后,开门下楼去。根海手里端着一盆洗涮的水,走在后面,根娣空手走在前面。两人的步态里都带有着欲望满足的慵懒,踢踢着脚,踩得木扶梯空空响。他们这些日子沉湎于极度的快感之中,有些不顾所以了。楼下的河南人开出门来,先看着根娣的背影,继而又看根海,其中一个笑着点了下头,十分会意的样子,这会意里有一种猥亵。根海明白,他们是将根娣当成了那种女人。就是他们有时候带到住处来的那种女人，也就是在那条暧昧的街上，发廊和足浴房的门后面，有着缠绕的石灰色的手臂和腿的女人。

就在第二日，根海回到住处，正烧晚饭，河南人来敲他的门，邀他下去喝酒。他们已经很久没有发出这样的邀请，可是现在又来了。根海拒绝了，河南人又邀了一会儿，还用手来拉他的胳膊。根海突然就发火了，将胳膊使劲一抽，劲过大了，几乎将河南人抡倒。根海克制住情绪，努力笑着，解释说，今天累了，他要早睡，改天他请他们喝。河南人悻悻地下楼去了，根海身上微微起着颤，心跳得又轻又快。他一个人吃过晚饭，洗了碗筷，在面前放上一本不知什么书。他好久没有读书了，书上的字令他感到生分。今晚小弟在家，根娣不会来，可屋子里全是根娣的气息，烘热的，柔软的，熟透的，经过了生育非但没有萎缩，而是更加丰饶的气息。夜里，根海和老家的媳妇打了电话，媳妇显然已经睡了，梦中被唤醒，懵懵懂懂的，说话含混，就像一个小孩子。根海要她带小孩子来上海，媳妇说大孩子要上学，根海说请两天假，接着就是双休日。媳妇说，明天要去和学校的先生商量，也不晓得准不准假。根海就说，要快，快来！媳妇这时清醒了，说你急什么，火要上房似的。这一头根海的眼泪下来了，嘎着嗓子说：我想你们了。媳妇从来没听过男人说这样的话，默了一会儿，说：好的。

第二天，根海没去弄口摆摊，许多老主顾来送活，都失望地走了。还有些是来取前日送来的活，也失望地走了。根娣往弄口去了几回，没看到根海的人，心中狐疑，想去他的住处，到底没敢贸然，不晓得他是怎么了。再过一天，根海来了，跟他一起来的，是他的两个女儿。他们都不曾想到，根海的孩子是女儿，而且，是两个粉白粉白的女儿，想来是像她们的母亲。两个小姑娘，被阳光照成透明似的，因为来上海，还因为来看爸爸，身上就穿着新衣服。大孩子已经读书，坐在马扎上读一本英语课本,声音琅琅的,一点儿不怯场。小的就在弄口跑来跑去地看,什么都觉新鲜。她很大胆地跑到麻将桌边,看爷叔的牌,爷叔用点着的香烟头吓唬她,她一笑,躲开了,过一会,再蹑了手脚过来。爷叔问根海昨天到哪里去了,根海说街道召集他们这些操路边营生的人开会,将他们编进治安联防队,要负起保卫城市的责任。果然,根海的臂上多了一个红袖章,上面写着"联防"两个字。爷叔又说,这两个捣蛋鬼在上海玩多久。根海说,大的要读书,过了双休日,就让一个同乡人带回家,小的和她娘就住一段,家里也没什么事。说话时,根娣一直在边上站着,一声不出,站一会儿,返身走了。

2007 年 11 月 23 日 上海

选自《收获》2008 年第 1 期

鞋 匠

叶炜

在这座城市的市中心有一个天字号大酒店,这家酒店算不上这座城市最好的那个档次,如果以星级来衡量的话,它只有两颗星。但大酒店很有些名气,天字号打的招牌是特色土菜,这年头有钱人都吃腻了大鱼大肉,都想来一点土的,所以天字号的生意特别好。

本文主人公王小就在这家大酒店旁边擦鞋,因为靠着天字号,他每天的活计也多。他因此对这家酒店特别有感情,虽然他一次也没有进去过,更没有尝过土菜的滋味,但他很感激天字号给他带来的好生意。

王小身世很悲惨,不然他也不会做擦鞋这个被许多城里人看不上的下等活。他十三岁那年父母先后病故,举目无亲的他从小穷山沟流落到这个城市。城市的光怪陆离曾让他找不着东西南北,他想在这个找不着北的城市找一份能糊口的工作,他卖过报纸,在小酒店打过小工。后来发现擦鞋的生意不错,而且成本又低,技术要求也不高,他就擦起了皮鞋。王小干活很卖力,擦皮鞋的技术越来越好。一晃十年的时光就过去了,王小也渐渐有了些积蓄。

　　有了些积蓄的王小想讨个女人,从小山村里出来的时候他还是个不谙世事的孩子,如今他已经是一个年富力强的小伙子了,身体也有了那方面的需要。几乎所有的城市都不缺少娼妓,王小也碰到过拉客的妓女,他差点儿就去体验生活了。后来想到自己赚钱的辛苦,咬咬牙就算了。王小舍不得让辛辛苦苦赚来的钱一家伙就没了,他想找个正经女人,他知道自己条件不好,他小时候得过小儿麻痹症,背驼腰弯,所以对女人的要求不能太高。即便是低要求,对于王小来说还是有难度的。他住的地方是一个棚户区不说,他只有一间低矮的锈迹斑斑的小平房,这样的条件要在城市里讨女人很难。那些和王小一样住在棚户区的人有许多早就放弃了讨女人的想法,他们知道,自己能在这个城市活下去就很不错了。

　　住在棚户区的人最怕冬天,风大天冷,如碰上雪天,就只有挨冻的份儿了。小城的冬天来得又似乎特别早,王小记忆中小山沟里的冬天好像没有几天,也许那是因为有爹娘呵护的缘故吧。王小每次在梦中看见爹娘,都哭得一塌糊涂。

　　冬天的时候,王小出摊的时间比平时要晚得多,那些城里人比他还要怕冷,出来得很晚。擦皮鞋生意最好的时间是春秋季。冬天生意惨淡,聊胜于无。但王小坚持每天出摊,擦一个算一个。

　　这天风特别大,王小不得不把摊子挪到酒店的拐角处,那里避风。没有生意,王小就打起了瞌睡,迷糊中忽然听到砰的一声响,睁开眼睛看去,眼前躺着一个穿着破破烂烂披头散发的人。王小吓了一跳,赶紧靠上去,那个人大睁着眼,看着王小,有气无力地说着饿饿饿

风雪回家路

……是个女人。王小知道碰到叫花子了,这样的天,她肯定是又饿又冷,才晕倒在地的。王小什么也没说,到旁边烧饼摊上买了两个大烧饼,给女叫花子吃了。她的吃相很吓人,几乎不是在咬,像老虎一样在撕。她饿坏了。

两个烧饼下肚,女人气色看上去好多了。王小让她坐在擦鞋的小马扎上。女人的眼泪一颗一颗往下掉。她告诉王小,自己是从一个小山沟里逃出来的,因为丈夫经常下毒手拿她出气,折磨得受不了了,只好逃出来,一路讨饭讨到这个城市。王小第一次听到这种事情,不知道说什么,只好对女人说,你没被人贩子拐走就算运气好!女人脸红红的,说我这样的,人贩子也看不上。王小就不说话了。他偷偷观察女人,女人脸上虽然抹得脏兮兮的,仍能看出一些清秀的模样。她年龄不大,如果换上得体的衣服,是个中看的女人。

王小问女人下一步打算怎么办。女人摇摇头,小声哭起来。王小抬头看看天,天空很混浊,风越来越大,出入饭店的人越来越少,看样子很难有生意做了。他仿佛下了很大的决心,对女人说,你要是没有地方可去,又信得过我,就跟我走吧。女人认真地看了王小半天,使劲点点头。

王小收拾收拾东西,领着女人回到了棚户区小屋。棚户区住了不少像王小这样的人,有单身收破烂的,也有拖家带口的叫花子。有几个平时要好的穷哥们看到王小今天带了个穿得破破烂烂的女人回来,都有些好奇,站在那里看。有一个和王小打招呼说,千万想好了啊王小。王小似笑非笑地直点头。这话的意思王小明白,大家都是一顿饱一顿饥的,一般都不愿添张嘴吃饭,这是在提醒他呢。王小心里有数,再说他也不知道女人是能留多久,他现在一门心思想帮她。

女人到王小屋里左看看右看看,坐立不安。王小问她怎么了。女人说你让我做点什么吧,我想收拾收拾。王小以为女人要收拾屋子,心里很高兴,都说女人勤快,果然不假。女人见王小不作声,又说了句:家里有热水没?王小这才明白过来,女人是想洗洗。他赶忙出去弄了两瓶热水,回来看见女人正用破床单在屋中间扯帘子。他脸色发烫,放下热水瓶说:我出去溜达溜达。刚迈出一只脚,女人叫住了他,说外面怪冷的,你留下吧,我在帘子里边擦洗一下,我知道你是好人,我不怕。女人说完笑了一下。王小就蹲在门口了,边吸烟边支起耳朵捕捉水泼在女人身体的声音。

女人洗好了,撤下了被单。王小再看女人的时候,有点不敢相信自己的眼睛,这是一个多么美的女人!白白净净的脸蛋,垂到腰部的长发,与刚才那个邋遢的女人简直判若两人。王小不敢看了。女人也有些害羞,自顾自地收拾起屋子来。

王小看看天要黑下来了,掂量掂量口袋中的硬币,到不远处的小吃店里买了一大碗水饺,端到女人跟前。女人看看王小,又看看冒着热气的一大碗水饺,忍不住哭起来。王小说快吃吧,别凉了。女人这才狼吞虎咽起来。吃了一半,又拨给王小。王小又拨给她。她又拨给王小。王小就吃了。

王小屋里就一张床,一床褥子一床被,王小不知道怎么睡。想了半天,就把褥子抽了出来,要打地铺。女人看着他忙碌,脸红红地说,咱们睡一起吧。她的声音很小,但在王小听来,却不啻于久旱的天空滚过的春雷。他有些不相信,看着女人。女人说:我相信你。

女人脱去了破烂的衣衫,王小和衣而卧。王小看到了女人有些破烂的红肚兜,心潮起伏。

两个人沉默了半天,各自听着对方的喘息。

女人先开口问王小的身世,王小就把自己的不幸和现在的情况大致说了。女人问他有没有过可心的女人。王小沉默，说没有哪个女人会看上我。王小问女人的情况，女人把白天的话重复了一遍。王小问她还想回山沟里去吗？女人说打死也不回去了，那个男人不是人，是畜生。女人沉默了一会儿，问王小，你看我好不好看？王小说好看。女人听了咯咯笑起来，笑完了又哭，哭完了说，俺本来比现在还要好看，让那个畜生糟蹋得不成样子了，俺的两只耳朵被那个畜生咬残废了！王小不敢相信，心里说没看见女人耳朵有问题啊。女人拉过王小的手，放在自己的耳后，果然，那里只有半个耳朵，先前被头发遮住了，看不到。王小心疼女人的遭遇，想说几句暖心话，又不知道怎么说好，只好沉默。

女人把王小的手从耳后慢慢挪到胸前，声音颤抖地问他：你嫌俺吗？王小说不嫌，你挺好看的。女人就笑，说你要是不嫌俺就替俺把肚兜脱了……

……

王小在那张小床上体验了女人的温柔。

那天，女人身子底下开了好多梅花。

女人告诉王小，自己的名字叫桂花。

女人桂花从此成了王小的女人。后来，女人怀上王小孩子的那些日子，总是忘不了埋怨他：你连人家名字都不问，就把人家弄了，真是的。王小只是傻笑。

有了女人的王小干活更卖力气了。他想尽可能地多挣钱，让桂花吃得胖胖的，好给他生个大胖小子。他比以前出摊更早，回来更晚了。有了女人的王小感觉自己很幸福，他对自己的生活很满意，虽然住的地方太小，但有了女人以后，小屋被桂花收拾得井井有条，也像个家的样子了。王小和桂花合计过，等再多赚点钱，就想办法再盖两间房，那样就宽敞多了。王小打算在孩子出生以前实现他和桂花的这个愿望。

桂花提出要和王小一起出摊擦皮鞋,桂花说两个人赚钱总比一个人多。王小坚决不同意,对桂花说你怀孕了,擦鞋不方便。桂花坚持。王小答应等桂花把孩子生下来。桂花便天天盼望着肚子里的孩子快点长大。

仿佛一夜间就春暖花开了。王小的生意也渐渐开始好起来。王小出摊的时候,桂花就在太阳底下给肚子里的孩子缝制小衣裳。日子就这样水一样地流着,虽然没有什么轰轰烈烈,却也是有滋有味。

王小有两个好朋友,两个人和王小年纪差不多,住的地方离王小不远,平时靠收破烂为生。王小有了女人桂花以后,这两个光棍常常等王小收摊时到家里来坐坐。每次他俩都待上一会儿,在和王小说话的同时细细地盯着桂花身子看。桂花被他们看得不舒服,偷偷对王小说以后别让他俩来了。王小不以为然,说我们从前都是好朋友,不能断交情。桂花见王小固执,也就不再说什么。

事实证明,桂花的警惕是很必要的。王小的粗心终于导致了那场惨剧的发生。那天,王小生意特别好,收摊比平时晚了许多。等他身心疲惫地回到棚户区,看见一群人围在自己的小屋前。他头脑发胀,跑过去一看,差点儿晕过去。只见桂花面色苍白地躺在床上,下身一摊黑褐色的鲜血。王小疯了一样抱着桂花,大声呼喊着:桂花你怎么了,你怎么了桂花?桂花有气无力地睁开眼睛,语无伦次地说我们的孩子……那两个畜生……

王小明白了。他看看周围,眼睛里充满了怒火,却找不到发泄的对象。两个糟蹋桂花的畜生早跑得无影无踪了。

桂花小产后身体异常虚弱。王小痛恨自己一时大意,酿成如此恶果。桂花口口声声说对不起王小,对不起孩子,天天哭得泪人一般。

王小安慰桂花不要难过，孩子以后还可以再要，身子骨要紧。桂花问王小，我被两个畜生糟蹋了你会不会嫌弃我？王小摇头说不会，这不怨你，如果有一天再让我看到两个畜生，我一定会报仇雪恨。两个人抱头痛哭。

从此以后，王小出摊的时候就让桂花跟着，寸步不离。有生意的时候，桂花帮王小递个鞋油什么的，没生意的时候就陪王小说话。这日子也渐渐过得顺溜了。让王小高兴的是，半年以后，桂花又怀上了。

十个月后，孩子降生了。桂花生的时候，王小想去附近诊所叫个医生，桂花不让。孩子顺顺当当生下来了，是个男孩，母子平安。王小别提有多高兴了。

桂花奶水充足，孩子又能吃，长得也快。日子过得飞快，转眼间孩子都会下地走路了。王小给孩子起了个名字叫王小小，桂花说这个名字好，好记。王小小从小就懂事，不闹。孩子给王小带来希望了同时，也加重了生活的担子。王小不得不更加早出晚归，尽管这样，日子还是过得紧紧巴巴。孩子稍为大一点的时候，桂花也背起了擦鞋口袋，背着孩子和王小一起出摊了。

两个人都有了收入，日子好过一点。王小小三岁那年，他们终于实现了盖两间房的愿望，住得也比以前宽敞了。穷人的孩子早当家，王小小五岁的时候，就知道帮着王小和桂花招呼客人，有时候还学着桂花的样子给客人擦鞋。

一家人的日子有了眉目，王小小也到了该上学的年龄了。王小带着孩子走了好几家小学校，都不愿意接收王小小入学。转了好几天，终于在离棚户区很远的地方找到一家打工子弟小学，让孩子上了一年级。为了让王小小和其他孩子一样，能够坐上学校班车，桂花和王小不得不卖力地擦鞋。王小算过，孩子一年坐班车的钱，正好需要他们擦一千双皮鞋。好在孩子体贴父母，从来不乱花一分钱。不上学的时候，王小小就帮着桂花干活，时间久了，孩子的擦鞋功夫竟然有板有眼。两口子看到孩子认真给客人擦鞋的样子，心中总是会泛上阵阵酸楚。

繁华的都市像磁石一样吸引着乡下人，来城里打工的人从四面八方涌向城市，城市的人口一天比一天多。大街上到处都是人潮涌动，王小发现连叫花子都比从前多了几倍。

尽管王小的技术很好，来擦鞋的人却越来越少了。起初王小以为是偶然的原因，后来才知道天字号大酒店新进了一台自动擦鞋机，客人都免费在那里擦了。眼看着这生意越来越淡，两口子一天也擦不上几双鞋，日子变得日益严峻起来。

不久，这座城市几乎所有的公共场所都安放了这种机器。王小睁大了恐惧的眼睛看着大街上行色匆匆的人群，看着他们脚底下穿着的锃亮锃亮的皮鞋。擦鞋机在城市里蔓延，再也不需要他这样的擦鞋工了。

正当王小和桂花几乎快要绝望时，生意突然间又好了起来。原来擦鞋的那些顾客又重新坐到了小马扎上，王小听到他们议论说最近的擦鞋机不知道怎么了，说坏就坏了。王小听了这话心里别提多高兴了，尤其是天字号大酒店的擦鞋机也坏掉以后，王小和桂花的生意很快又恢复了以前的红火。

可是好景不长，随着自动擦鞋机的修复，王小的生意又重新暗淡下来。

奇怪的是，过了不久，那些刚修好的擦鞋机又坏了。这样反复了好几次，擦鞋机破坏的问题终于引起了警察的注意。他们在有擦鞋机的地方安放了监视器。

那天,王小和桂花正埋头忙着给客人擦皮鞋,两个警察向他们走过来,询问他俩是不是王小小的父母。

王小和桂花目瞪口呆地看着警察,仿佛明白了什么。

选自《雨花》2014年第11期

为马正确做圆场

庞余亮

那天,坐在床上的母亲正低声诉说嫂子的种种不是,忽然,她住了口,还对我做了不能说话的手势。我正诧异呢,门外就传来了马家庄小姑的大嗓门,还有嫂子故作热情的问候。母亲对我使了个眼神,我连忙把带给母亲的西洋参塞到被褥下面了。母亲收起身子,侧着耳,天知道她的耳朵怎么这样尖,这使我对我过去的判断打了问号。本来母亲总是说嫂子的坏话,我认为有些是事实,有些根本就不是事实,只是母亲的主观猜测,看来不是呢。我曾想调解母亲和嫂子的关系,但我这个小姑子搅和进去,会把事件越搅越乱的。母亲也不同意我搅和进来,她怕老实巴交的哥哥成了夹在风箱中的老鼠。我要母亲到我家,母亲死活不同意。我只好一星期回家一趟,在嫂子布满地雷的言语中走进母亲的房间,听嘴碎的母亲把积攒了一星期破抹布似的琐事统统塞到我心里。后来,我就染上"回娘家综合征"了——我男人王平的命名。王平说他是"回娘家综合征"最直接受害者。

外面还有男人说话声,不像是小姑父,小姑父在小姑说话的时候从来不敢插话。母亲小声说,马文炳啊。我不明白。母亲笑了,就是你说的那个马文才。我明白了,原来是马正确的父亲马文炳。在我的心中,马文炳就是马文才,娶了祝英台的马家马文才。谁叫小姑硬要把晓琴嫁到马家去了呢。

对于晓琴的婚事,母亲总是说,你老子太傻了,把我们刘家的老实丫头做了小姑的陪葬。其实也不能全怪父亲,小姑来给晓琴保媒时,父亲是开了家庭会议的,征求母亲的意见。母亲说,这是你们刘家的事,要我这个外人管干什么?父亲不解地说,晓琴可是在你身边长大的,也是你丫头呢,你怎么能说不管就不管了呢?母亲轻轻说,谁是一家之主啊?父亲不说话了,他的确是一家之主呢,当年搞水上运输的伯父和伯母在长江里翻船,没有丫头的小姑想把八岁的晓琴带到马家庄去,因为父亲的一句话,晓琴就留在我家里了。父亲对小姑说,你再什么也不行,我们刘家的人怎么可以给马家养呢?可小姑的心事大,过了十五年,她还是把晓琴嫁给马家庄的马正确了。

嫂子进来了,笑眯眯地喊,妈,小姑来了。我叫了一声嫂子,她像没有听见似的,转身走了。母亲努了努嘴,一脸的不平。我赶紧出去,叫了一声小姑,也叫了声马叔。嫂子能装,我也能装呢。

小姑没问我为什么在家,眼睛只顾盯着我身后。而马文炳呢,对着我既点头又哈腰,还依着他孙子的名义叫了我晓月姨。我对着马文炳看,猜着他们的来意。春节的时候,晓琴跟我说过他们家要过"八十八"呢,晓琴说马正确和她和马森三个人今年的年龄加起来正好八十八岁,到时候要请我们全家去。可现在看上去不像,马正确家要过一百岁不至于动到小姑来请我们吧。我又看看小姑,小姑依旧看着母亲的房间。我晓得母亲要等一会儿，这是母亲的脾气，母亲要收拾一下，还有，嫂子在小姑子面前总是要摆足架子的。

母亲出来了，小姑赶紧迎上去，马文炳也跟着迎上去，像是迎接大首脑似的。母亲大声和小姑子打招呼，还叫嫂子准备午饭。小姑忙对我嫂子摆手，意思说不要客气，还有事，午饭就不必了。

嫂子也许不想忙午饭，口头上应了母亲，脚却没有挪。母亲没有再坚持，问候起了马文炳，问亲家公怎么有空来了。马文炳支支吾吾的，眼睛盯着小姑。母亲不看小姑，依旧问，宝宝呢？提到孙子马森，马文炳脸上的皱纹堆得更多了，小森要做作业呢。

母亲不说话了，看着小姑。小姑捅了捅马文炳。马文炳脸上露出了为难的表情。小姑说，老马你说。马文炳似乎要哭了。小姑说，你生的好儿子你为什么不开口？马文炳看了看小姑，又看了看母亲，吼起来，畜生啊畜生，我要去杀了这个狗日的！

马文炳吼完了就往外冲，被母亲和嫂子拉住了。也不知道马正确是什么事件把他气成了那样，马文炳脖子青筋直暴，嘴唇哆嗦，手还在空中乱挥，仿佛已用刀把马正确杀了。

母亲冷冷地看着，当初她就不同意这个婚事，可父亲答应小姑了，小姑又答应马文炳了。父亲的理由是，答应好的事怎么好改变呢。母亲对这个事耿耿于怀，直到父亲去世，母亲才不唠叨这件事。再说，马正确后来混得的确不错，凭着马文炳传给他的厨艺，在无锡一家饭店站稳了脚跟，还把晓琴都接到无锡拿工资去了。现在，马正确做了什么错事了呢？

姑，马正确到底做了什么事啊？我忍不住问，是不是有了新相好的了？

相好？小姑说，真是不学好，去找小姐打炮！这好了，把家都打散了!

打炮!我被小姑这么赤裸裸的话搞得很不好意思,嫂子则暗暗地笑。马文炳呢,听到小姑把这件事说出来了,长号了一声,跺着脚,畜生啊,他好日子不过呢,我的老脸都被他丢光了啊!

母亲不看小姑,也不看马文炳,脸色和往常一样平静,她对嫂子说,国栋他妈,你和晓月去烧点鸡蛋茶。

嫂子不好不去厨房了,我想跟过去,嫂子坚决不同意,说是灶上脏呢。我只好继续坐在堂屋里听马文炳诉说他的后悔史,马文炳甚至说到了早知道现在还不如当初马正确刚刚生下来就把他掐死,不掐死也把他扔到马桶里淹死。

嫂子的手脚很快,三碗鸡蛋茶忙好了,第三碗是我的。我说我肚子不饿,嫂子说,晓月是嫌我手艺差啊。我晓得嫂子是在将我的军,赶紧把鸡蛋茶接过来,闷头就吃,满口的鸡屎臭,实在难咽下去,我抬头看小姑,小姑吃得很香,她一边吃还一边跟母亲说她这次来,是和马文炳一起来向母亲求救的。小姑说男人都是吃腥的猫。小姑说马正确已经晓得自己错了。小姑说晓琴犟得很,根本就不听劝。小姑说她一定要离婚……

母亲根本就没有在听小姑说话,而是盯着低头吃鸡蛋茶的马文炳。马文炳本来正一门心思吃鸡蛋茶,猛发现母亲正要他表态,马文炳含糊地叫了一声,亲……家母,一口鸡蛋就哽在了喉咙里。马文炳的脸涨得通红。

小姑凑过来,说,嫂子,老马的意思……

母亲冷了脸,问小姑,你姓马还是姓刘?

小姑哑口了,母亲的意思很明显,此事姓刘的一点没有错,明显就是姓马的过错，你这个姓刘的怎么把事件搞反了？

吃了母亲的一根软钉子，小姑不敢说话了。好在马文炳还是结结巴巴地把事件说清楚了，马正确不学好，做了下作事，被晓琴晓得了。马正确向晓琴检讨认错，对天赌咒发誓，说就一次，下次再也不敢了。晓琴根本不听，说一次就是十次，十次就是一百次，赌咒发誓也没有用。马正确问怎么办。晓琴说离婚，坚决离婚。马正确的老板要马正确和晓琴先回家一趟，也许在看到老人和孩子的面子上就会和好了。偏偏晓琴不回家，她说她不要家，也不要小孩，自己就在无锡混，哪怕是捡垃圾。

那你什么态度？母亲问说得满头大汗的马文炳。

我去杀了这个畜生！马文炳似乎只剩下杀人一件事了。

老马，你不要激动嘛，你请我嫂子拿主意嘛。小姑笑着给了母亲一顶高帽子。

我能拿什么主意？母亲说，当初是谁说他们般配的啊？

母亲显然还在记小姑给晓琴做媒的仇，当初是母亲把晓琴抚养大了，马家庄的小姑凭什么下山摘桃子？当初小姑口口声声说晓琴和马正确般配呢。过了门就当家享福。母亲却看不上马正确，说他蔫坏。小姑说马正确心巧呢，跟在他老子后面去帮过几天厨就能独立掌勺了。母亲后来总是对我说，女人不能嘴馋啊，要不是你小姑嘴馋，想吃那个马文才烧的菜，晓琴哪里会轮到那个大鼻子马正确？

小姑依旧笑着说，嫂子啊，晓琴从小就听你的话，老马是……想请你出山，去城里做圆场呢。小姑终于说出了她和马文炳的来意了。

晓琴又不是小孩子，再说，我去也不一定有用，还有，无锡要过江，江水像煮粥锅样呢。母亲的口气缓和多了。

嫂子提醒说，现在过江就几分钟，有长江大桥呢。

对，长江大桥，长江大桥！马文炳说得更理直气壮，似乎长江大桥就是他马文炳刚刚造好的。

父亲在世的时候，我们家大事小事都要开家庭会议。父亲去世后，我们家没有再开过家庭会议。此次因为晓琴要离婚的事又要开家庭会议了，主持人换成了母亲，还多了一个旁听者马文炳。

哥哥也被马文炳从养猪场请了回来，哥哥并不因为马文炳用摩托车把他接回来就承他的情，他第一个发言，噼里啪啦都把马正确骂了一通，用了最多的词语是猪。哥哥很愤怒，嫂子阻止了几次都没有阻止住。马文炳态度却很好，不仅承认马正确是猪，而且是该杀该剐的猪。杀了剐了喂狗都不吃的猪。面对马文炳的自贱，哥哥说不下去了，赌气地说，我不管了！

小姑怕场面就这样僵下去，赶紧对母亲说，嫂子，你说我们不管谁去管呢。

母亲说，管？！当初我就不同意这个亲事，你非说他好，非说般配，这好了吧，都配到小姐身上去了。

小姑被母亲的话呛住了，解释说，我哪里晓得马正确……是林彪。

母亲说，我们不是为了马正确，也不是为了刘晓琴，而是为了小马森。

马文炳说，对对对，头点得像鸡啄米样。

母亲的话规定了家庭会议的主题，马正确这个家不能散，而家能不能散关键在晓琴。晓琴坚决不回来，那只有派人去做圆场。做圆场的核心工作是晓琴。哥哥不想去，嫂子也不让他去，去了就得扣工资。马文炳倒是想去，没等母亲表态，小姑就说老马你不能去，你去了，事件不会更好，只会更糟。马文炳嗳嗫了几声，抱着头，像是在和自己打架。

嫂子太殷勤了，来回添水，脸上保持着一个宾馆服务员的笑容。我晓得嫂子的意思，她想去无锡，反正这次去都是马正确那个家伙买单，有得吃，有得玩，回来还会有礼品。我冷冷地看着她，嫂子能去，我也要去，母亲快七十的人了，我要去照顾她。母亲在家里，嫂子就这个样子不孝顺，到了路上，到了无锡，她哪里还有心服侍母亲呢。指望晓琴是不可能的。再说了，小姑也需要人照顾，就让嫂子照顾小姑，我照顾母亲。我把去无锡的人员在心里安排了一下，也瞅了空，站起来为大家添水，也给马文炳添了水。

谁知母亲不要我去，也不要嫂子去，去无锡给马正确做圆场的就两个人：她和小姑。马文炳第一个站出来不同意，说怎么好意思呢，让两位奶奶去辛苦……

母亲说，有什么不好意思的，现在还要脸吗？要脸我们就不去了。母亲说得很坚决，和以前的父亲一样呢。

小姑怕母亲有反复，赶紧说，老马，你一家人说两家话干什么呢？我嫂子在家忙着呢，现在她为你们马家去无锡，你以后有空过来帮帮忙嘛。

母亲说，你别瞎说了，我本来就是闲人呢，老马你关键的关键是带好小马森，千万不要再出什么纰漏了。

马文炳又是点头，嫂子一脸冰霜，像是马文炳刚刚借走了她家一百万。

马文炳是个聪明人，他在临回马家庄之前，硬是塞给嫂子二百块钱，说是来得匆忙，没有来得及给国栋买可乐，就让嫂子代他买。国栋是我侄子，一个小胖子，最喜欢喝可乐。嫂子客气了一番，收下了，还骄傲地睥了我一眼。

风雪回家路

去车站的人不多,这也是母亲决定的,她怕人多嘴杂。母亲说了,晓琴是刘家的丫头,马正确是刘家的女婿,怎么说也是刘家的事。本来马文炳想包一辆出租车,把母亲和小姑直接送到无锡,被母亲否定了,说是太贵了,一开口就要一千块,杀人啊。我也不同意,倒不是怕马文炳出血,而是怕安全问题。

母亲上了直达无锡的车,可我还是担心。母亲从来没有出过远门呢。好在小姑出过门,不过那也是十几年前了,她去上海看病,是坐船去的。坐船的经验可比不得坐车呢。好在开无锡的直达车的司机是王平的学生,他叫了我一声师母。我就扛着这块师母的牌子叫他照顾好两位老太太。那司机把我母亲安排在靠窗的位置上,过了一会儿,母亲让给了小姑,还说她不喜欢靠窗位置。我晓得母亲说的是假话,在家她和小姑斗,可一出门,她就开始照顾小姑了。母亲真不简单呢,难怪父亲生前说过,虽说你们妈妈不识字,可你们不要小瞧她。

母亲和小姑出发之后,我还是不放心,又和马正确通了电话。前一天晚上我已和他通了电话,把我的手机号、王平的手机号全给了马正确。我对马正确重复了一遍我的命令,母亲一到无锡就打电话给我。每天得让母亲和我通一次电话。我说,马正确,你别舍不得电话费,否则姑奶奶我对你不客气。马正确全答应了。我似乎看到了他连连点头的样子。人啊,真是犯贱,多好的日子,马正确是大厨,一个月就是三千块。晓琴是帮厨,一个月一千块。两个人吃住都不要钱,也就是净赚四千块。四千块把马正确吹成了一只气球,不晓得深浅了。

回到家,我还是坐不下来,像一只热锅上的蚂蚁。王平晓得我的"回娘家综合征"又犯了,赶紧把我女儿带到外面去了。剩下我一个人在家,更是无聊。打开电视,快速搜了一遍,所有的节目都被我枪毙了。关上电视,我去洗衣服,洗了一半,还是丢下了。我很后悔我为什么不跟着去,把两位老太太送到无锡我再赶回来也行啊。我在后悔之中又打了马正确的电话,问他现在什么地方。他说他正在往车站赶,我说你为什么还不去车站,万一她们到了走散了怎么办?马正确被我的话吓住了,连说不会吧不会吧。我说有什么不会,你晓得不晓得她们都不识字?马正确说,我晓得,我晓得。我说,她们身体还不好。马正确还是说,我知道,我知道。我呛了他一句,你当然什么都知道!

放下手机,我的情绪稍稍平静了,此时母亲和小姑刚刚走了两个小时不到呢,她们的车到无锡的正点时间应该是三个半小时。我决定忙晚餐,一边忙一边骂,这个该死的马正确!什么时候正确过啊,完全是一个错误,马错误!说来也怪,我刚刚骂了马错误,马错误的电话就来了,他问我奶奶和姑奶奶的车到底什么时候出发的。我说你在哪里,马错误说他在车站。我说两个字,等吧。

放下电话,我刚刚安定的心又焦虑起来了,这个马错误!我又拨通了马正确的电话,问他有没有通知晓琴,马正确带着哭腔说,我怎么敢啊?我冷笑一声,装胆小鬼装得可真像啊,当初你到我们家,我就发现你不老实呢。马正确不敢否认,说,是,是。我不想听他说话,用手捂着手机,听凭他在无锡对我做检讨。马正确作为新女婿第一次到我们家,看上去很老实,但眼睛一点也不老实,一会儿看我,一会儿看晓琴,我把晓琴往他身边一推,他却躲到灶上去了,为我们家忙了一顿晚饭,父亲在桌上表扬了马正确,马正确听到父亲的表扬,赶紧像小学生样站起来,说,做得不好,请多多包涵!我悄悄对晓琴说,你嫁了个小日本呢。晓琴很生气,非说我想把她早点赶出家,好让我一个占独份啊。我说,你要骂就骂小姑,是小姑把你许给了马文才。晓琴不许我提马文才,但我只要高兴,不管晓琴生气不生气,我就扮

风雪回家路

着祝英台，对着晓琴唱：叫你来来你不来，我父许了马文才。叫你走走你不走，我父喝了马家酒。叫你行行你不行，我父得了马家银……

  车很准点，三个半小时后，马正确打通了我的手机，母亲对我说，晓月，我到了。我本来还想问一些路上的情况，母亲却匆匆把手机挂了，生怕浪费马正确的手机费。母亲也真是的，马正确的钱能给小姐用，你还舍不得用他的钱啊。

  过了一个小时，手机又响了，是母亲。我问她吃了没有。母亲说，还吃呢，气都气饱了。我一头的雾水，问她怎么回事。母亲叹了口气说，要不是马正确脾气好，我和你小姑就流落街头了。我吃了一惊，说，妈，你才去几个小时呢，不要着急，工作得慢慢做呢，慢工出细活嘛。母亲的情绪好了些，告诉我她和小姑刚到无锡发生的事，马正确把她们从车站接到居住地。晓琴并不晓得她们来，本来蛮高兴的，可小姑进了房间跟她说了几句后，晓琴就变了，冲出房间，和马正确打了一架。母亲说，马正确脾气好，任凭晓琴打他捶他骂他，马正确都没有回嘴回手呢。我说他脾气怎么可能不好呢，他犯了多大的错误啊？

  母亲的话没有说完就挂了电话，估计是晓琴在身边。母亲后来和马正确去取晚饭，她又和我通电话，原来晓琴和马正确打架的原因有两个，一个是母亲和小姑都是刘家的人，晓琴认为你马正确凭什么要把她们拖过来受罪，还有一个原因是小姑出了大洋相，她在车上尿裤子了。风风火火的小姑竟然不懂可以在服务区小便。我问母亲她怎么样，母亲说她好着呢，她从昨天晚上就没怎么喝水。我说，那我给你的饮料呢？母亲说，你小姑什么人，生怕我喝得多呢，把她的一份喝掉了，把我的一份也喝掉了。我说小姑呢，母亲说小姑在晓琴那里，她现在穿得很洋气呢。我问为什么。母亲吃吃地笑着，说你小姑穿着晓琴的衣服呢。

我可以想象穿着晓琴衣服的小姑，还有成了顶梁柱的母亲脸上的微笑。我希望母亲多笑笑。她一微笑，我也高兴，但我不好向任何人说这件事，在屋子里转了几圈，最后看中了床上的被子被单，我把它们全拆下来洗了。王平和女儿回来后吓了一跳，家里完全是被抢劫的样子，我穿着多年前的旧衣服，正在大洗特洗呢。女儿喊起来，爸爸，全球水危机的根子就在我们家呢。王平说，何止是水危机，能源危机的根源都在我们家呢。我任凭他们父女在我面前唱双簧，装着听不见，母亲今天在无锡，母亲不在嫂子那里受苦受难了，他们谁也不能搅掉我的好心情。

第二天一早，嫂子的电话打过来了，问我晓得不晓得母亲有没有到无锡。还说哥哥担心了一夜。我晓得嫂子是来兴师问罪了。我不想和她纠缠，说，嫂子，我可没有马正确的电话号码，再说，好像不是我请妈妈去无锡的吧，你为什么不去问问马正确？嫂子根本就不听，说，要不是人家马文炳过来告诉我们，你哥哥今天就请假去无锡了。我说他去无锡干什么。嫂子冷笑道，还能干什么，做孝子呗，你们刘家人多好啊，都是大好人，都是孝子呢。对于这些不咸不淡的话，我很想跟她理论一番，可听到哥哥在一旁做作的咳嗽声，我把想说的话都咽下去了。

母亲和小姑在无锡的前几天过得很轻松，晓琴陪着她们在无锡玩。母亲说晓琴的老板好着呢，让晓琴休假，不扣钱。马正确更是了得，把五百块钱塞到母亲的口袋里，让她随便买点吃的。母亲很得意地把这件事告诉我，我说母亲是在受贿。母亲笑了，说，你小姑也受了贿，不过,我不像你小姑,把钱全藏到"腰里转"里了,我想买双鞋子给马森。我说你买鞋子给马森还不如买鞋子给你宝贝儿媳妇呢。母亲说,买给她?买给她还不如给要饭的呢。我说你再想想。母亲说我不想。我怕母亲情绪不好,故意逗她,你怎么就不怕电话费了?母亲说,马正确说了,他这是包月的,打也是这么多钱,不打也是这么多钱呢。这个马正确啊!

　　过了一天,母亲告诉我,晓琴带她和小姑去看太湖了,太湖太大了,简直比大海还大。母亲其实又没有见过大海,估计心情不错。母亲还告诉我,晓琴给国栋买了一双鞋子,给我和我嫂子各买了一件高级羊毛衫,是名牌的。我相信是名牌的,报纸上说过,准备离婚的女人手脚都大呢,都属于报复性的消费心态呢。我说我不要。母亲说我傻,又不是你嫂子买的为什么不要?我说我怕嫂子生气。母亲说你不要和她生气就行了,她皮肤没有你好,只能怪她妈妈生得不好。我问你们的工作做得怎么样,母亲说晓琴把我们的话堵得死死的,坚决不允许说到马正确,连马森都不准提。晓琴说城里也没有什么可怕的,她就准备在城里混一辈子。母亲说,这个晓琴,就是犟!我说她也是气头上,再过几天就好了。

　　母亲不在老家,我几乎把所有的心事都放在家里了,变着花样给王平和女儿烧菜,女儿说她简直是受宠若惊,王平则说受不了,万一我的热情消失了之后,他会有心理落差的,反而更受刺激。我听着他们的贫嘴,继续操练我的厨艺。

　　母亲那边却有了问题,她对我说她想家了。我说你工作做好了吗,母亲说八字还没有一撇呢。我很疑惑,这不太像母亲的风格,但我猜不出是谁得罪了母亲,是晓琴,还是马正确?正想着,母亲又说,月啊,你能不能去我房间一趟,我的木枕头里有三千五百八十一块钱,不要让她得了。

母亲说得这么详细，我立即明白母亲"想家"的意思了，母亲是怕我嫂子趁着她不在家对她的房间进行清剿，母亲的那笔钱攒得不容易，她不是没钱花，而是想要有主动权，尤其是在对她的宝贝孙子刘国栋面前更要有主动权。都说如今的大人势利，如今的小孩也很势利呢。母亲是暗示我回去侦查一下，这可是一只烫手山芋啊，母亲在家的时候，我回娘家都心虚得很。现在母亲不在家，叫我回去监督嫂子……我甚至想说，那三千多块我补给你好了。可母亲的脾气我晓得的，如果那钱真的被我嫂子搜走了，她不会放过我嫂子的。我答应了母亲。

母亲听我答应了，收了电话。但我想，怎么办？谁叫我答应了？马正确啊马正确，要不是马正确这头猪，我怎么可能要做阿庆嫂，要去和"刁德一"来一场智斗？去娘家一趟是可以的，只要买些吃的，说是去看我的宝贝侄子刘国栋就行了。关键要进母亲的房间，还要检查母亲的木枕头。母亲不在家我怎么可以硬闯母亲的房间？想想都头疼。后来女儿快要放学了，我匆匆下了碗面条，多放了一遍酱油，女儿吃了一口就吐出来了。

后来的对策是王平想出来的。星期天，我们回我嫂子家。嫂子对我们的到来很欢迎（她对王平一直很客气，这也是王平从来不相信我说我嫂子的坏话的原因）。我发现嫂子还是很勤快的，母亲床上的被子和床单都洗了，可能棉胎也晒了，凌乱地堆在床上，木枕头也在，看上去没有动过。嫂子对我们的到来有点疑惑，问我们有什么事。王平说，难道没有事就不好到舅妈家吗？嫂子说当然可以。我说让他们小一辈联络联络感情，都是独生子女，孤单着呢。嫂子相信了。

我们在桌边喝茶，女儿和小胖子刘国栋里里外外地捉迷藏。藏木枕头的任务是由女儿来完成的，她趁着和刘国栋捉迷藏，把外婆的木枕头藏到床下面了。

可能为了弥补自己的阴谋，王平故意打了马正确的电话，让嫂子和马正确通话，马正确可能情绪不好，嫂子在安慰他。

刘国栋出来，问他妈妈和谁通电话。嫂子说是马正确。刘国栋恍然大悟，老气横秋地告诉我，马正确的生活作风有问题了。

生活作风？我笑了。嫂子也笑了，骂了刘国栋一声小赤佬瞎说什么。刘国栋争辩说，你和爸爸说的，我听见的！你们以为我睡着了，其实我是在装睡觉。嫂子的脸一下子红了，想去打刘国栋，王平拦住了，说小孩子又不会说假话呢。我嫂子只好放过了小胖子刘国栋。其实，嫂子在所有人面前都正常，除了在三个刘姓人面前，母亲、我、哥哥。我不知道她在我们三个人面前是真面貌还是在其他人面前是真面貌呢。人真是说不清楚的。比如马正确。回去的路上，王平既是自言自语，又是笑着摇头，马正确，马正确，想不到马正确都有作风问题了。我不想看王平那贱相，耳朵里全是马正确的名字。

我仔细地想过，问题的关键并不是马正确的错误，而是晓琴的固执。母亲和小姑经过近一个星期的努力，并没有什么实质性的进展。晓琴在母亲和小姑的劝说下，已放弃了对马正确的控诉与声讨，但她坚决要求离婚的念头丝毫没有动摇。小姑说，你以后一个人过，老了谁过问你呢。晓琴说，现在我不老吧，有谁在乎的？我想十年二十年之后的事有什么用呢。

小姑说不过晓琴，母亲只好亲自上阵，母亲说，晓琴啊，你不看马正确，也要看看小马森呢。晓琴说，我不看小马森我早就从天桥上跳下去了。母亲说，那你为什么还想离婚呢？晓琴说，我离婚了我还是马森的妈妈。母亲说，以后就说不定了。晓琴说，马森他以后认我这个妈就好,不认我这个妈我也不生气。母亲也说不下去了。

母亲把这些情况告诉我,我说现在离婚也不是什么丑事,晓琴也不是小孩了,你总不可能让她痛苦一辈子吧。母亲听出了我的弦外之音,说,晓月你还是不是人?宁拆一座庙不拆一桩婚呢。我说我不是这个意思,再说闯祸的又不是我。母亲又骂了我一通,说白养我们了。母亲所说的"我们"包括了晓琴和我。本来我还想问她什么时候回来,想想还是算了,天要下雨,娘要嫁人,随她们吧。

我有好几天没有和母亲通电话,母亲也没有和我通电话。而就在这几天,母亲和小姑根本没有泄气,而是更加团结了。她们不吃马正确做的饭,也不吃晓琴做的饭,自己出去吃两碗面条。或者就要一份无锡小笼包。她们换下的衣服都是自己洗,坚决不让晓琴洗衣服。晓琴急哭了也没有用。晓琴本来还想带她们去爬惠山,无论晓琴怎么求小姑和母亲,她们就是不松口。

再后来,母亲和小姑初步胜利了,晓琴和马正确两个人说话了。再后来,晓琴也吃马正确做的饭菜了。母亲把这个喜讯告诉我,我说那不就得了,你们完全可以得胜班师打道回府了。母亲说不行,他们说话了吃饭了,才是第一步呢。我说,还有第二步啊?母亲说,当然啊,白天吃饭,晚上睡觉,才算是夫妻呢,现在看上去,还是做给我们看的。我说你想得太远了吧。母亲说,我才不是傻瓜呢,他们说话吃饭都是晓琴逼马正确做的,她希望我们回家,好让她和马正确离婚呢。这个丫头,还以为自己十八岁呢。

世界上有很多话是这样的,别人可以说,但你不好意思重复。比如当初小姑说"马正确打炮",我就不好意思说给王平听,我是"翻译"给他听的,说马正确出轨了。母亲所定义的"成功",我也翻译了一下，毕竟晓琴姓刘啊。我把母亲所说的"成功"吞吞吐吐地翻译为"待他们情感稳定"。

　　王平听不懂。看着王平故作小学生的模样，我真想在他的头上狠狠敲上一记。但我现在不能这样了，他帮助了我完成了为母亲藏宝贝枕头的事，理所当然地成了我的高参。我只好厚着脸皮，把母亲的意思告诉了他，我说，这对晓琴不公平的。王平说，夫妻之间不存在不公平的。我说，要是换了你，杀了我也不会和你睡在一起。王平说，这个假设不成立，男主角不是我，你也不是受害者。我说，假如呢？王平说，没有假如。我说你不敢回答。王平根本就不上我的当，说，我就不敢，我就胆小，行了吧。

　　生活中存在假设吗？假设真发生在我的身上，母亲和小姑会来劝我和王平再圆起来吗？我很想问一问母亲，又怕母亲骂我快活得没地方抓痒了。但这是有可能的，为什么不去好好想一想？

　　母亲和小姑在无锡在继续巩固战果的那几天，我经常做噩梦，梦见王平去找小姐打了炮，而母亲和小姑也来给我们做圆场，劝说我和王平还是圆起来。真是岂有此理！但母亲在梦里说的话白天还在我耳朵里转来转去，我的情绪坏到了极点，王平对女儿说，你妈妈现在又感染了一种病菌。女儿问什么病菌。王平说，最新品种，叫"马正确病菌"。

　　女儿以为是马传染给我的病菌，有好几天都没有敢握我的手，她说她不想变成马。

　　马正确来了电话，说是小姑生病了，还进了医院。我赶紧叫母亲接电话，母亲说也许因为上次尿裤子，小姑生病了。母亲告诉我，晓琴和马正确来看了小姑。马正确的老板和老板娘也过来了。母亲告诉我，难怪马正确会犯错误，你看他跟的那个老板，老婆都可以做他女儿了。我说现在的人啊，钱多了就烧包。母亲说，不过，马正确的老板很和气，左一口刘奶奶，右一口刘奶奶，还说给我们添麻烦了。母亲说，其实是我们给他们添麻烦了。我问晓琴和马正确现在的关系如何，母亲说，晓琴可能觉得对不起你小姑，已决定原谅马正确了。小姑一听到这个消息，病一下子好多了，当即就喝了半碗粥。

我问母亲什么时候回家，母亲说，如果晓琴真的原谅马正确就好了，那我等你小姑病一好，就回家。我说，你没有想我而是想我嫂子了吧。母亲正声道，刘晓月，你别忘了，你嫂子是刘家人，你已是王家人了。我说，你怎么这样封建？母亲说，封建有什么不好呢？还是封建好啊。

王平也说封建好，我不想和他纠缠下去，准备上网聊天。王平却凑过来，命令我不要和男性网友聊天，否则他会吃醋。我说我允许你和女性网友聊天，王平说当然，我可以你不可以。我说为什么。王平说，你妈妈说的，要封建。

仅仅过了一天，小姑的病情又加重了。我问为什么。母亲说，还问为什么？我和你小姑都上当了！

原来晓琴和马正确的和好又是假的，他们仅仅是为了小姑的病能好起来采取的计策。晓琴和马正确虽睡到一个房间了，但一个睡在床上，一个睡在地下，到了早上，被子才叠在一起。这样的伎俩被母亲识破了。

听着母亲诉说着对晓琴的愤怒，我说我还是支持晓琴。母亲说，你说什么都没有用的，这几天我老梦见你死鬼老子，他说晓琴是刘家丫头呢，你老子叫我不要离开无锡，千万要把晓琴和马正确圆起来。

我把母亲的话告诉王平，王平说，幸亏不是我，如果是我，我老丈人肯定要来找我。我说，你晓得刘家人不好欺负了吧。王平笑着说，真是冤枉啊，你们刘家人不欺负我们王家人就阿弥陀佛了。

　　谁能想到最后还是母亲把问题解决了。马正确的老板出了面，他对母亲说，从头到尾都是他的错误，当初被抓了之后，他不好承认是自己的错，就说自己叫马正确。马正确倒是个大忠臣，不仅承认是自己做错了，还坚决不肯对晓琴说出真相，就这么担待着。现在看到两个人闹成这样，两个老人也受累了。马正确的老板说他只好向老人家坦白了。母亲相信了马正确的老板，她把晓琴叫过来，当作她和小姑的面，叫马正确的老板把事件说了一遍。老板说了一遍，最后还对晓琴抱拳作揖，说从今以后马正确就是他的亲兄弟，请晓琴弟媳不要告诉老板娘。老板说，离一次结一次我损失了二百万，他可不想折腾三婚了。

　　母亲把这一切告诉了我，我问是真是假，母亲说，你问是真是假干什么，反正马正确和晓琴好起来了。

　　王平也怀疑这事件的真假，他从我这里是得不到答案的，反复地猜测，我对王平说，你追究是真是假有什么意思，这世界上真的假的说得清楚吗？

　　王平说，当然说不清楚，你不总是说马正确最会赚钱最会过日子的吗？

　　母亲是第二天回来的，我们一家回乡下，为母亲接风。趁着小姑和我嫂子说话的时候，我问母亲晓琴现在怎么样。母亲说，她能怎么样？我们跑了那么远，说是为马正确圆婚，其实是为她好呢。

　　我不想再问下去了……叫你来来你不来，我父许了马文才。叫你走走你不走，我父喝了马家酒。叫你行行你不行，我父得了马家银……母亲总是有逻辑。

小姑说她想家了，坚决不肯吃午饭，一定要回家，我叫王平把她送到马家庄。我和嫂子一起忙饭，我问嫂子，怎么看不到那个马文炳了？嫂子说马文炳去无锡了，他带马森去无锡庆祝胜利了。我问他什么时候去杀马正确的。嫂子说，他哪里会杀他宝贝儿子啊，他和马正确每天都通电话呢，打听到小姑和妈妈回来的车票，他这边也赶紧订了车票，说是要去趁热打铁呢。我说，打什么铁啊，再打什么铁也不要他这个马文才啊。嫂子说，晓月你真有才呢，叫人家马文才。我说，我可以当面叫他马文才！嫂子说，你刘晓月是什么人，天不怕地不怕！我说，嫂子，你是不是想说我是母夜叉投的胎？嫂子转过头对母亲说，妈妈你证明，我可没有说刘晓月是母夜叉，这话可是她自己说的！

　　刚刚从晕车中醒过来的母亲装着听不见，继续感慨离开无锡前的最后一顿饭，晓琴坚持不在马正确的饭店为母亲和小姑送行，特地去了一家大饭店，和马正确圆起来的晓琴真像发广东了，点了那么多菜，浪费啊。

　　母亲说，无锡菜的糖像是不要钱，每个菜都放糖，不过都好吃呢。母亲啧啧嘴，又说，真是没福呢。我说，福不福气不在晕车呢，小姑没晕车，她就有福气了？母亲一笑，你小姑多有福气啊，都会尿裤子了。我说，刚才小姑和你叽咕什么？母亲说，你小姑又给我布置任务呢。我问什么任务。母亲说，什么任务？她要我一起去镇上小瞎子家，请他给你晓琴姐算算命。

选自《文学界（原创版）》2010年第11期

乡村、穷亲戚和爱情

魏微

一

我们这个家族基本上都是穷人,他们分布于江淮一带,世代以务农、捕鱼为生。你也许在电视上曾见过这样的画面,在广袤的江淮平原上,有很多星罗棋布的小河流,它们交叉,会合,在平原上流淌。

村舍掩映在绿荫之中,尖尖的红屋顶的房子。江淮一带的民居,大都是这种样式的砖瓦房,它们踏实,平安,祖祖辈辈在这里生活,于心平气和中偶尔也会露出一点不老实。那屋檐是上翘的,做成精致的流线型,俗称"飞檐"。那砖红色的墙和房顶,也透着中国民俗特有的"喜气"。

在这里,哪条河流不萦绕着村庄?河水是流动的,清澈见底。河水也可以饮用,常见人担着两桶水,轻快地走在村路上。夏天的时候,孩子们光着身子在河里嬉戏,妇女们在这里漂洗衣服,牧童躺在河边的草地睡着了。

这是真的,如果你走在江淮农村,你一定会看见这样的图景。世世代代的人民在这里生活,他们耕作,捕捞,通婚,生育;这是他们赖以生存的肥沃的土壤,这里埋藏着他们的生老病死,百年如一日、向前涌动的日常生活,人世的情感,悲欢离合,世态炎凉。

汽车载着你,驶过了这片土地,一窗子的蓝天和树木,在你眼前静静地伸展,延续数百里;春天的田野上,麦子和油菜花盛开了,一片黄,一片绿,色彩是那样的鲜明,饱满,招摇。

如果你恰逢走进了一个村庄,你就会看见,家家户户的门窗都开着,家家户户的门前有草垛,菜园子,猪圈;屋后有茅厕。

你还会看见一些人物,他们都是地道的江淮农民,他们害羞,含蓄,见了生人了,眼睛待看不看的;也有一些小孩子,蹦蹦跳跳地说着江淮方言,他们尾随着你,就像影子一样,跟着你从一户人家走过了另一户人家。

正是农闲季节,村庄好像睡着了。村庄是那样的安静,祥和,老人们蹲在草垛旁,抽着旱烟,有一搭无一搭地说起了农事。有一瞬间,他们的眼睛是看到阳光里去了,阳光是痒的,他们眯缝起眼睛,笑了。他们的笑容是那样的单纯,很深很深的沧桑的皱纹,无尽的岁月从其间流过了。在那一刻,他们的笑容几乎是浮面的,惯性的,不触及感情的。

有一个农妇,从院子里走出来,怀里端着一盆猪饲料,她一边"噜噜噜"地叫唤着,一边朝猪圈走去了。

这时节,你是看不见姑娘的。她们大多躲在闺房里,静静地做着针线活。她们绣荷包,纳鞋底,织毛线衣,踩缝纫机……总之,一代又一代的姑娘,就是这样躲在闺房里,感觉到这个世界的变化莫测。

时代在前进,她们手里的针线活,已由手工缝制改为机械操作——可是心思,到底还是从前的那些心思啊。才过了十八九岁,已到了说婆家的年纪了,她们有了自己的心事,无限的憧憬和惆怅。——这种事,到底是不踏实的。

她们大多长得很美,有的也不是漂亮,只不过是明朗,她们的眉宇间有一种动人的姿态。当你走在江淮的乡间,看见一个姑娘迎面走过来,她衣衫整洁,神态矜持而从容;如果你打量着她,她就会低下头,羞涩地、迅疾地走过了。

你也许会觉得奇怪,一草一木,万物生灵,在这片土地上,呈现出一种别样的、活泼的姿势。它们是那样的和谐,具有某种朴素的美质。那是因为,你爱上了这片土地,你与它们紧密地联系在一起了。

我刚才说过,我们这个家族基本上都是穷人,他们分布于江淮一带。在一百多年前,他们从山东迁徙而至,辗转安徽,至江苏,从此安居了下来。他们婚丧嫁娶,生育繁殖,就这样度过了一个世纪。

我们家族的穷,是有渊源、有历史的,那是典型中国农民式的穷,单调,灰暗,没有幻想。他们以土地为生,穷也穷得安乐、坦然,仿佛生来如此,并不心酸。到了我爷爷这一支,情况略有改观。

我爷爷在三四十年代参加了革命,他组织了武装游击队,打土豪劣绅,也杀过日本人和国军。后来,他成为一名职业革命者,加入了中国共产党。新中国成立以后,他被分了一官半职,最盛世的时候,他曾做过地委的组织部长;曾有消息说,他与市长这个职位失之交臂。——当然了,这也许只是谣传。

对于我们家族来说,我爷爷最大的贡献就在于,他把这个家族的一支带出了乡村,走向城市。他们是他的嫡系子孙,在城里出生,长大,接受教育。总之,这个家族就这样被分离了,其中的一支远离了土地。

到了我和弟弟这一代，我们已经完全地被改造了。我们开始过上富足的生活，有身份和地位。我们衣着优雅，谈吐精致，性情敏感而害羞。我们惧怕劳动，体质柔弱，总之，我们与那片土地的联结少了，淡了。我们的感情冷却了。

我们家族的其他人，仍滞留在本土，他们勇敢地、忠诚地面对贫穷，过着百年如一日的生活。偶尔，他们到城里来了，买台彩电，采购结婚用品，或者买辆手扶拖拉机，总不免要来我们家看看。他们坐在客厅的沙发上，穿着崭新的衣衫，蓝卡其中山装的风纪扣，紧紧地卡在脖子上。他们的布鞋也是新做的。他们的神情多少有些腼腆和局促，他们从布袋里掏出旱烟，在腿上轻轻地磕着。一下子也不知说什么好。

想起来，大家都是亲戚，他们血液的一部分，也在我们的身上汹涌地流淌。他们都是地道的农民，在乡间生龙活虎惯了的，一向也是落落大方的，可是一旦离开那片土地，来到城里，他们全变了。面对似曾相识的亲人，他们变得紧张，生涩，他们那孩子气的、单纯的面容，——那些经过贫穷，岁月的磨难，在阳光和泥土里浸染了许多年而仍旧活泼的面容，在那一刻突然不安了，他们变得拘谨，缺乏自信，他们的神情几乎是死的，呆板的。

我们家族还有一些女人们，有时候，她们也会跟着自己的男人，来到城里。如果放在乡间看，她们也是体面人，她们衣衫得体，举止庄重，她们的容颜甚至称得上是清秀。你在乡间，到处会看见这样的年轻妇女，她们走在蓝天底下，田埂上，她们穿着素色的碎花布衫，步履轻快，神态安详。她们融入环境里去了，她们与乡村的环境是那样的协调，和睦，亲为一体。

可是当她们来到城里，她们就显得有些土气了。她们走在街道和楼群之间，显得那样的格格不入，相形见绌；虽然也穿着西装，瘦身裤子，黑皮鞋，虽然她们的神态是那样的明净，祥和，看上去并不谦卑，可是你一眼就认出来，她们是乡下人。她们的容颜里有一种气息，那是一种土地的气息，它浸入到她们的肌肤和血液里去了。

这就是我们家族的穷亲戚们，当他们寒寒缩缩地坐在我们家的客厅里，这时候，你就会对他们怀有某种恻隐之心，或者心生怜悯；总之，那是一种很微妙的情感，不是喜欢，也谈不上讨厌，你只是觉得，客厅里凭空多了一件物体，显得有些异样。

常常地，我放学回家了（那时我念中学），看见家门口放着一辆破旧的自行车，我就知道，家里又来穷亲戚了。我母亲向我介绍说，这是你表大爷家的三哥，这是你表婶。

我点点头，照例在客厅里站了会儿；他们也站起来了，非常局促地，他们的脸上堆起了菊花的笑纹，说道，这是小敏吧，才几年不见，就长成大姑娘了。

我母亲说，快坐下，她小孩子家，不值得这样子的。

他们便坐下了，扯扯衣角，不时地拿眼睛打量着我，一下子也想不起要说什么，低着头暗淡地笑着。我站在阴暗的客厅的拐角，看见窗户外一片灰色的天空，天快下雨了吧？邻居家的衣服在阳台上飘扬，有鸽子从灰天下飞过了。

我有些难过起来。客厅里的空气是那样的僵硬，生疏，我知道，那是因为我的存在。也不是紧张，只是黯然。长时间没有话语，脑子里是空的，身体完全多余。人都很善良，也有情感，可是完全不是这样子的，完全不是。

我离开了客厅，回到自己的房里，甚至觉得沮丧了。天真冷呵，手冻得青白，蜷缩着像只鸡爪子；很多年后，想起我们家的穷亲戚们，总能引起我生理上类似的反应。

我确实知道，在我和他们之间，隔着一条很深的河流，也许终生难以跨越。想起来，我们的祖辈曾在同一片土地上生活，我们的血液曾经相互错综，沸腾地流淌。现在，我眼见着它冷却了下来，它断了，就要睡着了。

对这一切，我们能有什么办法呢？

他们来我们家，至多也不过是坐坐，吃上一顿饭，说些家常话，就走了。每次也不是空手来，总是带些东西，新打的稻米，刚起的花生，都是自家责任田里产的，也不花什么钱，完全是一片心意。

卖粉丝的人家送来粉丝，做豆腐的人家送来豆腐。腊月的天气，已近年关了，他们骑自行车赶百十里的路，来到城里，单单是为卖个好价钱。大清早，他们敲开我们家的门，不由分说，撂下一笼豆腐就走了。

我母亲跟在后面，袖着双手，身体冷得直哆嗦，说道，送这个来干什么，快拿去卖了，给媳妇孩子添件衣服。

他们说，要卖的在这儿呢，这笼豆腐是单给婶子家做的，不卖的。是连夜赶出来的，你掀开笼布摸摸，还温着呢。快做了吃罢，虽不金贵，味道却好。过年过节也没什么好孝敬的，就这点心意，婶子快莫客气。

他们推着自行车就要走了，擤了一下鼻涕，拿手指在棉衣上蹭了蹭。又紧了一下围脖，拿头巾包住了脸，单只露出一双眼睛和冻得发红的鼻子。

我母亲说，中午来家吃饭呵。他们已经走远了。

他们中的大部分人，是不来家里吃饭的，因为敏感和自尊，这是我们家族的传统。我们家族的人，不管是穷人还是富人，骨子里都是尊贵的，这是从血液深处带下来的，没法子改变的。他们可以送你一笼豆腐，一麻袋萝卜，半只绵羊，他们是心甘情愿的，本心也是愉悦的。他们不想因为这个而接受感激。

　　我父母要是客气了，他们就会红了脸，说道，大哥大嫂，快别这样说，都是亲戚，换了别人家，我还不送呢。再说，以后也许还有事求着你们呢。——就当我留一份人情在这儿，将来你还我还不行吗？随之笑了起来。

　　这说的是真话，真话也说得如此漂亮，地道，得体。这里头有"中国式"的人情世故，做人的精细和含蓄，微妙的利益关系……总之，一切全在里面了。

　　这时候，他们的神情也放松了，语气也轻快了，他们重新获得了信心；付出让他们如此愉快，付出让他们感觉到人的尊严。——这就是我们家族的穷亲戚们，他们纯朴，平安，弱小，也尊贵。

二

　　陈平子也是我们家族的穷亲戚，他是我爷爷的侄孙，属于父系的那一支。他父亲早逝，母亲不守妇道，丢下他们兄弟三个，随一个外乡男人远走他乡。那一年，陈平子已有二十岁了。

　　他是家族的长孙，为人厚道而沉默。略通文墨，大概是小学毕业吧，或者初中，我也不很清楚。他长相清秀，身材伟岸，虽是三十多岁的人了，看上去并不见老，显年轻。

　　他的衣着很朴素，甚至有点随意。有一年春节，他来我们家，竟穿着田间劳动服，还打了补丁，吓了我们一跳。我母亲说，陈平子，你就到这副田地了？也没件新衣服？

他说，有。不想穿。你让我穿什么？穿中山装，还是西服？我看见乡下人穿西服就烦，又不合身份，又土气。

这倒是真的，陈平子不土气。虽然穿打补丁的衣服，看上去也像个农民，可他身上有一种气质。气质是什么，我也说不清楚。总之，他相貌堂堂。有一次，我母亲叹道，这么一个帅小伙子，命却不好，又穷，又留不住媳妇。

陈平子三十多岁才结婚，是一个外乡女人，也许是买来的吧。家里盖了三间瓦房，也有几亩薄产。可是现如今，农民靠土地为生，已经很难维持了，过得磕磕绊绊的。只是穷。漫无边际的穷，再穷下去，就安心了，不再抗争了。

陈平子能吃苦，脑子也活络。他经营起庄稼来，可不省力气，又是耕种，又是收割，再是天寒地冻，他也要去田里看看。农闲季节呢，他就打短工，给人盖房子，砌砖，弥缝，他是个好瓦工呢。谁家遇上红白喜事了，他便给人出谋划策，关于风俗和细节，怎样闹新娘子，怎样讨喜钱不为过分；何时出殡，儿孙们站在哪里，媳妇们什么时候哭丧，他全懂。他给的建议也极妥当，富有人情味。

也是在红白喜事期间，他给人家当厨子。他置办酒席，从买菜，到烧菜，到洗涮，他里里外外一把手呢。你没看见过陈平子系着白围裙的样子，他干净，清爽，他在灶间忙碌，大声吆喝着。偶尔闲下来，他在庭院里站着，静静地点燃了一根烟。他倚在廊柱上，噘着嘴逗树杈间的鸟雀说话。

你能想象这样一个乡村青年吗？他贫穷，安静，有种不自知的快乐。他坐下来，看地上的一个小姑娘在画圆圈。他逗她说一些无聊的话，自己先笑起来。小姑娘也不搭理他。他又说，哎，给我讲讲新娘子。小姑娘说，有什么好讲的，待会儿你自己看就成了。

陈平子笑道，你新嫂子长得漂亮吗？

小姑娘说，眼睛大，就是胖了点。

陈平子说，胖好。

小姑娘抬起头来看他，很不以为然地说，胖有什么好？

陈平子细细地眯起眼睛，一脸的坏笑，说，你小孩子家不懂得，女人还是胖的好。

他侧过头去看堂屋的酒席，下午的阳光落在门框里的地砖上。有一个男人侧过头来擤鼻涕。席间有人在猜拳，隔着圆桌，双手比画着，脸涨得通红。陈平子只是微笑着。

结婚已有一些年头了，陈平子还能记得，那天自己做新郎官的时候，脸上寒缩的笑容。他在庭院里走着，看看这，看看那，说不上两句话，又被人扯开了。他觉得欢喜，可是那欢喜也是茫然的，空洞的，虚飘的，也不知该做些什么。身子被分成了几截，在阳光底下，只是忙乱，纷扰，有片刻的清醒，一点一滴的，全是不相干的。

他女人是两年前失踪的。她原本是外乡人，来无踪，去无影，陈平子也没去找。他知道她再也不会回来了。他带着五岁的女儿过活。——他原本再想要个儿子的。

陈平子觉得羞愧。有很长一段时间，他见人抬不起头来。他把自己关在院子里，一天天地晒太阳。他坐在屋檐底下，袖着手，身体蜷缩得像一只软体动物。晌午到了，他起身去厨房弄吃的，他女儿跟在他身后，抱着柴火，往灶里擦火。

大约有一个星期时间，陈平子不敢回房睡觉。他女人瘦，干瘪，邋遢，陈平子喜欢丰腴一些的女人。起先，他嫌她不够好看，就有族人出来说话了。大意是，能娶上媳妇就不错了，哪里容他横挑竖捡的。

漂亮能当饭吃？他陈平子漂亮，却打了三十多年的光棍！这话怎么说？也有一些年轻后生，对陈平子耳语道，你没经历过，关键不在胖和瘦……陈平子便笑了。

即便隔了两年，陈平子还能想起她的身体。她给予他的好处，她躺在他的脚头，她瘦小的怀里的温暖。

起先是因为自尊；也疼惜他自己；后来呢，就疼惜钱财了。这是真的，他娶亲花了两万多块钱，又是造房子，又是聘礼，他欠着债呢。

我听我母亲说，陈平子曾去过深圳，在建筑工地当瓦工，后因工头克扣工资，半年以后又回来了。说起深圳，陈平子总是摇头叹息。显然，他不太适应那个城市。他拘谨，贫困，没有尊严，也看不见希望。而且，他也不够狡黠。

总之，这是一个农民在城市的遭遇。他失败了，带着羞辱，空手而归。他又回到了自己贫瘠的土地上。在这里，他被养育了三十年，他娶妻荫子，他的祖祖辈辈曾在这里天马行空地生活过，死了也安静地躺在这里。

他又操起了老本行，做瓦工，当厨子。一切是那样的熟能生巧，他做活能做出乐趣来。每一道工序，他深谙它的拐弯抹角处。大到结构的掌控，小到细节的雕琢，他总是得心应手。

他有着一个工匠的责任心和道德感。况且，他是自由和快乐的；穷当然还是穷的。

他说着家乡话。爬上屋檐盖瓦，听着人们在说笑话，他也会插上一两句，咧着嘴不动声色地笑着。他是有点冷幽默的。

村路上有姑娘走过来了，他看着，并不像别人那样起哄，搭讪，垂涎。喜欢也是喜欢的，他觉得愉悦。已是春天了，从屋顶往下看，只见得遍地的田野,绿油油的,风吹过来麦子和泥土的清香,他感觉到一种饱满的、结实的气息。那是丰收、富裕的气息,他觉得安全。

他人缘极好,不是个枯燥的人,也知道人情味和做事的分寸感。逢着村人遇着婚丧嫁娶,他被请去当厨子,丧事是不收钱的,纯粹帮忙。喜事呢,不但收钱,喜糖喜烟都拿双份的。他说,我是厨子……托一只不锈钢盘直送到新娘脸上。只在这时,他才是肆意妄为和蛮横的。众人都笑。

家主就说,新娘子给钱吧(我们当地的风俗,厨子的佣金是由新娘付的)。

新娘从皮箱里取出红包,放进托盘里,仍回坐到床沿上。陈平子拆开看了,把托盘往新娘怀里一塞,紧靠着新娘坐了。他拿手臂抵抵新娘,轻声慢语地说(他的声音很是蚀骨销魂),你不给钱,是不是想留我过宿呀?闹房的人围了一圈,嬉笑着看热闹,也有乘机去摸新娘脸的,气氛更热闹了。

新娘子脸红了,禁不住别人笑话,又添加一份。陈平子仍不依不饶。就这样,一个讨价一个还价,彼此都不觉得过分,众人也欢喜。

总之,这就是陈平子的乡村生活。每次我父母下乡出礼,总是给我带回一些乡野趣闻,还有穷亲戚们的讯息,这其中也包括陈平子。他就这样在乡间度过了一年又一年。他慢慢地长大成人,他情窦初开了,他的青春期是一晃而过的,里头有很多细密的心思,他已经记不起来了。他结婚了,有了女儿,妻子走失了。他母亲早在很多年前就跟人野合了。他蒙受着贫困、羞辱和种种痛苦。可是在某个瞬间里,也有很多日常的喜悦,一点一滴地聚起来,成了欢腾。他享受着,并感激,并忘却。

陈平子很快从他婚姻的不幸里走出来了。他带着女儿过活,又当爹又当妈,虽辛劳,抱怨,倒也平淡,恬静。农闲季节,偶尔出去打打小牌也是有的。

他没有再娶,我想可能是出于经济考虑。日子照样穷,债务永远也还不清。可是日子还是向前的,一天天地,女儿大了,上小学了。他说,借钱也要供她读书,读到她读不下去为止。

那些年他偶尔来我们家走动,我父母要是问起了,他也会说起生计。他说,卖了两头猪,还了后庄老杨家的钱,明年再还独眼龙的钱……他的口气是那样的淡然,尊严,听不出一点悲伤。他对生活是有希望的,适可而止的那种,不更多一点,也不更少。

我母亲劝他外出打工,早日把债务还了,积攒点钱再讨个女人回来。他坐在墙角笑了。显然,他对这个建议是否定的。他知道自己适应什么样的生活,应该待在什么地方。他说,在乡间住惯了的……他摇了摇头。

我想,他和那片土地已经融合了。到底是什么使他们更深地联系在一起,彼此不分离?是相宜度吗?是感情?还是惯性?也许是因为胆怯吧?不上进,懒惰,保守,忠于贫穷,乡间是能够滋养这种情绪的。

那时候,我并不理解陈平子,也不理解一个人对于土地的亲近感,是地久天长,一天天培养起来的。那几乎也是从血液里带下来的。试想,祖祖辈辈在这里生长,死了也融化成泥土的一部分。土地就像屏障,有了它,人世才安全,可以托附和依赖。屏障外面的世界与他们是不相干的。屏障里面呢,有广阔无垠的天地。每个人都辛劳着,有很多不如意,也坦白而快活。也生动,也自由。

这就是我的穷乡僻壤,穷人们在为生计发愁。更年轻的一辈人外出打工了,有的人滞留在城市,更多的孩子回到了本土。他们带回来新鲜的气息。一开始,他们的衣着和话语简直让那些老派的人看不惯!什么玩意儿!他们抽着旱烟,从胸腔里吐出愤然的气息。

天长日久,那些孩子们也长大了,本分了,年轻时的气盛和理想被那片土地吸收了。他们回归到日常生活里去。也看惯了很多东西,男盗女娼,刁民恶习……城市里的一切离他们远去了。摩天大厦,红歌星的演唱会,很有点异域风情的海滨椰林……那不是他们的东西,记得当然是记得的。

我父亲有一次说起家乡,以一种纯知识分子的口吻、很忧虑地;他说,现代化的进程会很慢,简直没有希望……不是因为贫穷,是人,是土地里固有的一些东西。

可是什么是土地里固有的东西,我当时也不甚明白。

那些年我十六七岁,就读于省重点中学。我在城里出生,长大;微弱的一点乡村记忆,也是随父母去"下放地"才有的。我并不以为,我与那片土地有太多的联结;诚然,我的祖辈、父辈曾在那里生活过,他们接受过土地的恩泽,可那与我有什么关系呢?

我不喜欢家里来穷亲戚。那些年,常有乡下人来我们家走动,七弯八拐,都够得上是"亲戚"了。有的我也没见过,甚至叫不上名字。

因为穷亲戚多,我们家总是门庭若市。隔三岔五地,这个走了,那个又来了。有时候一天之内,家里来数门穷亲戚也是有的。

他们来我们家坐坐,送来一些土特产品,和我父母说些家常。有的是家里遇着事了:婆媳纠纷,兄弟失和;因为地界和邻里闹矛盾了,够得上吃官司的,来我们家托关系通融。甚至还有一些怯弱愚钝的穷亲戚,连儿女婚恋,进城买台彩电,也要来和我父母商议,由我父母陪同着去买。总之,为这类鸡毛蒜皮的小事来我们家的穷亲戚,络绎不绝。

而与此同时,我在另一个世界里生活,富裕,尊贵,有了知识和新的情感。做解析几何题,读叔本华传。夏天约女友们去吃冰淇淋,坐在沿街的橱窗里看风景。偶尔也谈些什么,交换着心事,吃吃地笑着。

我们相约,要离开自己的小城,考上北大和清华,去大洋彼岸的美国,开飙车,谈恋爱,生孩子。总之,要享受精神和物质,要像浮萍那样漂着,死了也要葬在美国。

而且我早恋了,是高年级的一个男生,打得一手好篮球。高挑,秀朗,家境优越。想起来,我这一生也经历过一些男子和恩爱,无数次的恋爱就像一场恋爱,因为男子都是一种类型的。他们生活在城市,向上,向善,文明和教养在他们身上投下了影子。我再没想到,在我二十八岁那年,我会遇上另一场恋爱,他生活在乡村,他与土地相关联。这是后话。

我还能记得在那些日子里,我和男友走在城市的街道上,看完了电影,谈完了理想和人生,他送我回家。家里的客厅里坐着穷亲戚。

我看见我的理想与现实怎样决裂地分开来,就像一个讽刺。我母亲叫住我,笑道,这是陈平子,你怎么也不叫表哥?我客气地微笑着,我自己也晓得,我的笑容是浮面的,假的,僵硬的。

陈平子从沙发里欠了欠身子,笑道,放学了?他轻声地咳嗽两声。我看得出他的拘谨和不自在。我想,我的冷漠也许足够让他寒心吧?

他是那样一个敏感而自尊的人,因为穷,一点细枝末节的好意和伤害都能感觉到。他倍加小心了。偶尔到城里,也是礼节性地来拜访,送些时令特产,只和我父母说些家常。他很少有事来麻烦我们家,也绝不留下吃饭。看见我和弟弟放学回家了,他就走了。他大约也知道,我们是冷漠的。下一代人的乡村情结是越来越少了。

我母亲过意不去，送他些旧衣衫。他讪讪地站在一旁，竭力推辞着。他不是客气，他是真的不想要。他觉得难堪了。

我站在一旁，因为他的存在，感觉到周围的空气是那样的黯淡，往下沉，直沉到泥土里去。原来，乡村和贫困是这样一种东西，它让人揪心，不愉快，无奈；它让人麻木，变得意志消沉。

在我的少女时代，一看见家里来穷亲戚，我就变得意志消沉。他们于我，就像一个物体的两面，一面是向上飞腾的，一面是往下坠落的。它们互相牵扯着，谁也脱不了干系。我感觉到我身体里的一部分力量走了，有一种东西沉淀了下来。

我向我母亲哭诉着，我不喜欢家里来穷亲戚，我也不想看见他们。我弟弟也嘟噜着。——他不喜欢和穷亲戚一起吃饭。

我父母站在一旁，暗淡地笑着。他们奇怪下一代人竟是这样冷漠无情，虽然和土地没有接触过，但是人毕竟是人呵。我父亲说，我也是农民的儿子，你爷爷现在就躺在那片土地上。在中国，谁敢说自己和土地没有关联？都是亲戚，何苦来？你们血液的一部分是相通的，脱不了干系的。

我冷冷地听着，没有搭话。我知道自己是要往前走的，会丢弃掉很多东西。我血液里有一部分东西是凝固的，它冷却了下来。那就如河流的分叉，很多年前，我们在同一条母河上流淌，后来分叉了，其中的一支汇入大海，另一支流向荒野。

我们每个人都无能为力。我对我父亲说，这是趋势，只会越来越遥远，你帮不了他们。与其看他们吃力，受苦，不如远离他们。这不是自私，这是善良。

我父亲摇头叹道，这不是帮助的问题——他们也不需要帮助；这是维系。你不懂的。也许有一天你长大了，需要回过头去追溯自己的来由……

我母亲说，每次家里来亲戚，必有一场大闹——她转向我和弟弟：你们撂脸色给谁看呢？你们叫人寒心哪！

我也觉得寒心。是冬天的晌午，阳光落在客厅里一片一片的。穷亲戚刚走，客厅里留有他们的气息：劣质烟味、局促不安的笑容、沾有泥土的脚印子。家里一片狼藉：碗筷堆在水池里，衣橱是打开的，穷亲戚没拿走的旧衣衫堆在床上。一切全乱了套。接济者的宽厚慈悲，被接济者的难堪困窘。我恨他们。

我蜷缩在客厅的角落里，捂着胸口。想起家族里的穷亲戚，只觉得无力，灰败。还在生着气，心一点点地往下沉。贫困卑微是那样消磨人的意志。天是冷的；因为没有吃饭（每次家里留穷亲戚吃饭，我和弟弟便恶意绝食），肚子是空的；因为发过脾气，所以觉得愧疚。阳光一片片的，全是不相干的。

我觉得我的理想被击碎了，在那一刻，他们是我的一部分现实。他们躺在我的血液里，是那样的安静，温绵，他们带我一点点沉了下去。

三

我底下要说的这则爱情，跟前两章没有太多关联。它们不是因果关系。

很多年后，我终于从我的小城走出来了。我没有考上北大和清华，也没能去美国。我生活在南京，谢天谢地，我理想的一部分得以实现了。我在过物质生活，也马不停蹄地谈恋爱。几乎是走马观花的，我和异性相处，也获得愉悦。

我不以为我的爱情是值得记录的，那都是一个模子里出来的。我说过，无数次的恋爱在于我，就像一次恋爱。一步步地往前走着，说不定哪天就遇上了一个男人，那又会怎样呢？也许会擦肩而过，也许呢，会"携子之手"。总之，就是这样子了。

　　所遭遇的场景，两个人最初的喜悦，甚至说话方式，种种微妙的细节……事后想起来，都有可能是相同的。你和一个男人走过这条小街，和另一个男人走过那条小街；也许你带他们去过同一家购物中心——真的，已经记不起来了。

　　他们大体上都是一类男人，有的也不是好看，有的并不富有，但是——怎么说呢，真的是一类男人。很多年后，他们的面容也模糊了，想起来的时候就像一个人。所有的伤心和盟誓都过去了，人和人之间的温暖，那些感动和信任……也不值一提了。你只会在笑谈间一带而过。

　　恋爱就是这样子的吧？知道是在重复，也没多大意思，可是能上瘾的。愉悦当然是愉悦的。

　　这就是这么多年来我的现实生活，我沿着少年时的足迹一路狂奔，向前，再向前，很茫然的，也随手丢弃了很多东西。我知道自己是无情的。在我长大成人的这十年间，中国发生了天翻地覆的变化。城乡差别拉大了，那就如一条鸿沟，彼此站在两岸遥相对望，静静地对峙着。它们各自往深处走远了。

　　至于我自己呢，一如既往地贪图富贵享乐。我沉浸在都市里，享受文明和现代化的一切。我一年年地虚度年华，上班，赚钱，身穿华服，谈恋爱。我没什么志向，也缺少幻想。

　　"乡村"离我越来越远了，就像梦境。谈不上有什么感情，也不很厌恶。总之，完全是不相干的。小时候被我厌弃的穷亲戚，十年间我也没有见到他们。有时候在街上看见一个乡下人，面色苍黄，扛着铺盖慌张地走着，我就会想起家族里的穷亲戚，有种恻隐之心。

我说过，个人是无能为力的，贫穷衰败是那样铁铮铮的事实，让人满心不悦。我不想见到他们。我们终将是擦肩而过的，很礼貌地，客气地，我侧过身体，我们各自走过去了。

我二十八岁那年，我奶奶死了。按照当地的风俗，我们把她的骨灰送回乡下，和爷爷合葬，这在民间叫"合坟"。家里举行了盛葬仪式，车队像河流，缓缓地驶出小城，流向乡村。

这是我二十多年来第一次回乡下，我得以看见了我的穷乡僻壤，还有穷亲戚们。那么多，他们穿着丧服，悲哀的脸在阳光底下静铸着，就像大理石雕塑。他们站在村口迎接，密密挨挨地挤成一团，也有探头张望的，也有弯腰系鞋带的。

他们迎上来了，拉着我父母的手，安慰着。有三五个壮劳力，拿着扁担、铁锹带头向田野走去了。我们跟在后面。也有一些穷亲戚过来和我搭讪，这其中就有陈平子。他叫我小敏，他说，你还记得我吗？常去你家的，那时你还小，有这么高吧——他用手比画着。

我说记得。我侧过头去看他，十多年过去了，时间在他身上没有留下太多的痕迹。他依然那么年轻，三十出头的样子。刚毅俊秀的脸庞是冷的，贴切的，也几乎没有表情。

他说，有很多年没见了，你都长成大姑娘了。

我突然羞赧了。低声地、愧疚地说道，小时候不懂事……

他似乎是没听见，把头侧向田野，眯缝起眼睛。他说，常回来看看。你爷爷就躺在这里，他的坟是我填的，现在你奶奶也来了。你父亲、叔叔也是在这里长大的，那时我们玩得很好。

我低下头，拿手拨弄着鬓发。我的眼泪淌下来了。只有我自己知道，我的心堵得慌，我的喉咙涩得发疼。我在阳光底下静立，陈平子站在身旁等我。他的影子打在我的身体上。

他说，别难过，人总是要死的。你奶奶活了八十多，想起来是值得庆贺的。

我说，是值得庆贺的……我抬起头来，在泪眼婆娑中，看见一片片的阳光，原野上的小径，村庄，一两户新贵人家竖起的楼房，还有村口的代销店。几个老农蹲在小店门口晒太阳，一个梳着鬏髻的小女孩踮起脚，趴在小店的窗洞里，似乎张望、指点着什么。

风从村庄深处吹过来，是阳春三月的风，带有麦田青草的气息。虽是丧日，我的眼泪也让我觉得汗颜、吃力。我不愿意承认，我对这片土地有了感情。它从来就躺在我的身体里，它是我血脉的一部分。很多年来，它睡着了。

你没有到过乡野，你也不是乡村子弟的孩子，——假如你的爷爷奶奶没有葬在这里，你就很难理解这种感情。它几乎是一触即发的，不需要背景和解释，也没有理由。你只需站在这片土地上，看见活泼、古老的世风，看见一代代在这里生长的子民，你就会觉得，有一种死去的东西在你身上复活了。

它来得如此突然，你竟没有准备。你的躯体平静地支撑着，在晌午的阳光底下，也会觉得阵阵寒冷。你在田野里跪下了，衣衫和身体沾着青草的汁。你看着村人掘坟，把爷爷奶奶的骨灰撒在一起。坟被填上了，连同棺材，连同几件贵重的衣衫和物品也烧了，一起埋了。

只在这时，你才能感觉到，你身体的一部分也跟着走了。你和死去的亲人一起，把一些东西留在了这片土地上。

你跪在荒落的原野里，拉都拉不起。你哭了，不发出声音。拿牙齿咬住嘴唇，咬得疼，咬出血来。你蓬头垢面。在眼睛的余光里，你看见血脉相连的一家人：父母和弟弟，弟弟的儿子——他才三岁，也跪在原野上，向空中"咕嘟咕嘟"地吹气泡。还有叔叔和姑姑一家，还有那些穷亲戚们。

那些窘迫的、饱尝岁月和贫穷磨难的穷亲戚呵，那一刻，他们也跪在原野上，呈一字排开。他们悲戚，也平静。有一瞬间，他们的眼睛是看到阳光里去了，那眼睛里有老实和平安，有慈善，也有忠诚。——只在这时，你才会懂得，你和他们是骨血相亲的，你和他们"在一起"。

我们借一个亲戚家摆了宴席，由陈平子做厨子。我回去时，我母亲正和陈平子坐在里屋商量着什么。我母亲说，你也过来听听，风俗人情，将来用得着的。这是你表哥陈平子。

陈平子笑道，我们已经打过招呼了。

我母亲说，老大不小了，至今还是单身一人，她自己是不急的，可急坏了我们。这话是对陈平子说的，他立在床头柜前，一只腿微曲着。他略沉吟了一下，大约觉得不便说什么，沉默了。

我坐在床沿上，拿手指剔另一只手指的泥垢。我想起这么多年来，我在城市的浪荡生活。我不以为我是浪荡的，可是没有情感，走马灯似的一个个换男朋友，只为了愉悦，彼此取暖，也许还有刺激和享乐。不是浪荡又是什么呢？

我想起那些男人们，从我生命里像过客一样流逝掉了，我从不疼惜，也绝不回忆。我说过，我是要往前走的，会随手丢弃很多东西，最珍贵的，无关紧要的。

我拿爱情当作钱财一样算计，吝惜得很。我从不承认我爱过他们，一桩桩爱情走后，我全盘否定。我甚至不承认，我为他们淌过眼泪，失望过，伤心过……唔，眼泪还是要承认的。可是眼泪能证明什么呢？

我打个响亮的榧子，或者摊开双手，耸耸肩——就这样，我走过去了。

这么多年来，我就这样过着可耻而堕落的生活。我把自己保护得滴水不漏。没有任何一样事物能让我感动，所有的欢乐和伤痛都是暂时的，有代价的，也几乎是浮面的。我知道。

我变得斤斤计较，做一切事情都会后悔，这其中也包括付出感情。

总之，在我二十八岁那年回乡途中，当我置身于乡野间，走上了一条小径；当我跪下了，目送着我的爷爷奶奶躺在这里；当我哭泣了，把手指插进松软的泥土里。——

当我最终和乡亲们融合在一起，和他们搭讪，交谈，说一些最朴素的话；当我直面贫穷，感觉到心疼和隐痛；当我看见他们的贫穷背后，仍有着明净的、开朗的笑容……我确实知道，我喜欢他们。有一种古老的情感在我身上复苏了。

当我坐在母亲和陈平子之间，倾听他们的谈话；当我有时间来回忆自己的堕落生活，想起那些衣着优雅的男人们，和他们之间精致的、虚无的谈话，似是而非的微弱的情感……不知为什么，觉得那么遥远。我开始厌倦了，并皱眉头。

当我看见陈平子的裤管落在我的眼睛里；当他和我说话时，我抬起头来，礼貌地、客气地微笑着，而他却侧转过头……我就知道，有一些微妙的东西，在那一瞬间来到了我们的身体里。

那几乎是无法言说的，也没有理由。所有的解释都是不相干的。那是爱情，某个机关适时地打开了，存在于我和穷表哥陈平子之间。

我母亲迅速地分派了任务，陈平子掌勺，我和弟弟负责上菜、招呼客人、清洗碗碟。陈平子走了，我和母亲又坐了一会儿。我母亲说，天可怜见！四十多岁的人了，还没个女人。

我说，人倒是神清气爽的，看不出颓败。

我母亲说，女儿都十六岁了，也辍学了。浆洗缝补，能照应他了。

我黯然地听着，一时也找不出话语。我不知道陈平子怎样度过了他这四十年，这四十年中的每一天，而他的每一天都是和我相关的。他的贫穷、窘迫和屈辱，他的明朗和纯净。他终究是个普通男人，一辈子无声无息。我多么想听到他的一切，哪怕片言只字。我也想说起他，哪怕仅仅提一下他的名字。

可是我母亲走了。我在空洞的房间里坐着，内心里五湖四海，一片蓝天。只有我自己知道，我正在爱着，它和我以往所有的爱情都不一样。我不提防，可是内心有些紧张。我感到害怕吗？

很多年后，我也扪心自问，这段感情来得真实吗？它是否就像一个梦境？……在那正午的阳光底下，一切都被放大了，这虚弱的男女之情，一点一滴地聚拢起来，在一个春日的下午盛开了。它是否有足够的基础和保障？——它需要吗？两个处于隔离世界里的男女，他们相遇了。他们原本是不相干的。

可是在那春天的村子里，天地是旷远而古老的，人是连在一起的。古老的太阳直直地照着，身上滋滋地冒出汗珠来。一切都是微小的，呈细节性的呈现，触手可及的。

简单，远古，荒老。有着适宜的环境和情调，也有情感。敏感，微妙，善于感知……男女之间就是这样子的吧？

我走出屋去，陈平子正在庭院里忙碌着。他站在临时搭建的灶台前。他的背影坚实而宽厚。他的影子在太阳底下是小的。他回过头来看我，笑道，别站着发呆，快过来帮忙。这是第一次，他以这种放松的、亲热的口气跟我说话。

我踽踽地走上前去，立在他身旁袖手旁观。离着那么近的距离，气氛越来越不对了。我几乎想逃。

陈平子让我往灶台里点火，他看了我一眼，笑道，你会吗？

我说会。我着手捡柴火，冷静地做着这一切。不再说话。我知道一件事情将会发生，而它已经发生了。这是事实。我不想逃避。因为发生在内心里，也逃避不了。我只是尽可能地避免在我和陈平子之间，人为地建立一种亲密无间的关系。我不喜欢，而且它也足够危险。就像一切恋爱的开始，在那半明半暗的一瞬间，我害怕。

陈平子走过来了，他蹲在我身旁，把秸秆往后拉一拉，说道，哎，烧火是这样子的。你把它往前顶，火顺着烟囱全跑了，我还怎么做菜？他笑了起来。

我也笑了，跳起来说道，我让弟弟来烧，我不行的。我去那边招呼一下客人。我抱歉地看着他，走了。自己也知道这一招很软弱无能的，有杀伤力。

陈平子笑了笑。亲爱的陈平子，那一刻他是那样的无力和胆怯。他一定在自嘲吧？他在想，这么一个女人——一切都是他在自作多情吧？

我走出庭院，看见很多披麻戴孝的人们，哀哀地站着，坐着，一团一团的，也有低头抽旱烟的，也有说着话的。他们都是我的穷亲戚，乡亲们。他们的神情紧紧地皱着。春日的阳光底下，人大约是倦了，有人开始打哈欠。

我叔叔和他少年时的伙伴蹲在树荫底下，说起了陈年往事。从前他们是玩得很好的朋友，一起逃学，去果园里偷吃苹果，被人一路追着……想起来，这一幕就在眼前。他们吃力地笑起来。

我的眼里婆娑着泪水，我看着树荫底下的人们，以为自己隔着遥远的距离，很努力地，我把眼睛眯缝到阳光里去。我看着四周的场景，一片一片的，像静物写生。许多像虫子一样的细节，一些细碎的话语……我看着，听着，把它们记在心里。

我想，即使有一天我会留在这里，——为什么不呢？因为爱情。我常常为爱情做出很多荒唐、冲动之举，为什么这次就不能呢？

我穿过院墙外的一条小径，在一棵老树底下站住了。我看见院墙里袅袅地冒出炊烟来，我知道，那是陈平子在灶前灶后地忙碌着。他离我那么近，越过院墙的窗户，我甚至能看见他的身影。他弯着腰，正在自来水笼头前接水。

这个劳碌的、庸常的男人，我爱他。我迅速地盘算着我的感情走向，是的，时间已经不多了，只有一个下午。吃完了饭，我就要和父母、叔叔一起回去了。车子已在村口等着。也许这一走，再也不会回来了，我和乡村短暂的联结就此消亡了。我又回到我惯常的生活轨道上去，继续和男人们周旋，过着麻木而堕落的生活。整个人的状态是无情的，没有幻想的，缺少活力的。我和陈平子的爱情就这么无疾而终了吗？

我们还没有开始，也许永远也不会。这并不遗憾。在我以往的情爱史中，像这样擦肩而过的人太多了。可是这次总有一点不同。……是不同的。它让我觉得疼惜。

在这多住几天，也许是一年半载，也许是一生。嫁给他，照料他的生活，和爷爷奶奶相厮守。很多年后，自己也葬在这片土地上。……你不要以为我是矫情的，绝不是。那是我某个瞬间的理想，它真真切切地存在过。它在那个春日的晌午袭击了我，击垮了我，让我觉得浑身乏力，让我觉得精神振奋。

呵，和贫苦人一起生活，忠诚于贫苦。和他们一起生生息息，最终成为他们中的一分子。这都是我的想象，可是这样的想象能让我狂热。

你再也不会想到这样的场景。一个城市女人倚在老树杆上,她四周的环境是旷朗的,看不见什么人。蓝天白云,坚实的土地。有风从麦田深处吹过来,那泥土和植物温凉的气息,刺得她鼻子有点发酸。一只老狗蜷缩在草垛旁晒太阳。几只水牛躺在不远处的小河里。她间歇还能听见村人说话的声音,嗡嗡的,像有无数的飞虫在叫。晌午的村庄实在静极了。

在那静静的瞬间里,使得她能天高地远地想一些事情。她觉得自己格外清醒,她比任何时候都冷静、理性。她可以撇开自身的一切情感……是的,情感并不重要。在这个时刻,她尤其要追问,她这是怎么啦?这一切从何而来?它是否真实?她是否有能力去承受?她的情感虚伪吗?——她敢承认吗?

她想过一种什么样的生活?她在这片贫瘠的土地上能找到答案吗?

她计划着怎样和现任男友分手。他在一家公司里做部门主管,文明,有教养;他们才相处了两个月,还没来得及厌倦。他如果问她分手理由,她就告诉他。他准会笑起来。她自己也笑了。

她转过头去,这才看见陈平子立在路口。她和他之间隔着一条小径,几十米迫近的距离。他在看她,她吃了一惊,他也吃了一惊。那一瞬间,一切都昭然若揭了。

这个男人,他爱她。这个春天的村子里,正在发生着一桩爱情。他等她已经很久了吗?他预备走过来和她说话,带她去村子里走走,看看她祖辈、父辈曾经生活过的地方……他承诺过她的;可是一直犹豫着。他在犹豫什么呢?

她迅速地把头转回来。在刚才四目交接的一瞬间,他的神情是那样的仓皇。他装作很不介意的样子，笑了笑，掸掸身上的白围裙，东张西望着。他装作自己出来看看闲景，无意中撞见了她，那又会怎样呢？

他朝叔叔他们走去了。他站下来抽烟，听几句闲话，有时也搭讪两句；听不清说什么，反正大家都笑了。他自己也笑了。他和他们一起散了，大约是开席的时间已经到了。

她看着他走了。她甚至没有目送他，她的身体像树桩一样立在虚空里，他走出了她眼睛的拐角。她知道，他们再也没有机会了。男女之间就是这样奇怪，你没法解释的。你以为你们有很多机遇，无限的可能性……可是一次错过了，永远错过了。

她知道，他再也不会说出那句话来了，她也不会。一天的时间太短促了，一生也不够。他们没有勇气，也没有能力。她的眼泪淌下来了。很平静的一种哭泣，也不伤心，只觉得异常遥远，无力。

接下的事情就不重要了。在那所剩不多的时间里，我和陈平子又维持了正常的相处，很艰难的，我们也知道。我帮他上菜，洗刷碗碟，和他不着边际地搭讪着。有时也叫来弟弟，和他商量着回城时间。我说，我搭叔叔的车直接回南京。

陈平子客气地说，回来一趟不容易，怎么不多住几天？

我说不了，以后还有机会的。也知道这话是言不由衷的。

我的神情很放松，知道一件事情结束了，再也没有可能性了。我和他之间的一切……都完了。还没来得及开始。我和他之间的一切，又是漫山遍野的，盘根错节的，到处都是，到处都是。我所有的计划，我的理想……在那一瞬间里已经灰飞烟灭了。

我们是傍晚时分起程的，为了避免和陈平子告别，我提前半小时躲进车子里。我蜷缩在后座里，就像狗一样，把自己裹起来。有时候也会摇下窗玻璃，我想再看一眼我的乡村，它们与我有着血肉的联结。可是我没有能力。

我看见空旷的原野一片苍茫，这原野曾养育过我的祖父辈，也承载着我死去的亲人。我看见村人们陆陆续续地收工了，他们扛着锄头，走在混沌的天地间；走远了。我微笑着，只有我自己知道，我的心收缩得疼。

我看见了陈平子走过来了。他走在一群村人之间，和我父母、叔叔握手告别。我摇上车窗玻璃。隔着墨绿色的玻璃和苍茫夜色，我越来越看不清他了。他就像一个模糊的影子，高高的个头，有容颜和思想，有生命，可他和我是没有关系的。

汽车载着我们，走过了颠簸的村路。一路的灰尘跟着我们，灰尘淹没了村庄、原野、树木……灰尘把一切都抹去了，我们的眼前一片混沌。我们一路疾驶，乡村就像风一般地掠过了。而且，黑暗慢慢地降临了。

选自《花城》2001 年第 5 期